Alexander McCall Smith

KOBIECA AGENCJA DETEKTYWISTYCZNA NR 1

Tłumaczył Tomasz Bieroń

Afryka
Afryka Afryka
Afryka Afryka Afryka
Afryka Afryka
Afryka

KAMELEON

Zysk i S-ka
Wydawnictwo

Tytuł oryginału
THE NO.1 LADIES' DETECTIVE AGENCY

Cover artwork by Hannah Firman/illustrationweb.com

Redaktor scrii
Tadeusz Zysk

Redaktor
Piotr Rumatowski

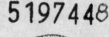

Wydanie I

ISBN 83-7298-550-2

Zysk i S-ka Wydawnictwo
ul. Wielka 10, 61-774 Poznań
tel. (0-61) 853 27 51, 853 27 67, fax 852 63 26
Dział handlowy, tel./fax (0-61) 855 06 90
sklep@zysk.com.pl
www.zysk.com.pl
Druk i oprawa: ABEDIK Poznań

Książkę tę dedykuję
Anne Gordon-Gillies ze Szkocji
oraz Joe i Mimi McKnightom z Dallas w Teksasie

ROZDZIAŁ PIERWSZY

TATA

Mma Ramotswe miała agencję detektywistyczną w Afryce, u stóp Kgale Hill. Oto kapitał agencji: maleńka biała furgonetka, dwa biurka, dwa krzesła, aparat telefoniczny i stara maszyna do pisania. Był też czajniczek, w którym mma Ramotswe — jedyny prywatny detektyw płci żeńskiej w Botswanie — parzyła herbatę z czerwonokrzewu, oraz trzy kubki — jeden dla niej samej, jeden dla sekretarki i jeden dla klienta. Czy agencja detektywistyczna czegoś jeszcze potrzebuje? Najważniejszym zasobem agencji detektywistycznych jest ludzka intuicja tudzież inteligencja, a tych mmie Ramotswe nie brakowało. Pozycji tych nie znajdziemy oczywiście w żadnym spisie inwentarza.

Był jednak także widok, również nie do uwzględnienia w spisie inwentarza. Opis tego, co można było zobaczyć z drzwi agencji mmy Ramotswe, nie mieścił się bowiem w regułach gatunku. Z przodu akacja, kolczaste drzewo porastające szerokie obrzeża Kalahari. Wielkie białe kolce służą za przestrogę, lecz oliwkowoszare liście są bardzo delikatne. Pośród gałęzi drzewa późnym popołudniem lub w chłodku wczesnego poranka można zobaczyć, a raczej usłyszeć turaka. Za akacją, po drugiej stronie zapylonej drogi, widnieją miejskie dachy pod osłoną drzew i buszu; na horyzoncie, w błękitnym rozedrganiu upału — wzgórza, niby przerośnięte kopce termitów.

Wszyscy mówili na nią mma Ramotswe, chociaż gdyby chcieli być oficjalni, zwracaliby się do niej per madame mma Ramotswe. Jest to odpowiednia forma zwracania się do kobiet o wysokiej pozycji społecznej, lecz mma Ramotswe sama nigdy się nią nie posłużyła w odniesieniu do siebie. Stanęło zatem na mmie Ramotswe, zamiast Precious Ramotswe, zresztą jej imienia większość ludzi w ogóle nie znała.

Mma Ramotswe była dobrym detektywem i dobrą kobietą. Dobrą kobietą w dobrym kraju, można powiedzieć. Kochała swoją ojczyznę, Botswanę, kraj cichy i spokojny, i kochała Afrykę, ze wszystkimi nieszczęściami, jakie na nią spadały. Nie wstydzę się, gdy nazywają mnie afrykańską patriotką, mówiła mma Ramotswe. Kocham wszystkich ludzi, których Bóg stworzył, ale najlepiej umiem kochać tych, którzy mieszkają tutaj. To jest moja rodzina, moi bracia i siostry. Moim obowiązkiem jest pomóc ludziom w rozwiązywaniu ich życiowych zagadek. Do tego zostałam powołana.

W wolnych chwilach, kiedy nie było pilnych spraw do załatwienia i kiedy wszyscy zdawali się senni z gorąca, siadała pod akacją. Było tam sporo pyłu, a czasami przyłaziły kury i dziobały ziemię wokół jej stóp, ale z jakiegoś powodu dobrze jej się tam myślało. Właśnie pod akacją mma Ramotswe rozważała kwestie, które w codziennej gonitwie się pomija.

Wszystko, myślała mma Ramotswe, wcześniej było czymś innym. Oto jestem jedyną kobietą prywatnym detektywem w całej Botswanie, siedzę przed własną agencją detektywistyczną. Ale zaledwie kilka lat temu nie było tutaj agencji detektywistycznej, a jeszcze wcześniej nie było w ogóle żadnych budynków, tylko drzewa akacjowe, koryto rzeki w oddali, a tam Kalahari, jakże niedaleko.

W tamtych czasach nie było nawet Botswany, tylko protektorat Beczuany, a jeszcze wcześniej hrabstwo Khama i lwy, których grzywy rozwiewał suchy wiatr. Ale spójrzcie teraz: agencja detektywistyczna w stolicy kraju, Gaborone, ja zaś, gruba pani detektyw, siedzę sobie na dworze i snuję refleksje o tym, że każda rzecz jutro może się stać czymś zupełnie innym.

Mma Ramotswe założyła Kobiecą Agencję Detektywistyczną Nr 1 za środki uzyskane ze sprzedaży bydła jej ojca. Ojciec miał duże stado, a mma Ramotswe była jedynaczką, więc wszyściutkie sto osiemdziesiąt sztuk, łącznie z białymi bykami rasy brahmin, których dziadków osobiście ze sobą połączył, przeszło na nią. Bydło zostało przetransportowane do Mochudi, gdzie czekało w pyle, pod okiem rozgadanych pastuchów, na przyjazd pośrednika.

Uzyskała za nie dobrą cenę, bo tego roku padały obfite deszcze i trawa urosła wysoka. Gdyby to się działo rok wcześniej, kiedy większość tych obszarów Afryki Południowej dotknęła susza, sprawa przedstawiałaby się inaczej. Ludzie zwlekali, nie chcieli się rozstawać ze swoim bydłem, bo bez bydła człowiek jest bezbronny. Inni, bardziej zdesperowani, sprzedawali, bo deszcze zawodziły rok po roku i zwierzęta coraz bardziej chudły. Mma Ramotswe była zadowolona, że choroba ojca nie pozwoliła mu podjąć żadnej decyzji, ponieważ teraz cena poszła w górę i cierpliwi zostali sowicie wynagrodzeni.

— Chcę, żebyś założyła własny interes — powiedział do niej z łoża śmierci. — Dostaniesz teraz dobrą cenę za krowy. Sprzedaj je i kup jakiś biznes. Masarnię, sklep z napojami, co będziesz chciała.

Trzymała ojca za rękę i patrzyła w oczy człowiekowi, którego kochała nad życie, swojemu tacie, swojemu mądremu tacie, którego płuca zapyliły się w kopalniach i który zaciskał pasa, żeby ona miała dobre życie.

Trudno jej się mówiło przez łzy, ale zdołała powiedzieć:

— Założę agencję detektywistyczną. W Gaborone. Będzie pierwsza w Botswanie. Agencja Detektywistyczna Nr 1.

Ojciec na chwilę otworzył szeroko oczy i próbował coś powiedzieć.

— Ale... ale...

Zanim jednak zdążył wydusić z siebie coś więcej, umarł. Mma Ramotswe padła na niego i płakała za całą godnością, miłością i cierpieniem, które odeszło wraz z nim.

Zamówiła malowaną tablicę w jasnych kolorach, którą ustawiono opodal Lobatse Road, na skraju miasta, kierującą do małego budynku, który właśnie nabyła: AGENCJA DETEKTYWISTYCZNA NR 1. WSZELKIE POUFNE SPRAWY I DOCHODZENIA. SATYSFAKCJA GWARANTOWANA. OSOBISTE PODEJŚCIE DO KLIENTA.

Powstanie agencji wzbudziło duże zainteresowanie. Radio Botswana przeprowadziło z nią wywiad, podczas którego dziennikarz jak na jej gust niezbyt grzecznie wypytywał ją o kwalifikacje. Był też przychylniejszy artykuł w „Botswana News", gdzie zwrócono uwagę na fakt, że mma Ramotswe jest jedyną kobietą prywatnym detektywem w kraju. Artykuł został wycięty, skserowany i umieszczony w widocznym miejscu na małej tabliczce obok drzwi agencji.

Początki były niezbyt obiecujące, ale potem ze zdziwieniem stwierdziła, że na jej usługi jest znaczny popyt. Konsultowano się z nią w sprawie zaginionych mężów, zdolności kredytowej potencjalnych partnerów w interesach czy pracowników podejrzanych o oszustwo. Prawie zawsze miała dla klienta jakieś informacje. Jeśli nie udało jej się niczego zdobyć, rezygnowała z zapłaty, co oznaczało, że właściwie nie zdarzali się niezadowoleni klienci. Przekonała się, że mieszkańcy Botswany uwielbiają mówić. Słysząc, że jest prywatnym detektywem, po prostu zasypywali ją informacjami na wszelkie tematy. Doszła do wniosku, że fakt zgłoszenia się do nich prywatnego detektywa im schlebia, co z kolei rozwiązuje im języki. Tak było z Happy Bapetsi, jedną z jej pierwszych klientek. Biedna Happy! Stracić ojca, potem go odnaleźć i znowu stracić...

— Miałam kiedyś szczęśliwe życie — stwierdziła Happy Bapetsi. — Bardzo szczęśliwe życie. A potem zdarzyła się ta historia i już bym tego nie powiedziała.

Mma Ramotswe patrzyła, jak jej klientka pije herbatę z czerwonokrzewu. Uważała, że wszystko, co warto wiedzieć o danej osobie, można wyczytać z jej twarzy. Nie wierzyła, że kształt czaszki ma jakiekolwiek znaczenie — choć tak wielu wciąż trwało przy tej teorii. Chodziło o to, żeby dokładnie przeanalizować rysy twarzy i jej ogólny wyraz. Oczywiście bardzo ważne są również oczy. Oczy pozwalają zajrzeć do wnętrza człowieka, przeniknąć jego najtajniejszą istotę. To dlatego ludzie, którzy mają coś do ukrycia, noszą pod dachem okulary przeciwsłoneczne. Na tych trzeba szczególnie uważać.

Happy Bapetsi była inteligentna, co od razu dało się dostrzec. Miała niewiele trosk — to można było poznać po braku zmarszczek, oczywiście nie licząc tych, które powstają od uśmiechania się. A zatem kłopoty z mężczyzną, pomyślała mma Ramotswe. Napatoczył się jakiś mężczyzna i wszystko zepsuł, swoją podłością zniszczył szczęście Happy Bapetsi.

— Pozwoli pani, że najpierw opowiem coś o sobie — zaczęła

Happy Bapetsi. — Pochodzę z Maun, nad bagnami Okawango. Moja matka miała sklep. Mieszkałyśmy razem w tylnej części domu. Miałyśmy mnóstwo kur i byłyśmy bardzo szczęśliwe.

Matka powiedziała mi, że mój ojciec odszedł od nas dawno temu, kiedy byłam jeszcze oseskiem. Wyjechał do pracy w Bulawajo i już nie wrócił. Inny Motswana, który tam mieszkał, powiadomił nas w liście, że mój tata chyba nie żyje, ale on nie wie tego na pewno. Napisał, że był kiedyś z wizytą u chorego w szpitalu w Mpilo i jak szedł korytarzem, zobaczył, że sanitariusze wiozą na łóżku szpitalnym nieboszczyka, który wyglądał zupełnie jak mój tata.

Uznałyśmy więc, że ojciec przypuszczalnie nie żyje, ale moja matka nieszczególnie się tym przejęła, bo nigdy za nim nie przepadała. Ja oczywiście w ogóle go nie pamiętałam, więc było mi właściwie wszystko jedno.

Chodziłam w Maun do szkoły prowadzonej przez katolickich misjonarzy. Jeden z nich odkrył, że umiem dobrze rachować, i dużo mi pomagał. Mówił, że nie zna drugiej dziewczynki, która umiałaby tak dobrze liczyć jak ja.

To było rzeczywiście dosyć dziwne. Widziałam jakieś liczby, natychmiast je zapamiętywałam i odruchowo sumowałam, nawet o tym nie myśląc. Przychodziło mi to z wielką łatwością — nie musiałam się w ogóle wysilać. Skończyłam szkołę z bardzo dobrymi wynikami i wyjechałam do Gaborone, gdzie zrobiłam kurs księgowości. Znowu nie wymagało to ode mnie żadnego wysiłku. Patrzyłam na całą stronę liczb i od razu rozumiałam, o co w nich chodzi. Następnego dnia potrafiłam je sobie przypomnieć co do cyferki i zapisać, jeśli była taka potrzeba.

Dostałam pracę w banku i błyskawicznie awansowałam. Teraz jestem starszym księgowym i sądzę, że na tym koniec, bo wszyscy mężczyźni się martwią, że wyjdą przy mnie na głupich. Ale ja się nie żalę. Płacą mi bardzo dobrze i pracuję tylko do trzeciej, a czasem nawet krócej. Potem idę na zakupy. Mam ładny dom z czterema pokojami i jestem bardzo szczęśliwa. Myślę, że jak na swoje trzydzieści osiem lat zaszłam wysoko.

Mma Ramotswe uśmiechnęła się.

— To wszystko bardzo ciekawe. Ma pani rację. Zaszła pani bardzo wysoko.

— Poszczęściło mi się w życiu — powiedziała Happy Bapetsi. — Ale potem zdarzyło się coś niezwykłego: w drzwiach domu stanął mój ojciec.

Mmę Ramotswe zatkało. Tego się nie spodziewała. Sądziła, że chodzi o jakieś problemy z kochankiem. Ojcowie to zupełnie inna para kaloszy.

— Po prostu zapukał do drzwi — ciągnęła Happy Bapetsi. — Była sobota po południu i ja odpoczywałam na łóżku. Wstałam, podeszłam do drzwi i za progiem stał z grubsza sześćdziesięcioletni mężczyzna z kapeluszem w dłoniach. Powiedział, że jest moim tatą i że przez wiele lat mieszkał w Bulawajo, ale wrócił do Botswany i przyjechał zobaczyć się ze mną.

Chyba pani rozumie, jaka byłam zszokowana. Musiałam usiąść, bo chyba bym zemdlała. On mówił dalej. Powiedział mi, jak miała na imię moja matka, i przeprosił, że tak długo go nie było. Potem spytał, czy może się u mnie zatrzymać, bo nie ma gdzie się podziać.

Powiedziałam, że oczywiście. Byłam bardzo przejęta widokiem taty i pomyślałam, że dobrze byłoby nadrobić wszystkie te stracone lata i pozwolić mu zamieszkać u mnie, zwłaszcza że moja biedna mama zmarła. Przygotowałam więc dla niego łóżko w jednym z wolnych pokojów i zrobiłam mu duży stek z ziemniakami. Szybko uprzątnął talerz i poprosił o dokładkę.

To było jakieś trzy miesiące temu. On mieszka w tym pokoju, a ja mu usługuję. Robię mu śniadanie, szykuję dla niego obiad i zostawiam w kuchni, a wieczorem przyrządzam kolację. Kupuję mu jedno piwo dziennie, sprawiłam mu też trochę nowych ubrań i parę porządnych butów. On tylko siedzi na krześle przed domem i komenderuje mną.

— Wielu mężczyzn jest takich — wtrąciła mma Ramotswe.

Happy Bapetsi skinęła głową.

— Ten jest wyjątkowo taki. Odkąd się zjawił, nie umył po sobie nawet jednego talerza i jestem już bardzo zmęczona usługiwaniem mu. Wydaje też dużo moich pieniędzy na witaminy i biltong*.

---

* Biltong — krojone w paski suszone mięso. (Wszystkie przypisy pochodzą od tłumacza).

Nie przeszkadzałoby mi to, gdyby nie jedna rzecz. Myślę, że to nie jest mój ojciec. Nie mam jak tego udowodnić, ale sądzę, że się podszywa, że tata opowiedział mu przed śmiercią o swojej rodzinie. Podejrzewam, że szukał na starość przytułku i nie mógł znaleźć lepszego…

Mma Ramotswe złapała się na tym, że patrzy na Happy Bapetsi z nieskrywanym osłupieniem. Nie ulegało wątpliwości, że jej klientka mówi prawdę. Zdumiała ją jawna, niezawoalowana bezczelność mężczyzn. Jak ten osobnik śmie tak podle wykorzystywać tę życzliwą, radosną kobietę! Co za naciągactwo, co za oszustwo! A w gruncie rzeczy zwykłe złodziejstwo!

— Może mi pani pomóc? Może się pani dowiedzieć, czy ten człowiek naprawdę jest moim tatą? Jeśli tak, to będę posłuszną córką i wytrzymam z nim. Jeśli nie, to wolałabym, żeby się wyniósł.

Mma Ramotswe nie wahała się ani chwili.

— Dowiem się. Nie dzisiaj, to jutro.

Sprawa nie była oczywiście taka prosta. W tamtych czasach istniały już badania krwi, ale mocno wątpiła, żeby ten człowiek zgodził się im poddać. Nie, musiała zastosować jakąś subtelniejszą metodę i ustalić ponad wszelką wątpliwość, czy ten mężczyzna jest tatą Happy Bapetsi. Nagle zafrapowała ją pewna myśl. Tak, w tej historii było coś zdecydowanie biblijnego. Ciekawe, co zrobiłby na jej miejscu Salomon.

Mma Ramotswe pożyczyła od znajomej, siostry Gogwe, strój pielęgniarski. Był trochę ciasny, zwłaszcza w ramionach, ponieważ siostra Gogwe, aczkolwiek sowicie obdarzona przez naturę, była nieco szczuplejsza niż mma Ramotswe. Lecz kiedy mma Ramotswe już się w niego wbiła i przypięła z przodu pielęgniarski zegarek, wyglądała jak wykapana pielęgniarka z Princess Marina Hospital. Uznała, że to dobre przebranie i zanotowała w pamięci, żeby wykorzystać je w przyszłości.

Jadąc maleńką białą furgonetką do domu Happy Bapetsi, rozmyślała o tym, że afrykańska tradycja utrzymywania krewnych pozbawionych środków do życia może być ludziom kulą u nogi. Znała pewnego sierżanta policji, który utrzymywał wujka, dwie ciotki i brata stryjecznego. Jeśli ktoś wyznawał starą moralność ludu Setswana, nie mógł odesłać krewnego od drzwi, i wiele przemawiało za tym zwyczajem. Oznaczał on jednak, że czarne owce i darmozjady miały tutaj znacznie łatwiejsze życie niż gdzie indziej. Ci ludzie doprowadzają ten system do ruiny, pomyślała. Za ich przyczyną dawne obyczaje nie cieszą się dobrą sławą.

Pod koniec jazdy zwiększyła prędkość. Jechała przecież w nagłej sprawie i siedzący przed domem tata powinien ją zobaczyć w obłoku pyłu. Mężczyzna istotnie wygrzewał się w porannym słońcu i wyprostował się, kiedy zobaczył, jak maleńka biała furgonetka zajeżdża pod bramę. Mma Ramotswe zgasiła silnik, wysiadła i pobiegła w stronę domu.

— Dumela, rra — pozdrowiła go bez dodatkowych wstępów. — Czy pan jest tatą Happy Bapetsi?

Tata podniósł się z krzesła.

— Tak, ja jestem tata — odparł z dumą.

Mma Ramotswe oddychała szybko, że niby jest zdyszana.

— Bardzo mi przykro, ale zdarzył się wypadek. Happy została potrącona przez samochód i w ciężkim stanie leży w szpitalu. W tej chwili przechodzi skomplikowaną operację.

Tata zaskowyczał z rozpaczy.

— Aaii! Moja córeczka! Moja mała Happy!

Dobry aktor, pomyślała mma Ramotswe, chyba że... Nie, wolała zaufać intuicji Happy Bapetsi. Kobieta pozna własnego tatę, nawet jeśli go nie widziała, odkąd była oseskiem.

— Tak, to bardzo smutne — podjęła. — Happy jest w bardzo ciężkim stanie. Potrzebują mnóstwo krwi, żeby jej przetoczyć.

Tata zmarszczył brwi.

— To niech przetaczają. Ile chcą. Zapłacę.

— Nie chodzi o pieniądze. Krew jest za darmo. Nie mamy właściwej grupy. Musimy pobrać od kogoś z rodziny, a ona ma tylko pana. Jesteśmy zmuszeni pana poprosić o oddanie krwi.

Tata usiadł ciężko.

— Jestem starym człowiekiem.

Tak, ten człowiek się podszywa, pomyślała mma Ramotswe.

— Dlatego pana prosimy. Straciła tyle krwi, że będą musieli

panu pobrać prawie połowę tego, co pan ma w żyłach. Będzie to dla pana bardzo niebezpieczne. Może pan nawet umrzeć.

Tata rozdziawił usta.

— Umrzeć?

— Tak. Ale przecież ojciec nie odmówi takiej ofiary własnej córce. Musimy zaraz jechać, bo będzie za późno. Doktor Moghile czeka.

Tata otworzył i zamknął usta.

— Chodźmy — powiedziała mma Ramotswe, biorąc go za nadgarstek. — Pomogę panu wsiąść do furgonetki.

Tata wstał, po czym usiłował znowu usiąść. Mma Ramotswe szarpnęła go.

— Nie, nie chcę — protestował.

— Musi pan. Chodźmy.

Tata pokręcił głową.

— Nie — powiedział słabym głosem. — Nie pojadę. Widzi pani, ja nie jestem jej tatą. Nastąpiła pomyłka.

Mma Ramotswe puściła jego nadgarstek, po czym splotła ramiona na piersiach i spojrzała mu prosto w oczy.

— A więc nie jest pan tatą! Rozumiem! Rozumiem! W takim razie czemu przesiaduje pan na tym krześle i każe Happy się karmić? Słyszał pan, co nasz kodeks karny ma do powiedzenia o takich ludziach jak pan? Słyszał pan? — Tata spuścił wzrok i pokręcił głową. — Niech pan idzie do domu po swoje rzeczy. Daję panu pięć minut. Potem zawiozę pana na dworzec i wsiądzie pan do autobusu. Skąd pan jest?

— Z Lobatse. Ale nie podoba mi się tam.

— Może jak zacznie pan coś robić, zamiast pierdzieć cały dzień w stołek, to się panu trochę bardziej spodoba. Na początek mógłby pan na przykład hodować melony. — Tata miał strasznie nieszczęśliwą minę. — Marsz do domu! — rozkazała. — Zostały już tylko cztery minuty!

Po powrocie do domu Happy Bapetsi nie zastała taty, a jego pokój był uprzątnięty. Na stole kuchennym leżała kartka od mmy Ramotswe. Kiedy Happy ją przeczytała, na jej twarz powrócił uśmiech.

„Tak jak pani podejrzewała, to nie był pani tata. Wymyśliłam najlepszy sposób: skłoniłam go, żeby sam mi to powiedział. Może kiedyś znajdzie pani swojego prawdziwego tatę, a może nie, ale na razie niech pani będzie znowu szczęśliwa".

ROZDZIAŁ DRUGI

TO JUŻ TYLE LAT!

Nie zapominamy, pomyślała mma Ramotswe. Głowy mamy wprawdzie nieduże, ale wspomnień w nich tyle, ile czasem na niebie bzyczących pszczół — tysiące zdarzeń, zapachów, miejsc, drobnych rzeczy, które nam się w życiu trafiły i które nieoczekiwanie wracają, aby przypomnieć nam o tym, kim jesteśmy. Kto ja jestem? Jestem Precious Ramotswe, obywatelka Botswany, córka Obeda Ramotswe, który zmarł, ponieważ pracował w przeszłości jako górnik i nie mógł już oddychać. Jego życie nie zostało zanotowane w annałach. Kto ma spisywać życie prostych ludzi?

Jestem Obed Ramotswe, urodziłem się w 1930 roku koło Mahalapye. Moje rodzinne miasto znajduje się w połowie odległości między Gaborone i Francistown, przy tej drodze, która zdaje się ciągnąć bez końca. W tamtych czasach była to oczywiście droga gruntowa i znacznie większą rolę odgrywała kolej. Linia zaczynała się w Bulawajo, wjeżdżała do Botswany w Plumtree, a potem biegła bokiem na południe aż do Mafikeng na drugim końcu kraju.

W dzieciństwie patrzyłem na pociągi, które stawały na bocznicy, wypuszczając wielkie obłoki pary. Zakładaliśmy się, który z nas najbliżej podbiegnie. Palacze krzyczeli na nas, a zawiadowca dmuchał w gwizdek, ale nie dawaliśmy się przegonić. Chowaliśmy się za krzakami i skrzyniami, zza których wyskakiwaliśmy, żeby podbiec do otwartych okien wagonów i poprosić pasażerów o drobniaki. Biali ludzie wyglądali przez okna jak duchy i czasami rzucali nam rodezyjskie pensy — duże miedziaki z dziurą w środku — a jeśli nam się poszczęściło, to maleńką srebrną monetę nazywaną *tickey*, wartą puszeczkę syropu.

Mahalapye było właściwie rozciągniętą wioską zabudowaną chatami z brązowych, wypalanych w słońcu cegieł z gliny. Kilka budynków miało blaszane dachy. Te ostatnie należały do rządu albo do towarzystwa kolejowego i symbolizowały dla nas odległy, nieosiągalny luksus. Była szkoła prowadzona przez starego anglikańskiego księdza i białą kobietę z twarzą zniszczoną przez słońce. Oboje mówili językiem setswana, to rzadkość, ale uczyli nas po angielsku — przykazali nam, pod karą chłosty, żebyśmy zostawiali rodzimy język na dziedzińcu.

Po drugiej stronie drogi zaczynała się równina, która ciągnęła się aż po Kalahari. Były to monotonne tereny, rzadko porośnięte niskimi akacjami, na których gałęziach przesiadywały dzioborożce i trzepoczące skrzydłami *molope* z długimi, powłóczystymi ogonami. Świat ten zdawał się bezkresny i sądzę, że właśnie dlatego tamta Afryka była tak bardzo odmienna od dzisiejszej. Nie miała końca. Można było całymi dniami iść albo jechać i nigdzie nie dotrzeć.

Mam teraz sześćdziesiąt lat i sądzę, że Pan Bóg nie chce, abym tu o wiele dłużej zabawił. Może mam przed sobą jeszcze kilka lat, ale wątpię w to. Byłem w szpitalu holenderskiego Kościoła reformowanego w Mochudi z wizytą u doktora Moffata, który osłuchał mi klatkę piersiową. To mu wystarczyło do stwierdzenia, że byłem górnikiem. Pokręcił głową i powiedział, że kopalnie umieją człowiekowi zaszkodzić na wiele różnych sposobów. Kiedy to mówił, przypominała mi się piosenka śpiewana przez górników z Sotho: „Kopalnie zjadają ludzi. Nawet jak z nich odejdziesz, dalej mogą cię zjadać". Wszyscy wiedzieliśmy, że to prawda. Mógł cię zabić spadający odłamek skalny albo mogłeś zginąć wiele lat później, kiedy schodzenie na dół było już tylko wspomnieniem lub nocnym koszmarem. Kopalnie upominały się o swoje i teraz upomniały się o mnie, więc słowa doktora Moffata nie były dla mnie zaskoczeniem.

Niektórzy ludzie bardzo źle przyjmują tego rodzaju wiadomość. Wydaje im się, że będą żyli wiecznie, toteż płaczą i wyją, kiedy do nich dotrze, że nadszedł ich czas. Ja tak nie zareagowałem, nie rozpłakałem się w gabinecie pana doktora. Tylko jedno mnie smuci: że kiedy umrę, pożegnam się z Afryką. Kocham Afrykę, która jest dla mnie matką i ojcem. Po śmierci będzie mi brakowało zapachu Afryki, bo mówią, że tam, gdzie odchodzimy, nie ma zapachów i smaków.

Nie mówię, że jestem odważnym człowiekiem — bo nie jestem — ale usłyszana nowina rzeczywiście niespecjalnie mnie przejęła. Spoglądam wstecz na sześćdziesiąt lat swojego życia i myślę o wszystkim, co widziałem. Myślę o tym, że zaczynałem od niczego, a teraz mam prawie dwieście sztuk bydła. Mam też dobrą, kochającą córkę, która pięknie się mną opiekuje i robi mi herbatę, gdy siedzę w słońcu i spoglądam na dalekie wzgórza. Z oddali wzgórza te wydają się niebieskie. W tym kraju wszystko wydaje się niebieskie, kiedy patrzy się na to z daleka. Od wybrzeża dzieli nas Angola i Namibia, ale nad nami i wokół nas rozciąga się wielki, pusty ocean błękitu. Żaden marynarz nie jest bardziej samotny niż człowiek, który stoi pośrodku naszego kraju, otoczony bezkresnymi milami błękitu.

Nigdy nie widziałem morza, chociaż człowiek, z którym kiedyś pracowałem, zaprosił mnie do swojej wioski w Zululandzie. Powiedział mi, że tamtejsze zielone wzgórza schodzą aż do Oceanu Indyjskiego i że z drzwi jego chaty widać płynące w oddali statki. Powiedział, że kobiety z jego wioski warzą najlepsze piwo w całym kraju i że mężczyzna może całymi dniami nie robić nic oprócz wygrzewania się na słońcu, picia kukurydzianego piwa i płodzenia dzieci. Powiedział, że jeśli z nim pojadę, to znajdzie mi żonę i jego współplemieńcy przymkną oko na fakt, że nie jestem Zulusem — jeśli zapłacę ojcu za dziewczynę odpowiednio dużą sumę pieniędzy.

Ale po co miałbym jechać do Zululandu? Dlaczego miałbym chcieć czegoś innego, niż mieszkać w Botswanie i ożenić się z krajanką? Powiedziałem mu, że Zululand z jego opowieści wygląda ciekawie, ale każdy człowiek ma w sercu mapę swojej ojczyzny i że serce nigdy mu nie pozwoli zapomnieć o tej mapie. Powiedziałem mu, że w Botswanie nie mamy zielonych wzgór ani morza, ale mamy Kalahari i ziemie ciągnące się dalej, niż ktokolwiek sięga wyobraźnią. Powiedziałem mu, że ktoś, kto urodził się w suchym kraju, od czasu do czasu marzy o deszczu, ale nie chce go zbyt wiele i nie przeszkadza mu słońce, które bez przerwy pali. Nie pojechałem więc z nim do Zululandu i ani razu nie widziałem morza. Nigdy jednak nie czułem się z tego powodu nieszczęśliwy.

Siedzę tutaj teraz, całkiem bliski końca, i myślę o wszystkim, co mi się w życiu zdarzyło. Nie ma jednak dnia, żebym nie kierował myśli ku Bogu i temu, co ze mną będzie po śmierci. Nie boję się samego umierania, bo dobrze znoszę ból, który nie jest zresztą aż taki dotkliwy. Dali mi tabletki — duże białe — i powiedzieli, żebym je brał, kiedy ból w piersiach stanie się zbyt silny. Ale tabletki te usypiają mnie, a ja nie chcę przespać reszty życia. Myślę więc o Bogu i zastanawiam się, co mi powie, kiedy przed Nim stanę.

Dla niektórych Bóg jest białym człowiekiem. Wyobrażenie to wbili im przed laty do głowy biali misjonarze. Ja nie sądzę, żeby tak było, bo nie ma różnicy między białymi i czarnymi. Wszyscy jesteśmy tacy sami. Wszyscy jesteśmy ludźmi. A Bóg był tutaj wcześniej od misjonarzy. Nazywaliśmy Go wtedy inaczej i nie mieszkał u Żydów. Mieszkał u nas, w Afryce, w kamieniach, w niebie, wszędzie tam, gdzie lubił być. Po śmierci szło się gdzie indziej, Bóg też miał tam być, ale człowiek wiedział, że za bardzo się do Niego nie zbliży. Ale czemu miałby tego pragnąć?

Opowiada się w Botswanie historię dwójki dzieci, brata i siostry, których trąba powietrzna porywa do nieba i widzą, że w niebie jest pełno pięknych białych krów. Właśnie tak lubię wyobrażać sobie niebo i mam nadzieję, że tak jest naprawdę. Mam nadzieję, że po śmierci trafię do krainy, w której mieszkają takie krowy, mają słodki oddech i tłoczą się wokół mnie. Jeśli to mnie czeka, to z ochotą odejdę choćby jutro albo nawet w tej chwili. Chciałbym się jednak pożegnać z moją córką i trzymać ją za rękę, kiedy będę umierał. To byłaby szczęśliwa śmierć.

Kocham swoją ojczyznę, a fakt, że jestem Motswana, napawa mnie dumą. W całej Afryce nie ma drugiego kraju, którego obywatel mógłby chodzić z tak wysoko podniesionym czołem. Nie mamy i nigdy nie mieliśmy więźniów politycznych. Rządzimy się demokratycznie. Jesteśmy rozsądni. Bank Botswany ma w swoich sejfach mnóstwo pieniędzy, ze sprzedaży diamentów. Nikomu nie jesteśmy nic winni.

W przeszłości działo się jednak znacznie gorzej. Zanim zbudowaliśmy nasze państwo, musieliśmy wyjeżdżać do pracy do

RPA. Jeździliśmy do kopalń, tak jak ludzie z Lesotho, Mozambiku, Malawi i innych krajów. Kopalnie wsysały naszych mężczyzn, a dzieci i starcy zostawali sami w domu. Wydobywaliśmy złoto i diamenty, na których biali się bogacili. Budowali ogromne, otoczone murami domy, kupowali samochody. My kopaliśmy w dole, kuliśmy skałę, na której wznosiło się całe ich bogactwo.

Wyjechałem do pracy w kopalni, kiedy miałem osiemnaście lat. Byliśmy wtedy protektoratem Beczuany i naszym krajem rządzili Brytyjczycy, żeby nas bronić przed Burami (tak w każdym razie mówili). W Mafikeng, za granicą z RPA, był Wysoki Komisarz, który przyjeżdżał tą długą drogą i rozmawiał z wodzami. „Ty zrobisz to, a ty tamto", mówił. Wszyscy wodzowie byli mu posłuszni, bo wiedzieli, że w przeciwnym razie zastąpi ich kimś innym. Zdarzali się jednak sprytni wodzowie, którzy mówili Brytyjczykom: „Tak jest, wasza eminencjo, zrobię to", a potem, za ich plecami, robili co innego albo tylko udawali, że coś robią. I tak przez wiele lat nic się nie działo. Był to dobry system rządów, bo większość ludzi chce, żeby nic się nie działo. W dzisiejszych czasach kłopot z rządami jest właśnie taki, że stale chcą coś zmieniać, stale się zastanawiają, co by tu wykombinować. Ludzie chcą czego innego. Ludzie chcą, żeby zostawić ich samych, żeby mogli hodować bydło.

Do tego czasu przenieśliśmy się z Mahalapye do Mochudi, gdzie mieszkała rodzina mojej matki. Podobało mi się w Mochudi i chętnie bym tam został, ale ojciec powiedział, że powinienem wyjechać do kopalni, bo jego ziemia nie wykarmi mnie i rodziny, którą założę. Stado mieliśmy niewielkie, a warzywa uprawialiśmy tylko na własne potrzeby. Kiedy więc z Johannesburga przyjechała ciężarówka z werbownikami, poszedłem do nich, a oni mnie zważyli, obsłuchali i kazali przez dziesięć minut biegać tam i z powrotem po drabinie. Potem ktoś z ekipy powiedział, że nadam się na górnika, i kazali mi napisać swoje nazwisko na kartce papieru. Chcieli wiedzieć, jak się nazywa wódz mojego plemienia, i spytali, czy miałem kiedyś kłopoty z policją. I tyle.

Następnego dnia odjechałem ciężarówką. Miałem jeden kufer podróżny, który ojciec kupił dla mnie w sklepie indyjskim. Pojechałem w jednych butach, ale miałem zapasową koszulę i spodnie.

21

To był mój cały dobytek, poza biltongiem, który zrobiła dla mnie mama. Kiedy załadowałem kufer na dach ciężarówki, wszystkie rodziny, które przyszły pożegnać swoich, zaczęły śpiewać. Kobiety płakały, my machaliśmy na pożegnanie. Młodzi mężczyźni zawsze starają się nie płakać i nie robić smutnej miny, ale wiedziałem, że nie tylko ja mam ściśnięte serce.

Jazda do Johannesburga trwała dwanaście godzin, bo drogi były wtedy kiepskie i gdyby ciężarówka jechała szybciej, mogłaby pęknąć półośka. Jechaliśmy przez Zachodni Transwal, w upale, zgnieceni na kupie jak bydło. Kierowca zatrzymywał się co godzinę i puszczał w koło kanisterki z wodą, napełniane w każdym mieście, przez które przejeżdżaliśmy. Kanisterek dostawało się na kilka sekund i przez ten czas można było wypić tyle wody, ile się zdążyło. Mężczyźni, którzy jechali na drugi albo trzeci kontrakt, znali ten system i mieli własne butelki z wodą, z których dawali się napić szczególnie spragnionym towarzyszom drogi. Wszyscy byliśmy Batswana i nikt nie mógł patrzeć, jak inny Motswana cierpi.

Starsi wzięli w obroty młodszych. Mówili nam, że odkąd podpisaliśmy kontrakt, nie jesteśmy już chłopcami. Mówili nam, że zobaczymy w Johannesburgu rzeczy, których istnienia sobie nie wyobrażaliśmy, i że jeśli okażemy się słabi albo głupi, albo nie będziemy dostatecznie ciężko pracowali, to nasze życie będzie od tej pory samym cierpieniem. Mówili nam, że zobaczymy dużo okrucieństwa i podłości, ale jeśli będziemy się trzymać z innymi Batswana i słuchać starszych, to przeżyjemy. Pomyślałem, że chyba przesadzają. Przypomniałem sobie, że jak szedłem do szkoły przygotowawczej, starsi chłopcy ostrzegali nas przed tym, co nas czeka. Chcieli nas nastraszyć, ale rzeczywistość okazała się zupełnie inna. Ci ludzie mówili absolutną prawdę. Ba, to, co nas czekało, było jeszcze gorsze od ich krakań.

W Johannesburgu najpierw przez dwa tygodnie nas szkolili. Wszyscy byliśmy całkiem sprawni i silni, ale nikt nie mógł zejść na dół, dopóki jeszcze się nie wzmocnił. Zabrali nas więc do budynku, do którego wpuścili parę, i kazali nam po cztery godziny dziennie wskakiwać i zeskakiwać z ławek. Niektórzy tego nie wytrzymywali, przewracali się i trzeba ich było stawiać na nogi, ale ja jakoś przeżyłem i przeszedłem do następnego etapu szkolenia. Uczyli nas zasad bezpieczeństwa i mówili, że jeśli nie będziemy uważali, to może spaść kamień i nas zmiażdżyć. Wnieśli do środka człowieka bez nóg, posadzili go na stole i kazali nam wysłuchać jego opowieści o tym, co mu się stało.

Nauczyli nas funagalo, języka używanego do wydawania rozkazów pod ziemią. To dziwny język. Zulusi się śmieją, jak go słyszą, bo jest w nim wiele zuluskich słów, ale to nie jest zuluski. Funagalo dobrze się nadaje do wydawania poleceń. Można w nim powiedzieć „pchaj", „weź", „kop", „nieś", „ładuj", ale nie ma w nim słów, które by oznaczały miłość, szczęście czy śpiew ptaków o poranku.

Potem zabrali nas szybami pod ziemię i pokazali, co mamy robić. Wsadzili nas do klatek zawieszonych pod wielkimi kołami i klatki te śmignęły na dół tak szybko, jak jastrzębie spadające na ofiarę. Na dole były pociągi — małe kolejki — do których nas powsadzali i wozili nas długimi, ciemnymi chodnikami wypełnionymi zieloną skałą i pyłem. Moja praca polegała na ładowaniu skały, kiedy została już skruszona. Robiłem to siedem godzin dziennie. Przybyło mi od tego mięśni, ale dzień w dzień pracowałem w pyle.

Niektóre kopalnie były bardziej niebezpieczne od innych i wszyscy wiedzieliśmy, które to są. W bezpiecznej kopalni prawie nie widuje się pod ziemią noszy, a w niebezpiecznej często, ludzie wynoszeni z klatek krzyczą z bólu albo jeszcze gorzej, milczą pod grubymi czerwonymi kocami. Wszyscy wiedzieliśmy, że aby przeżyć, trzeba znaleźć się w jednej brygadzie z ludźmi, którzy „czują skałę", jak to nazywaliśmy. Każdy dobry górnik miał ten instynkt. Widział, jak się zachowuje i co szykuje skała, dzięki czemu wiedział, kiedy trzeba postawić nowe zastrzały. Jeśli choćby parę osób z brygady tego nie wiedziało, to nie miało znaczenia, jak dobrzy są pozostali: skała spadała i miażdżyła dobrych górników razem ze złymi.

O szansach na przeżycie decydowało też to, jaki się trafił nadsztygar. Nadsztygarami robiono białych górników, ale wielu z nich miało bardzo niedużo do roboty. Jeśli ekipa była dobra, jej sztygar dokładnie wiedział, co i jak robić. Biały górnik udawał, że wydaje rozkazy, ale tak naprawdę robotą kierował sztygar. Głupi nadsztygar — a było ich całkiem sporo — za bardzo eksploatował swoich ludzi. Beształ ich i bił, jeśli uważał, że pracują za wolno, a to mogło być niebezpieczne. Nadsztygarowi nie groziło zmiażdżenie przez skałę, bo nie pojawiał się na przodku w groźnych momentach, tylko czekał wyżej z innymi białymi, aż mu doniosą, że robota wykonana.

Białym nadsztygarom zdarzało się bić swoich ludzi, kiedy się zdenerwowali. Nie wolno im było tego robić, ale szefowie zmiany przymykali na to oko. Nam nie wolno było oddać, choćby kara, która nas spotkała, była zupełnie niezasłużona. Jak uderzyłeś białego górnika, byłeś skończony. Na górze koło szybu czekała na ciebie policja kopalniana i mogłeś trafić na parę lat do więzienia.

Trzymali nas osobno, bo taki mieli system. Suazi byli w jednej ekipie, Zulusi w innej, Malawijczycy w jeszcze innej i tak dalej. Każdy był ze swoimi ziomkami i musiał słuchać sztygara. Jeśli nie słuchał i sztygar doniósł na niego, to odsyłali go do domu albo załatwiali pobicie go przez policję, żeby zmądrzał.

Wszyscy baliśmy się Zulusów, chociaż ja zaprzyjaźniłem się z Zulusem, który miał dobre serce. Zulusi uważali się za lepszych od nas i czasami wyzywali nas od bab. Jak doszło do bójki, to prawie zawsze brali w niej udział Zulusi albo Basotho, lecz niemal nigdy Batswana. Nie lubiliśmy się bić. Któregoś razu pijany Motswana przez pomyłkę zawędrował w sobotę wieczór do zuluskiego hotelu robotniczego. Pobili go sjambokiem* i położyli na drodze, żeby go samochód przejechał, ale na szczęście akurat jechała policja i go uratowała, bo byłoby po nim. A wszystko przez to, że pomylił hotele robotnicze.

Pracowałem na kopalni latami i odkładałem wszystkie pieniądze. Inni wydawali je na kobiety z miasta, alkohol i eleganckie ubrania. Ja nic nie kupowałem, nie miałem nawet gramofonu. Przesyłałem pieniądze na konto Standard Bank w kraju i kupowałem za nie bydło. Co roku dokupowałem kilka krów. Zajmował się nimi kuzyn. Cieliły się i moje stado było coraz większe.

---

* Sjambok — batog ze skóry nosorożca.

Pewnie zostałbym w kopalni, gdybym nie był świadkiem strasznego zdarzenia. Było to po piętnastu latach mojej pracy w górnictwie. Miałem wtedy znacznie lepsze stanowisko: pomocnika człowieka, który zakładał dynamit. Nie miałem szans na awans, bo biali rezerwowali tę posadę dla siebie, ale nosiłem środki wybuchowe i pomagałem szefowi z zapalnikami. Była to dobra praca i lubiłem swojego szefa.

Któregoś razu zostawił coś w korytarzu — blaszaną puszkę z kanapkami — i poprosił mnie, żebym mu ją przyniósł. Zszedłem tam, gdzie pracował, i poszukałem puszki. Chodnik był oświetlony żarówkami podwieszonymi u stropu, więc szło się dosyć bezpiecznie, ale trzeba było uważać, bo od czasu do czasu mijało się otwory długich na kilkadziesiąt metrów szybów inspekcyjnych. Ludzie czasami wpadali do tych szybów, zawsze z własnej winy. Nie patrzyli, gdzie idą, albo szli nieoświetlonym chodnikiem ze słabą baterią zasilającą latarkę na kasku. Zdarzało się, że ktoś po prostu tam włazić, bo był nieszczęśliwy i nie chciało mu się żyć. Trudno to było poznać, bo w sercach ludzi, którzy żyją z dala od ojczyzny, mieszka wiele rodzajów smutku.

Pokonałem zakręt chodnika i znalazłem się w okrągłej komorze. Na jej końcu był szyb inspekcyjny, o czym ostrzegał znak. Czterej mężczyźni stali przy otworze, trzymając za ręce i nogi piątego człowieka. Kiedy wyszedłem zza zakrętu, zakołysali nim i wrzucili go w ciemności. Mężczyzna zdążył jeszcze wrzasnąć coś w khosa, ale nie zrozumiałem, bo słabo znam ten język.

Zatrzymałem się. Czterej mężczyźni jeszcze mnie nie zauważyli, ale po chwili jeden się odwrócił i krzyknął coś po zulusku. Wszyscy rzucili się w moją stronę. Okręciłem się na pięcie i pobiegłem korytarzem. Wiedziałem, że jak mnie złapią, to wlecę za ich ofiarą do sztolni. Nie mogłem dać się doścignąć w tym biegu.

Chociaż udało mi się uciec, wiedziałem, że ci ludzie mnie widzieli i zabiją mnie. Byłem świadkiem tego morderstwa, więc nie mogłem pozostać w kopalni.

Opowiedziałem wszystko szefowi. To był dobry człowiek. Z żadnym innym białym bym o tym nie rozmawiał. Słuchał mnie uważnie i zrozumiał, kiedy powiedziałem, że muszę wyjechać, ale próbował mnie przekonać, żebym poszedł na policję.

— Powiedz im, co widziałeś — namawiał mnie w afrikaans.

— Powiedz im. Złapią tych Zulusów i powieszą ich.

— Nie wiem, kim oni są. Zanim ich znajdą, oni złapią mnie. Wracam do kraju.

Spojrzał na mnie i pokiwał głową. Uścisnął mi dłoń — nigdy wcześniej żaden biały tego nie zrobił. Nazwałem go swoim bratem — nigdy tak wcześniej nie powiedziałem do białego.

— Wracaj do żony — rzekł. — Jak mężczyzna zostawi żonę na zbyt długi czas, to w końcu mu się zbiesi. Uwierz mi. Wracaj i daj jej więcej dzieci.

Uciekłem więc z kopalni, po kryjomu, jak złodziej, i w 1960 roku wróciłem do Botswany. Nie potrafię przekazać, jaką miałem radość w sercu, kiedy przekroczyłem granicę i na zawsze zostawiłem ze sobą Afrykę Południową. W RPA każdego dnia drżałem o swoje życie. Niebezpieczeństwo i smutek wisiały nad Johannesburgiem jak chmura. Nigdy nie byłbym tam szczęśliwy. W Botswanie było inaczej. Nie było policjantów z psami; nie było *totsis** czających się z nożami, żeby cię obrabować; nie budziło cię co rano wycie syren wzywających do zjazdu pod rozpaloną ziemię. Nie było wielkich tłumów ludzi, którzy zjechali się z różnych stron świata i cały czas tęsknili za domem, cały czas chcieli być gdzie indziej. Uciekłem z więzienia — wielkiego, jęczącego w upalnym słońcu więzienia.

Kiedy wysiadłem z autobusu w Mochudi i zobaczyłem *kopje*, dom wodza i kozy, to stanąłem i rozpłakałem się. Podszedł do mnie jakiś nieznajomy, położył mi dłoń na ramieniu i spytał, czy właśnie wróciłem z kopalni. Powiedziałem, że tak, a on pokiwał tylko głową i trzymał mi dłoń na ramieniu do chwili, gdy przestałem płakać. Potem uśmiechnął się i poszedł dalej. Zobaczył, że podchodzi do mnie żona i nie chciał jej przeszkadzać w przywitaniu się z mężem.

Pojąłem tę kobietę za żonę trzy lata wcześniej, ale od wesela mało się widywaliśmy. Przyjeżdżałem z Johannesburga raz do roku na miesiąc i tylko tyle mieliśmy wspólnego życia. Po moim ostatnim przyjeździe zaszła w ciążę i moja córeczka przyszła na

---

* *Totsi* — złodziej.

26

świat, kiedy ja wciąż siedziałem w RPA. Teraz miałem ją zobaczyć, moja żona zabrała ją ze sobą. Stała z dzieckiem w ramionach, dzieckiem, które było dla mnie cenniejsze nad wszystko złoto z kopalni Johannesburga. To była moja pierworodna, moja jedynaczka, moja dziewczynka, moja Precious Ramotswe.

Precious była podobna do matki, grubej kobiety o dobrym sercu. Bawiła się na podwórzu i śmiała się, kiedy ją podnosiłem. Miałem krowę, która dawała dobre mleko, i trzymałem ją koło domu dla Precious. Dawaliśmy jej też dużo syropu i codziennie jajka. Moja żona smarowała jej skórę wazeliną i tak polerowała, żeby się świeciła. Mówili, że Precious jest najpiękniejszym dzieckiem w całej Beczuanie. Kobiety przyjeżdżały z daleka, żeby na nią popatrzeć i potrzymać ją w ramionach.

Potem moja żona, matka Precious, zmarła. Mieszkaliśmy tuż pod Mochudi i często chodziła odwiedzać ciotkę, która mieszkała za torami kolejowymi blisko Francistown Road. Nosiła tam jedzenie, bo ciotka była za stara, żeby o siebie zadbać, i miała tylko jednego syna, który chorował na sufubę i nie mógł daleko chodzić.

Nie wiem, jak doszło do tego nieszczęścia. Niektórzy mówili, że zbliżała się burza i błyskało się, więc moja żona nie patrzyła na boki, kiedy wbiegała na tory. W każdym razie przejechał ją pociąg z Bulawajo. Maszyniście było bardzo przykro, ale twierdził, że w ogóle jej nie widział, i sądzę, że mówił prawdę.

Sprowadziłem kuzynkę, żeby troszczyła się o Precious. Szyła jej ubrania, odprowadzała ją do szkoły i gotowała nam. Byłem smutnym człowiekiem i myślałem sobie: nic ci już w życiu nie zostało oprócz Precious i bydła. Pogrążony w rozpaczy poszedłem na pastwisko, żeby zobaczyć, jak się miewają moje krowy, i żeby zapłacić pastuchom. Miałem teraz więcej bydła i zastanawiałem się nawet nad otwarciem sklepu. Postanowiłem jednak zostawić to Precious, niech kupi sklep, jak ja umrę. Poza tym kopalniany pył zniszczył mi płuca, tak że nie mogłem za szybko chodzić ani podnosić ciężkich rzeczy.

Któregoś upalnego dnia wracałem z pastwiska i dotarłem do głównej drogi z Francistown do Gaborone. Usiadłem przy drodze pod drzewem i czekałem na autobus, który miał tędy później przejeżdżać. Zasnąłem z gorąca i obudził mnie warkot samochodu, który zatrzymał się na poboczu.

Było to duże auto, chyba amerykańskie, i z tyłu siedział jakiś mężczyzna. Kierowca podszedł do mnie i odezwał się w setswana, mimo że tablice rejestracyjne były południowoafrykańskie. Kierowca powiedział, że chłodnica im przecieka, i spytał, gdzie mogą znaleźć wodę. Tak się złożyło, że koło ścieżki prowadzącej na moje pastwisko był zbiornik do pojenia krów, więc zabrałem tam kierowcę i nalaliśmy wody do puszki.

Kiedy wróciliśmy z wodą do chłodnicy, pasażer stał na zewnątrz i patrzył na mnie. Uśmiechnął się na znak, że jest mi wdzięczny za okazaną pomoc, i ja też się do niego uśmiechnąłem. Potem zdałem sobie sprawę, że znam tego człowieka — był to dyrektor wszystkich tych kopalń w Johannesburgu, jeden z ludzi pana Oppenheimera.

Podszedłem do niego i przedstawiłem się. Powiedziałem, że pracowałem w jego kopalniach, że przepraszam za ucieczkę przed upływem kontraktu, ale że zrobiłem tak z powodu okoliczności, na które nie miałem wpływu.

Roześmiał się i powiedział, że jest mi wdzięczny za tyle lat pracy w kopalniach. Zaproponował, że zabierze mnie swoim samochodem do Mochudi.

Zajechałem więc do Mochudi limuzyną i ten ważny człowiek wszedł do mojego domu. Na widok Precious powiedział, że mam śliczne dziecko. Po wypiciu herbaty spojrzał na zegarek.

— Muszę wracać do Johannesburga — stwierdził.

Powiedziałem, że żona się na niego zezłości, jeśli nie zdąży na ugotowaną przez nią kolację, a on zgodził się ze mną.

Wyszliśmy na dwór. Człowiek pana Oppenheimera sięgnął do kieszeni i wyjął z niej portfel. Odwróciłem się, kiedy go otwierał. Nie chciałem od niego żadnych pieniędzy, ale on się uparł. Powiedział, że byłem jednym z ludzi pana Oppenheimera, a pan Oppenheimer dba o swoich podopiecznych. Dał mi dwieście randów, a ja powiedziałem, że kupię za te pieniądze byka, bo właśnie mi zdechł.

Ucieszył się z tego. Życzyliśmy sobie nawzajem zdrowia i rozstaliśmy się. Od tej pory już nigdy nie widziałem się z moim przyjacielem, ale na zawsze pozostanie on w moim sercu.

ROZDZIAŁ TRZECI

LEKCJE O CHŁOPCACH
I KOZACH

Kuzynka Obeda Ramotswe dostała pokój z tyłu domku, który zbudował on na skraju wioski po powrocie z kopalni. Pierwotnie miał to być magazyn na blaszane skrzynie, dodatkowe koce i zapas parafiny do gotowania, ale znalazło się inne miejsce na te rzeczy. Po pobieleniu ścian i wstawieniu łóżka i małej szafy pokój nadawał się do zamieszkania. Dla kuzynki był to niewyobrażalny luksus. Kiedy sześć lat wcześniej zostawił ją mąż, sprowadziła się z powrotem do matki i babci, gdzie mieszkała w pokoju, który miał tylko trzy ściany, w tym jedną, która nie sięgała do dachu. Matka i babcia, staroświeckie kobiety, traktowały ją z cichą pogardą, bo uważały, że kobieta, od której odszedł mąż, w dziewięciu przypadkach na dziesięć zasłużyła na swój los. Naturalnie musiały wziąć ją do siebie, ale drzwi ich domu otworzył przed nią obowiązek, a nie uczucie.

Mąż ją zostawił, bo była bezpłodna. Spotyka to prawie wszystkie bezdzietne kobiety. Niewielkie pieniądze, które miała, wydała na porady tradycyjnych uzdrowicieli. Jeden z nich obiecał jej, że najdalej po kilku miesiącach jego starań pocznie dziecko. Zaaplikował jej najrozmaitsze zioła i sproszkowaną korę różnych drzew, a kiedy to nie pomogło, posłużył się czarami. Po kilku z wypitych wywarów zachorowała, a po jednym o mało nie umarła, co nie powinno dziwić, zważywszy na skład mikstury, ale kuzynka nie zaszła w ciążę i wiedziała, że jej mąż traci cierpliwość. Wkrótce po odejściu napisał do niej z Lobatse, informując z dumą, że jego nowa żona jest brzemienna. Półtora roku później kuzynka dostała list ze zdjęciem dziecka. Nie przyszły żadne pieniądze. Była to ostatnia wiadomość, jaką od niego miała.

Teraz, kiedy trzymała w ramionach Precious, stojąc we własnym pokoju z czterema mocnymi, pobielonymi ścianami, jej szczęście nie miało granic. Pozwalała Precious, która miała teraz cztery lata, spać ze sobą w łóżku. Całymi godzinami leżała w nocy bezsennie i wsłuchiwała się w oddech dziecka. Głaskała jej skórę, trzymała jej maleńką rączkę w palcach i zdumiewała się doskonałością ciała dziecka. Kiedy Precious spała po południu w upale, siadała koło niej i dziergała lub szyła jasnoczerwone i jasnoniebieskie sweterki i skarpeteczki, odganiając muchy od śpiącego dziecka.

Obed też był zadowolony. Co tydzień dawał kuzynce pieniądze na jedzenie, a co miesiąc jakąś drobną sumę dla niej samej. Gospodarowała oszczędnie i zawsze zostawało jej trochę pieniędzy, za które kupowała coś Precious. Nie miał najmniejszych powodów się na nią uskarżać ani nie dostrzegał żadnych błędów w wychowywaniu przez nią jego córki. Wszystko szło doskonale.

Kuzynka chciała, żeby Precious wyrosła na mądrą dziewczynę. Sama była niewykształcona i z dużym wysiłkiem nauczyła się czytać, ale teraz czuła, że sytuacja kobiet może ulec zmianie. Powstała partia polityczna, do której mogły wstępować również kobiety, chociaż niektórzy mężczyźni sarkali i mówili, że jest to kuszenie losu. Kobiety zaczęły rozmawiać między sobą o swoim położeniu. Naturalnie żadna nie wypowiadała się publicznie przeciwko mężczyznom, ale rozmawiały ze sobą, szeptały, wymieniały spojrzenia. Kuzynka rozmyślała o swoim życiu, o zawartym w młodym wieku małżeństwie z mężczyzną, którego prawie nie znała, i o wstydzie, jakim ją okryła niezdolność do rodzenia dzieci. Wspominała dni, kiedy mieszkała w pokoju z trzema ścianami, wspominała obowiązki, które kazano jej wykonywać — naturalnie bezpłatnie. Może któregoś dnia kobiety będą mogły wypowiedzieć się własnym głosem i wskazać, co jest nie w porządku. Ale żeby do tego doszło, muszą nauczyć się czytać.

Na początek uczyła Precious liczyć. Liczyły kozy i bydło. Liczyły chłopców bawiących się w pyle. Liczyły drzewa, nadając wszystkim imiona: krzywe, bezlistne, to, w którym lubią się chować robaki mopani; to, na którym nie usiądzie żaden ptak. Potem mówiła: „Jeśli zetniemy drzewo, które wygląda jak stary człowiek, to ile drzew zostanie?" Precious musiała uczyć się na pamięć list: z imionami członków rodziny, z imionami krów i byków dziadka, z imionami wodzów. Czasami siadały pod pobliskim sklepem wielobranżowym i czekały, aż podziurawioną drogą przejedzie samochód albo ciężarówka. Kuzynka odczytywała numer rejestracyjny, który Precious musiała powtórzyć następnego dnia albo nawet jeszcze następnego. Wymyśliły również odmianę zabawy Kima. Kuzynka układała na plecionej tacy różne przedmioty, owijała wszystko kocem i zabierała jedną rzecz.

— Co zniknęło?

— Stare ziarno maruli, guzowate i całe poobgryzane.

— Co jeszcze?

— Nic.

Nigdy się nie pomyliła, ta dziewczynka, która obserwowała wszystkich i wszystko swoimi wielkimi, poważnymi oczami. Powoli, bez niczyjego zamiaru, dziecko wytworzyło w sobie głód wiedzy i ciekawość świata.

Idąc w wieku sześciu lat do szkoły, Precious znała alfabet, umiała liczyć do dwustu i potrafiła wyrecytować cały pierwszy rozdział Księgi Rodzaju w przekładzie na setswana. Nauczyła się także kilku słów po angielsku i sprawnie deklamowała wszystkie cztery linijki angielskiego wiersza o statkach i morzu. Nauczyciel był pod wrażeniem i skomplementował kuzynkę za jej starania. Była to właściwie pierwsza pochwała, którą ją nagrodzono za wykonaną pracę. Obed dziękował jej często i wielkodusznie, ale nie przyszło mu do głowy, żeby ją chwalić, bo uważał, że kuzynka wypełnia tylko obowiązki, które na niej spoczywają jako kobiecie, i nie ma w tym nic nadzwyczajnego.

„My pierwsze orałyśmy ziemię, kiedy Modise (Bóg) ją stworzył", mówi stary wiersz w języku setswana. „To my przygotowałyśmy jedzenie. To my opiekujemy się mężczyznami, kiedy są małymi chłopcami, kiedy są młodzieńcami i kiedy są bliskimi śmierci starcami. Zawsze jesteśmy pod ręką. Ale jesteśmy tylko kobietami i nikt nas nie widzi".

Lekcje o chłopcach

Mma Ramotswe pomyślała: Bóg umieścił nas na tej ziemi. Wszyscy byliśmy wtedy Afrykanami, ponieważ człowiek wziął swój początek w Kenii, jak udowodnił dr Leakey i jego tata. Z tego wynika, że wszyscy jesteśmy braćmi i siostrami, ale kiedy rozejrzymy się dokoła, co widzimy? Wszędzie tylko walka, walka, walka. Bogaci zabijają biednych, biedni bogatych. Wszędzie poza Botswaną. Zawdzięczamy to Sir Seretse Khamie, który był dobrym człowiekiem, stworzył Botswanę i uczynił z niej dobre miejsce do życia. Do dnia dzisiejszego zdarzało się jej rozpłakać, kiedy pomyślała o jego ostatniej chorobie i wszystkich tych mądrych lekarzach z Londynu, którzy mówili rządowi Botswany: „Bardzo nam przykro, ale nie umiemy wyleczyć waszego prezydenta".

Problem polega oczywiście na tym, że ludzie nie odróżniają dobra od zła. Trzeba im przypominać o tej różnicy, bo z własnej inicjatywy się nad tym nie zastanowią. Zorientują się tylko, co jest dobre dla nich, i powiedzą, że to jest dobre. Tak rozumuje większość ludzi.

Precious Ramotswe dowiedziała się o dobru i złu w szkółce niedzielnej. Kuzynka ją tam zabrała, kiedy Precious miała sześć lat. Dziewczynka do jedenastego roku życia nie opuściła ani jednej katechezy. Miała więc dostatecznie dużo czasu, żeby się nauczyć, co jest dobre, a co złe, chociaż niektóre inne aspekty religii do dzisiaj pozostały dla niej zagadkowe. Nie mogła uwierzyć, że Pan chodził po wodzie — po prostu się nie da — nie uwierzyła też w równie nieprawdopodobną historię o nakarmieniu przez Jezusa pięciu tysięcy ludzi. Nie miała żadnych wątpliwości, że są to kłamstwa, a za największe kłamstwo uważała to, że Pan nie miał na ziemi taty. Przecież nawet dzieci wiedzą, że bez ojca dziecko się nie pocznie, co dotyczy na równi bydła, kur i ludzi. Ale dobro i zło to zupełnie inna historia — Precious bez najmniejszych trudności zrozumiała, że kłamstwo, kradzież i zabijanie innych ludzi jest złem.

Jeśli kto potrzebował wyraźnych drogowskazów, to nie było lepszego specjalisty w tej dziedzinie niż mma Mothibi, która przez ponad dwanaście lat prowadziła szkółkę niedzielną w Mochudi. Ta niska, niemal kulista kobieta mówiła niespotykanie basowym głosem. Uczyła dzieci hymnów, w setswana i po angielsku. Skutek był taki, że chór dziecięcy śpiewał oktawę niżej od innych chórów, jakby dzieci były żabami.

Ubrane w swoje najelegantsze stroje, po skończonym nabożeństwie dzieci siadały w ławkach z tyłu kościoła i mma Mothibi rozpoczynała katechezę. Czytała im Biblię i w kółko kazała powtarzać Dziesięcioro Przykazań. Opowiadała im historie religijne według małej niebieskiej książeczki, która przyjechała podobno z Londynu i nikt inny w Botswanie jej nie miał.

„Oto zasady bycia dobrym", intonowała. „Chłopiec musi codziennie wstawać wcześnie i odmawiać pacierz. Potem musi wyczyścić buty i pomóc matce przygotować śniadanie dla całej rodziny, jeśli jedzą śniadanie. Niektórzy ludzie nie jedzą śniadania, bo są zbyt biedni. Potem musi iść do szkoły i robić wszystko, co każe mu nauczyciel. W ten sposób się nauczy, jak być mądrym chrześcijańskim chłopcem, który pójdzie do Nieba, kiedy Pan wezwie go do siebie. Dla dziewczynek zasady są takie same, tylko że dziewczynki muszą uważać na chłopców i jeśli trzeba, to im powiedzieć, że są chrześcijankami. Niektórzy chłopcy tego nie rozumieją…"

Tak, pomyślała Precious Ramotswe, niektórzy chłopcy tego nie rozumieją. Nawet tutaj, w szkółce niedzielnej, był taki jeden chłopak, Josiah, straszny łobuz, mimo że miał dopiero dziewięć lat. Koniecznie chciał siedzieć obok Precious na katechezie, chociaż ona starała się go unikać. Stale na nią patrzył i uśmiechał się zachęcająco, mimo że była dwa lata starsza od niego. Robił też tak, że stykali się nogami, co ją złościło i odsuwała się od niego.

Najgorsze było jednak to, że rozpinał spodnie, pokazywał na ten interes, który mają chłopcy, i chciał, żeby popatrzyła. Nie podobało jej się to, zwłaszcza że takie rzeczy nie powinny się dziać w szkółce niedzielnej. No i co w tym takiego szczególnego? Wszyscy chłopcy mają ten interes.

W końcu poskarżyła się na niego mmie Mothibi, która wysłuchała jej z poważną miną.

— Chłopcy, mężczyźni, wszyscy są tacy sami — podsumowała mma Mothibi. — Myślą, że to, co mają między nogami, jest wyjątkowe i strasznie się tym chlubią. Nie zdają sobie sprawy, jakie to śmieszne.

Kazała Precious, żeby ją poinformowała o następnym takim wypadku. Wystarczy, że podniesie trochę rękę, to będzie ich sygnał.

Nie trzeba było długo czekać. Już w następną niedzielę, kiedy mma Mothibi stała z tyłu i pokazywała coś innym dzieciom w katechizmach, Josiah rozpiął jeden guzik i szepnął do Precious, żeby spojrzała w dół. Nie odrywając oczu od książki, nieznacznie uniosła lewą dłoń. Josiah tego nie zauważył, ale mma Mothibi owszem. Po cichu podeszła do niego od tyłu i łupnęła Josiaha Biblią w głowę. Huk był taki, że wszystkimi dziećmi aż zatrzęsło.

Josiah skulił się w sobie. Mma Mothibi podeszła do niego od przodu, pokazała na rozpięty rozporek i ponownie walnęła go Biblią w łeb, tym razem jeszcze mocniej.

Josiah już nigdy nie molestował Precious Ramotswe ani żadnej innej dziewczynki. Z kolei Precious powzięła ważną naukę na temat radzenia sobie z mężczyznami, która to nauka zapadła jej głęboko w serce i wiele lat później miała się okazać bardzo użyteczna, podobnie jak wszystkie nauki zaczerpnięte ze szkółki niedzielnej.

Odejście kuzynki

Kuzynka opiekowała się Precious przez pierwsze osiem lat jej życia. Obed nie miałby nic przeciwko temu, żeby została na zawsze, ponieważ prowadziła mu dom, a przy tym nigdy się nie skarżyła ani nie prosiła go o pieniądze. Zdawał sobie jednak sprawę, że kuzynka też ma swoją dumę i że może zechcieć ponownie wyjść za mąż, mimo złych doświadczeń z przeszłości. Bez oporów udzielił więc swego błogosławieństwa, kiedy kuzynka oznajmiła, że od jakiegoś czasu widuje się z mężczyzną, którego oświadczyny przyjęła.

— Mogłabym zabrać ze sobą Precious — powiedziała. — Jest dla mnie teraz jak córka. No ale w końcu jesteś też ty...

— Tak, jestem też ja. Mnie też byś zabrała?

Kuzynka parsknęła śmiechem.

— Mój mąż jest bogatym człowiekiem, ale sądzę, że chce się ożenić tylko z jedną osobą.

Obed wziął na siebie przygotowania do wesela, bo jako najbliższa rodzina kuzynki poczuwał się do tego obowiązku. Ale podjął się tego z ochotą, po tym wszystkim, co kuzynka dla niego zrobiła. Kazał ubić dwie krowy i nawarzyć piwa dla dwustu osób. Potem z trzymającą go pod ramię kuzynką wszedł do kościoła, gdzie zobaczył jej drugiego męża z rodziną, swoich odleglejszych krewnych, znajomych, ludzi z wioski, zaproszonych i niezaproszonych, którzy czekali i patrzyli.

Po ceremonii ślubnej wrócili do domu, gdzie między akacjami rozwieszono brezentowe płachty i rozstawiono pożyczone krzesła. Starzy siedzieli, a młodzi kręcili się i rozmawiali ze sobą, wciągając w nozdrza zapach wielkiej ilości mięsa, które skwierczało na otwartym ogniu. Potem wszyscy zasiedli do jedzenia. Obed wygłosił do kuzynki i jej nowego męża mowę dziękczynną, a nowy mąż podziękował Obedowi za to, że tak dobrze troszczył się o jego kobietę.

Nowy mąż miał dwa autobusy, był więc bogaty. Jeden z tych autobusów, Molepolole Special Express, został ustrojony jasnoniebieskim płótnem i użyty podczas wesela. W drugim odjechali po przyjęciu, mąż zasiadł za kierownicą, a panna młoda tuż za nim. Żegnany radosnymi i pełnymi przejęcia pokrzykiwaniami i rykami kobiet, autobus odjechał do krainy szczęścia.

Urządzili się dziesięć mil na południe od Gaborone w domu z wypalanej gliny, który zbudował dla nich brat pana młodego. Dom miał czerwony dach, białe ściany i tradycyjne obejście z ogrodzonym murkiem podwórzem z przodu. Z tyłu była niewielka chatka dla służącej i latryna z blachy galwanizowanej. Kuzynka rządziła się w kuchni z nowym zestawem błyszczących garnków i dwiema kuchenkami. Miała nową południowoafrykańską lodówkę na parafinę, która mruczała z cicha przez cały dzień i pięknie chłodziła całą zawartość. Mąż kuzynki co wieczór wracał do domu z autobusowym utargiem i razem liczyli pieniądze. Okazała się doskonałą księgową i wkrótce to ona zajmowała się tą sferą interesów, niezwykle kompetentnie.

Umiała też uszczęśliwić swego męża na inne sposoby. W dzieciństwie został on pogryziony przez szakala i miał blizny na twarzy w miejscach, gdzie młody lekarz ze Szkockiego Szpitala Misyjnego w Molepolole nieudolnie zaszył rany. Żadna kobieta nie powiedziała mu, że jest przystojny, i nawet nie marzył, że kiedykolwiek usłyszy te słowa, bo przyzwyczajony był raczej do skrzywionych współczująco min. Kuzynka powiedziała mu jednak, że jest najbardziej urodziwym mężczyzną, jakiego w życiu spotkała, jak również najbardziej męskim. Nie było to zwykłe pochlebstwo — mówiła najzupełniej szczerze, i jemu zrobiło się ciepło na sercu.

„Wiem, że brakuje ci mnie", napisała kuzynka do Precious. „Ale wiem też, że pragniesz mojego szczęścia. Jestem teraz bardzo szczęśliwa. Mam bardzo dobrego męża, który kupuje mi przepiękne ubrania i codziennie mnie uszczęśliwia. Któregoś dnia przyjedziesz do nas i będziemy mogły jak dawniej policzyć drzewa i razem pośpiewać pieśni kościelne. Musisz się teraz zaopiekować swoim ojcem, jesteś już na to dostatecznie duża. Twój ojciec też jest dobrym człowiekiem. Chcę, żebyś była szczęśliwa, i modlę się o to co wieczór. Boże, otocz opieką Precious Ramotswe. Boże, strzeż jej dziś wieczór i zawsze. Amen".

Kozy

Jako dziewczynka Precious Ramotswe lubiła rysować, do czego kuzynka zachęcała ją od małego. Na dziesiąte urodziny dostała szkicownik i zestaw kolorowych kredek. Wkrótce stało się oczywiste, że ma duży talent. Obed Ramotswe z dumą patrzył, jak jego córka zapełnia białe karty szkicownika scenami z życia codziennego Mochudi. Oto staw przed szpitalem — wszystko było łatwe do rozpoznania — a oto pielęgniarka ze szpitala, która patrzy na osła. Na tej samej stronie był też obrazek ze sklepem wielobranżowym, gdzie trudno było stwierdzić, czy oparte o ścianę kształty to worki z mąką czy siedzący ludzie. Nie zmieniało to jednak faktu, że szkice były znakomite i Obed przybił już kilka do ścian w salonie, wysoko pod sufitem, gdzie siedziały muchy.

Nauczyciele wiedzieli o tym, że jest uzdolniona rysunkowo,

i powiedzieli jej, że może w przyszłości zostanie wielką artystką, a jej obrazy znajdą się na okładce państwowego kalendarza. To ją zachęciło i rysunki sypały się dziesiątkami. Kozy, bydło, wzgórza, dynie, domy. Okolice Mochudi obfitowały w artystyczne inspiracje, nie zachodziło więc niebezpieczeństwo, że Precious wyczerpią się tematy.

Szkoła dostała informację o konkursie artystycznym dla dzieci. Muzeum w Gaborone poprosiło wszystkie szkoły w kraju o nadesłanie obrazka jednego z uczniów, na temat „Życie w dzisiejszej Botswanie". Nie było oczywiście żadnych wątpliwości, czyją pracę szkoła wybierze. Precious została poproszona o narysowanie — bez pośpiechu — obrazka specjalnie na konkurs.

Zabrała się do tego w którąś sobotę. Wyszła rano ze szkicownikiem i wróciła kilka godzin później, żeby uzupełnić w domu szczegóły. Uważała, że to dobry rysunek. Kiedy w poniedziałek pokazała go nauczycielce, ta wpadła w zachwyt.

— Mochudi wygra konkurs. Wszyscy będą dumni.

Rysunek ostrożnie włożono między dwa kawałki falistej tektury i wysłano poleconym do muzeum. Na pięć tygodni zapadła cisza i wszyscy zapomnieli o konkursie. Przypomnieli sobie o nim, dopiero jak dyrektor szkoły otrzymał list, który z promienną miną odczytał Precious.

— Zdobyłaś pierwszą nagrodę — powiedział. — Pojedziesz do Gaborone, ze swoją nauczycielką, ze mną i z ojcem, po odbiór nagrody z rąk ministra szkolnictwa na specjalnej uroczystości.

Przeżycie było zbyt silne i wybuchła płaczem, ale szybko się uspokoiła. Tego dnia pozwolono jej wyjść wcześniej ze szkoły, żeby mogła pobiec do domu i przekazać tacie radosną nowinę.

Dyrektor zabrał ich swoją półciężarówką. Przyjechali kilka godzin przed rozpoczęciem uroczystości i przesiedzieli ten czas na dziedzińcu muzeum. Kiedy drzwi nareszcie się otworzyły, weszli do środka razem z tłumem innych ludzi, nauczycieli, dziennikarzy, posłów do parlamentu. Kiedy czarnym samochodem przyjechał minister, wszyscy odstawili szklanki z sokiem pomarańczowym i przełknęli końcówki kanapek.

Precious zobaczyła, że jej obrazek wisi na wyeksponowanym miejscu, na przepierzeniu, z małą kartką pod spodem. Podeszła razem z nauczycielką i z bijącym sercem przeczytała drukowane literki: PRECIOUS RAMOTSWE (lat 10), PAŃSTWOWA SZKOŁA PODSTAWOWA W MOCHUDI. Pod spodem, także drukowanymi literami, wypisany był tytuł, który wymyśliło samo muzeum: BYDŁO KOŁO ZAPORY.

Stanęła jak wryta i serce w niej zamarło. Na obrazku były kozy, a oni wzięli je za krowy! Przyznano jej nagrodę za obrazek z bydłem, czyli że jej się nie należała.

— Co się stało? — spytał ojciec. — Powinnaś być bardzo zadowolona. Czemu masz taką smutną minę?

Nie potrafiła wydusić z siebie ani słowa. Zaraz popełni przestępstwo, stanie się oszustką. Nie może przyjąć nagrody za obrazek z bydłem, którego zwyczajnie nie narysowała.

Stał już jednak obok niej minister i zaraz miał rozpocząć swoją przemowę. Podniosła na niego wzrok, a on uśmiechnął się do niej ciepło.

— Jesteś bardzo dobrą artystką — odezwał się. — Mochudi na pewno jest z ciebie dumne.

Spuściła wzrok na stopy. Muszę się przyznać, pomyślała.

— Na tym obrazku są kozy, a nie krowy — powiedziała. — Nie możecie dać mi nagrody za pomyłkę.

Minister zmarszczył brwi i spojrzał na karteczkę z tytułem.

— To oni się pomylili — stwierdził. — Mnie też to wygląda na kozy, a nie krowy.

Przełknął ślinę i dyrektor muzeum poprosił o ciszę.

— Ten znakomity obrazek z kozami — powiedział minister — pokazuje, jaką uzdolnioną mamy młodzież w naszym kraju. Ta młoda dama wyrośnie na porządną obywatelkę i być może sławną artystkę. Zasługuje na nagrodę, którą pragnę jej teraz wręczyć.

Kiedy wzięła od niego pakunek, położył jej dłoń na ramieniu i szepnął:

— Nigdy nie spotkałem tak prawdomównego dziecka. Brawo.

Uroczystość dobiegła końca i trochę później rozklekotaną półciężarówką dyrektora szkoły pojechali do Mochudi. Był to powrót bohaterki, laureatki nagrody.

ROZDZIAŁ CZWARTY

ŻYCIE Z KUZYNKĄ I MĘŻEM KUZYNKI

W wieku szesnastu lat mma Ramotswe opuściła szkołę. („Najlepsza uczennica w całej szkole", orzekł dyrektor. „Jedna z najlepszych w całej Botswanie"). Ojciec chciał, żeby uczyła się dalej, uzyskała Cambridge School Certificate i może nawet poszła na studia, ale mma Ramotswe była znudzona Mochudi. Znudziła ją też praca w sklepie wielobranżowym, gdzie w każdą sobotę przeprowadzała inwentaryzację, godzinami stawiając haczyki na pogniecionych spisach towarów. Chciała się wyrwać z miasteczka — chciała, żeby jej życie wreszcie się zaczęło.

— Możesz jechać do mojej kuzynki — powiedział ojciec. — To zupełnie inny świat, na pewno będziesz tam miała ciekawsze życie.

Ciężko mu przyszło to powiedzieć. Chciał, żeby została, opiekowała się nim, ale wiedział, że byłoby z jego strony samolubne oczekiwać, że jej życie będzie się obracało wokół niego. Chciała wolności, chciała mieć poczucie, że zaczyna coś robić ze swoim życiem. No i nie dało się odsunąć na bok myśli o małżeństwie. Ojciec wiedział, że wkrótce pojawią się mężczyźni, którzy będą chcieli wziąć ją za żonę.

Naturalnie nie zamierzał zakazywać jej zamążpójścia. Ale jeśli kandydat będzie tyranem, pijakiem albo kobieciarzem? Nie dało się wykluczyć żadnej z tych możliwości. Świat roi się od mężczyzn, którzy czekają na atrakcyjną dziewczynę, żeby się w nią wczepić i powoli zniszczyć jej życie. Tacy mężczyźni są jak pijawki, wysysają serce dobrej kobiety, aż w końcu nie ma w nim ani kropli miłości. Obed wiedział, że trwa to bardzo długo, bo kobiety dysponują olbrzymimi zasobami dobroci.

Gdyby tego pokroju mężczyzna ubiegał się o Precious, co on, jako ojciec, mógłby zrobić? Mógłby ją ostrzec przed grożącym jej niebezpieczeństwem, ale kto słucha przestróg na temat ukochanej osoby? Już tyle razy to zaobserwował: miłość jest formą ślepoty, która zasklepia oczy na najbardziej jaskrawe wady. Można kochać mordercę i nie wierzyć, że ukochany potrafiłby zabić kleszcza, a co dopiero człowieka. Nie byłoby sensu próbować odwodzić Precious od podjętego zamiaru.

W domu kuzynki byłaby bezpieczniejsza niż gdzie indziej, nawet jeśli nie obroniłby jej on przed mężczyznami. Przynajmniej kuzynka miałaby oko na siostrzenicę, a mąż być może zdołałby przegonić najbardziej nieodpowiednich konkurentów. Jako właściciel sześciu czy siedmiu autobusów cieszył się autorytetem danym ludziom zamożnym. Zapewne byłby w stanie posłać przynajmniej niektórych młodych ludzi do diabła.

Kuzynka ucieszyła się z tego, że Precious z nią zamieszka. Przygotowała dla niej pokój, powiesiła nowe zasłony z grubego żółtego materiału, który znalazła w OK Bazaars podczas wyjazdu na zakupy do Johannesburga. Potem wypchała komodę ubraniami i postawiła na niej oprawione w ramki zdjęcie papieża. Podłogę przykryła mata z trzciny o prostym wzorze. Był to jasny, przytulny pokój.

Precious szybko wciągnęła się w tryby nowego życia. Dostała pracę w biurze firmy autobusowej, gdzie sumowała rachunki i sprawdzała dokumentację finansową kierowców. Była w tym szybka i mąż kuzynki zauważył, że wykonuje tyle samo pracy, co dwóch starszych urzędników razem wziętych, którzy przez cały dzień siedzieli za biurkiem i gadali, czasem przekładali rachunki z miejsca na miejsce, czasem wstawali, żeby postawić czajnik na gazie. Obdarzona doskonałą pamięcią Precious nie miała problemów z uczeniem się nowych rzeczy i bezbłędnie stosowała nabytą wiedzę. Chętnie podsuwała też pomysły racjonalizatorskie i prawie nie było tygodnia, żeby nie wystąpiła z jakąś sugestią na temat usprawnienia pracy biura.

— Za ciężko pracujesz — powiedział jeden z urzędników. — Próbujesz odebrać nam pracę.

Precious spojrzała na nich zdezorientowana. Zawsze wkładała całą siebie we wszystko, co robiła, i po prostu nie rozumiała, że ktoś może mieć inne podejście do pracy. Jak oni mogą tak siedzieć i gapić się przed siebie, skoro mogliby dodawać liczby albo sprawdzać raporty kierowców?

Sama chętnie je sprawdzała, początkowo z własnej inicjatywy. Z reguły wszystko się zgadzało, ale od czasu do czasu zauważała drobne rozbieżności. One się biorą ze źle wydanej reszty, wyjaśniła jej kuzynka. W zatłoczonym autobusie łatwo o taką pomyłkę, więc dopóki nie chodziło o znaczące sumy, nie zawracały sobie tym głowy. Precious znalazła jednak coś poważniejszego: manko w rachunkach za paliwo na sumę ponad dwóch tysięcy puli. Zwróciła na to uwagę mężowi kuzynki.

— Jesteś tego pewna? — spytał. — Jak mogłoby brakować dwóch tysięcy puli?

— Ktoś ukradł?

Mąż kuzynki pokręcił głową. Uważał się za wzorowego pracodawcę — może trochę paternalistycznego, ale właśnie tego ludzie chcą, prawda? Nie chciał uwierzyć, że którykolwiek z jego pracowników mógłby go oszukać. Jego, który był dla nich taki dobry i tak wiele dla nich zrobił?

Precious pokazała mu, jaką drogę przebyły te pieniądze: najpierw zostały przeniesione z właściwego konta na inne, a potem całkiem się rozpłynęły. Tylko jeden z księgowych miał dostęp do tych środków, więc to on musiał je zdefraudować. Innego wyjaśnienia nie było. Nie uczestniczyła w jego rozmowie z mężem kuzynki, ale słyszała ją z drugiego pomieszczenia. Księgowy był oburzony, na całe gardło wykrzykiwał, że jest niewinny. Potem na chwilę zapadła cisza i trzasnęły drzwi. Była to pierwsza rozwikłana sprawa, początek kariery mmy Ramotswe.

Pojawia się Note Mokoti

W biurze firmy przewozowej pracowała cztery lata. Kuzynka i jej mąż bardzo się do niej przyzwyczaili i nazywali ją swoją córką. Nie miała nic przeciwko temu, w końcu byli jej rodziną i kochała ich. Kochała kuzynkę, mimo że ta nadal traktowała ją jak dziecko i publicznie ją sztorcowała. Kochała męża kuzynki, z jego smutną pokrytą bliznami twarzą i dużymi rękami mechanika. Kochała dom i pokój z żółtymi zasłonami. Stworzyła sobie dobre życie.

W każdy weekend jechała jednym z autobusów męża kuzynki do Mochudi, żeby odwiedzić ojca. Czekał na nią przed domem, siedząc na stołku, a ona dygała po dziewczęcemu jak za dawnych czasów i klaskała w dłonie.

Potem siadali w cieniu na werandzie dobudowanej z boku domu i jedli razem. Precious opowiadała mu o wydarzeniach minionego tygodnia w biurze firmy, a on chłonął każdy szczegół i pytał o nazwiska, które wpisywał w zawiłe genealogie. Wszyscy byli ze sobą w jakiś sposób spokrewnieni. Nie było osoby, której nie dałoby się wcisnąć w jakieś odległe zakamarki rodzinnej przeszłości.

Tak samo było z bydłem. Krowy też miały swoje rodziny, więc kiedy przyszła kolej na niego, przekazywał Precious najświeższe wiadomości hodowlane. Chociaż rzadko odwiedzał pastwiska, raz na tydzień składano mu sprawozdania i kierował życiem bydła za pośrednictwem pastuchów. Miał doskonałe oko do bydła, umiał bezbłędnie przewidzieć, z których cieląt wyrosną dorodne krowy. Wystarczało mu jedno spojrzenie, aby ocenić, że mikre, a zatem tanie cielę nadaje się do utuczenia. Bez zastanowienia kupował takie sztuki i hodował z nich piękne mleczne krowy (jeśli tylko deszcze dopisały).

Mawiał, że ludzie są tacy jak ich krowy. Chude, smętne bydło ma chudych, smętnych właścicieli. Właściciele apatycznych krów — błąkających się tu i tam — wiodą życie pozbawione celu. Z kolei nieuczciwi ludzie mają nieuczciwe krowy — czyli takie, które podstępnie podjadają koleżankom trawę albo próbują się wkręcić do innego stada.

Obed Ramotswe był surowym sędzią — ludzi i bydła — toteż Precious złapała się na następującej myśli: jak zareaguje, kiedy się dowie o Note Mokotim?

Poznała Note Mokotiego w autobusie wracającym z Mochudi. Jechał z Francistown i siedział z przodu, a obok niego leżał futerał z trąbką. Nie mogła nie zwrócić uwagi na jego czerwoną koszulę i spodnie z kory lub nie zauważyć, że ma wydatne kości policzkowe i wysklepione brwi. Była to dumna twarz, twarz mężczyzny, który jest przyzwyczajony do tego, że się na niego patrzy i podziwia, toteż natychmiast spuściła wzrok. Nie chciała, żeby pomyślał, że się na niego gapi. Wciąż jednak na niego zerkała spod oka. Kto to jest? Pewnie muzyk; może mądry człowiek z uniwersytetu?

Autobus zatrzymał się w Gaborone, zanim pojechał dalej na południe drogą do Lobatse. Nie ruszyła się z miejsca. Zobaczyła, że mężczyzna wstaje, wygładza kant spodni, po czym odwraca się i patrzy w głąb autobusu. Poczuła, że jej serce podskoczyło. Spojrzał na nią. Nie, nie spojrzał, wyglądnął tylko przez okno.

Nagle, bez zastanowienia, podniosła się i zdjęła z półki torbę. Postanowiła wysiąść. Nie miała nic do załatwienia w Gaborone, ale chciała sprawdzić, co zrobi mężczyzna z trąbką. Zdążył już wysiąść i Precious pospieszyła za nim. Rzuciła jakieś krótkie wytłumaczenie kierowcy, pracownikowi męża kuzynki. Kiedy znalazła się w tłumie, w późnopopołudniowym słońcu przesyconym zapachem pyłu i rozgrzanych pasażerów, rozejrzała się wokół siebie i zobaczyła, że mężczyzna stoi opodal. Kupił kolbę kukurydzy i zjadał ją teraz systematycznie, rządek ziarenek po rzędzie. Podobnie jak w czasie jazdy poczuła zaniepokojenie i stanęła w miejscu, jakby nie znała miasta i nie wiedziała, w którą stronę się skierować.

Spojrzał na nią i zmieszana odwróciła wzrok. Widział, jak na niego patrzyła? Być może. Łypnęła w jego stronę i tym razem uśmiechnął się do niej, unosząc brwi. Potem wyrzucił objedzoną kolbę kukurydzy, wziął futerał z trąbką i podszedł do Precious. Zastygła, nie mogąc się poruszyć, zahipnotyzowana jak ofiara węża.

— Widziałem cię w autobusie — powiedział. — Wydawało mi się, że skądś cię znam, ale to nieprawda.

Spuściła wzrok na ziemię.

— Ja cię nigdy nie widziałam.

Uśmiechnął się. Nie wzbudzał w niej strachu i onieśmielenie trochę jej przeszło.

— Większość ludzi w tym kraju człowiek zna z widzenia — powiedział. — Tu nie ma obcych.

Skinęła głową.

— Rzeczywiście.

Zapadło milczenie. Potem mężczyzna pokazał na futerał, który leżał u jego stóp.

— To jest trąbka. Jestem muzykiem.

Na futerale przylepiona była naklejka z mężczyzną grającym na gitarze.

— Lubisz muzykę? — spytał. — Jazz? Quella?

Podniosła wzrok i zobaczyła, że mężczyzna wciąż się do niej uśmiecha.

— Tak, lubię muzykę.

— Gram w zespole. Występujemy w barze hotelu President. Możesz przyjść posłuchać. Idę tam teraz.

Poszli do hotelu oddalonego tylko o dziesięć minut drogi piechotą. Postawił jej drinka i posadził ją z tyłu przy stoliku z jednym krzesłem, żeby zniechęcić natrętów. Potem grał, a ona słuchała. Ta płynna, śliska muzyka oczarowała ją. Była dumna, że zna tego mężczyznę, że jest jego gościem. Drink był dziwny i gorzki, a Precious nie lubiła smaku alkoholu, ale w barach się pije, a ona nie chciała odstawać od reszty towarzystwa, bo miała świadomość, że jest za młoda na przebywanie w takim lokalu.

Podczas przerwy trębacz przyszedł do niej. Zauważyła, że czoło lśni mu od potu.

— Nie gram dzisiaj zbyt dobrze — powiedział. — W niektóre dni wychodzi, a w niektóre nie.

— Mnie się wydawało, że grasz bardzo dobrze.

— Nie sądzę. Potrafię grać lepiej. Są dni, kiedy trąbka do mnie mówi. Gra sama.

Precious zauważyła, że ludzie na nich patrzą, a kilka kobiet obrzuca ją krytycznymi spojrzeniami. Widziała, że chciałyby zająć jej miejsce. Chciałyby być z Note.

Odprowadził ją na wieczorny autobus i pomachał jej na pożegnanie. Ona też mu pomachała i zamknęła oczy. Miała teraz chłopaka, muzyka jazzowego. Z jego inicjatywy umówiła się z nim na następny piątek wieczór, kiedy to występował na *braaivleis*, zorganizowanym przez Gaborone Club grillu pod gołym niebem. Powiedział, że członkowie zespołu zawsze zabierają na tę imprezę swoje dziewczyny i że pozna tam ciekawych ludzi, których normalnie nie miałaby okazji spotkać.

Właśnie w Gaborone Club Note Mokoti oświadczył się Precious, a ona przyjęła oświadczyny — w sposób dosyć nietypowy, to znaczy nic nie mówiąc. Zespół skończył grać i siedzieli w półmroku, z dala od zgiełku panującego przy barze.

— Chcę się szybko ożenić i chcę się ożenić z tobą — stwierdził.
— Jesteś miłą dziewczyną, z której będzie bardzo dobra żona.

Precious nic nie mówiła, bo nie była pewna, czy chce za niego wychodzić, lecz jej milczenie zostało odebrane jako zgoda.

— Porozmawiam o tym z twoim ojcem — powiedział Note.
— Mam nadzieję, że nie jest staroświeckim typem, który będzie chciał za ciebie stado bydła.

Obed był właśnie takim typem, ale Precious tego nie powiedziała. Pomyślała, że jeszcze nie wyraziła zgody, ale może jest już za późno na odmowę.

— Skoro masz zostać moją żoną, to pokażę ci, od czego są żony — powiedział Note.

Nadal milczała. Widać tak się to zawsze odbywa, pomyślała. Tacy są mężczyźni, zgodnie z tym, co mówiły jej koleżanki w szkole — naturalnie te łatwiejsze.

Objął ją ramieniem i popchnął na miękką trawę. Znajdowali się w cieniu, w pobliżu nie było nikogo, dochodziły ich tylko krzyki i śmiechy pijących. Note wziął ją za rękę i położył na swoim brzuchu, gdzie ją zostawił, bo nie wiedział, co ma dalej robić. Zaczął ją całować, w policzek, w usta. Nie słyszała nic prócz łomotu serca i przyspieszonego oddechu.

— Dziewczyny muszą się tego nauczyć — oznajmił. — Czy ktoś cię uczył?

Zaprzeczyła ruchem głowy. Nie nauczyła się i czuła, że teraz jest już za późno. Nie będzie wiedziała, co ma robić.

— Cieszę się z tego — powiedział. — Od razu wiedziałem, że jesteś dziewicą, a to jest dla mężczyzny pierwszorzędna sprawa. Ale to się zmieni. Teraz. Dziś wieczór.

Zadał jej ból. Poprosiła go, żeby przestał, ale on odchylił jej głowę i uderzył ją w policzek. Potem natychmiast pocałował ją w to miejsce i powiedział, że nie chciał tego zrobić. Cały czas wciskał się w nią i drapał ją paznokciami po plecach. Potem obrócił ją i znowu zadał jej ból, po czym smagnął ją paskiem po plecach.

Usiadła i ogarnęła pomięte ubranie. W przeciwieństwie do niego martwiła się, że ktoś może wyjść na zewnątrz i zobaczyć ich.

Ubrała się. Kiedy wkładała bluzkę, zaczęła płakać z cicha, bo pomyślała o ojcu, którego miała nazajutrz zobaczyć na werandzie, który miał jej przekazać najświeższe wiadomości na temat krów i który z pewnością sobie nie wyobrażał, że mogłoby ją spotkać to, co ją spotkało tego wieczoru.

Note Mokoti odwiedził jej ojca trzy tygodnie później, sam, i poprosił o rękę Precious. Obed odrzekł, że porozmawia z córką. Kiedy przyjechała, powiedział jej, siedząc na stołku, że chciałby, aby wyszła za człowieka, którego rzeczywiście będzie pragnęła poślubić. Dni zmuszania córek do małżeństwa dawno się skończyły. W ogóle nie musi wychodzić za mąż — w dzisiejszych czasach kobiety mogą żyć same i jest takich coraz więcej.

Mogła w tym momencie powiedzieć, że nie chce wychodzić za Note, co pragnął usłyszeć jej ojciec. Ona jednak nie chciała tego mówić. Żyła dla spotkań z Note Mokotim. Chciała zostać jego żoną. Miała świadomość, że Note nie jest dobrym człowiekiem, ale wierzyła, że potrafi go zmienić. Poza tym były te chwile zbliżenia w ciemnościach, te rozkosze, od których się uzależniła. Lubiła to. Na samą myśl o tym ogarniał ją wstyd, ale lubiła to, co z nią robił, to poniżenie, tę raptowność. Chciała być z nim, chciała, żeby ją posiadł. To było jak gorzki napój, który ciągle kusi. No i oczywiście czuła, że jest w ciąży. Na razie nie mogła mieć pewności, ale czuła, że porusza się w niej dziecko Note Mokotiego, że głęboko w środku trzepocze maleńki ptaszek.

Wzięli ślub w sobotę, o trzeciej po południu, w kościele w Mochudi. Bydło stało pod drzewami, bo był koniec października i panował najgorszy upał. Kraj był tego roku suchy, bo w poprzednim sezonie deszcze nie dopisały. Wszystko było pomarszczone i zwiędłe. Zostało niewiele trawy i krowy składały się głównie ze skóry i kości. Wszystko obleło się w apatię.

Ślub dał im pastor Kościoła reformowanego, który sapał

w duchownej czerni, wycierając czoło wielką czerwoną chusteczką.

— Łączycie się węzłem małżeńskim na oczach Boga — powiedział. — Bóg nakłada na was pewne obowiązki. Bóg otacza nas opieką i pomaga nam przeżyć na tym okrutnym świecie. Bóg kocha swoje dzieci, ale musimy pamiętać o powinnościach, których wypełniania od nas oczekuje. Czy wy, młodzi, rozumiecie, co mam na myśli?

Note uśmiechnął się.

— Ja rozumiem.

— Ty też rozumiesz? — zwrócił się pastor do Precious.

Spojrzała na jego twarz — twarz znajomego ojca. Wiedziała, że ojciec z nim rozmawiał i powiedział, jak bardzo jest nieszczęśliwy z powodu tego małżeństwa, ale pastor odparł, że nie może się do tego mieszać. Teraz mówił serdecznym tonem i uścisnął ją delikatnie za tę rękę, którą umieszczał w dłoni Note. W tym momencie dziecko kopnęło ją tak mocno, że aż się skrzywiła.

Po dwóch dniach spędzonych w domu kuzyna Note w Mochudi zapakowali dobytek do półciężarówki i pojechali do Gaborone. Note znalazł dla nich lokum — dwa pokoje i kuchnię w czyimś domu blisko Tlokweng. To był luksus zajmować dwa pokoje. Jeden, z podwójnym materacem i szafą garderobianą, służył za sypialnię, a drugi, ze stołem, dwoma krzesłami i kredensem — za salon i jadalnię. W tym drugim pokoju zawisły zielone zasłony od kuzynki, które rozjaśniły go i wypogodziły.

Note trzymał tutaj swoją trąbkę i kolekcję kaset. Ćwiczył przez dwadzieścia minut, a potem dawał odpocząć wargom, słuchając kaset i podchwytując rytmy na gitarze. Wiedział wszystko na temat muzyki z murzyńskich osiedli RPA — skąd się wzięła, kto co śpiewa, kto gra który głos. Słyszał na żywo największych: Hugh Masikelę na trąbce, Dollara Branda na fortepianie, Spokesa Machobane śpiewającego. Widział ich na estradzie w Johannesburgu i znał wszystkie ich nagrania.

Precious patrzyła, jak jej mąż wyjmuje trąbkę z futerału i zakłada ustnik. Patrzyła, jak podnosi instrument do ust i nagle z tej maleńkiej metalowej czary zetkniętej z ludzkim ciałem wypadał dźwięk, niby wspaniały, roziskrzony nóż, który rozcina powietrze. Niewielki pokój rozbrzmiewał echem i muchy, wyrwane z uśpienia, bzyczały i latały w koło, jakby ujeżdżały wirujące nuty.

Chodziła z nim do barów i traktował ją tam uprzejmie, ale zamykał się we własnym kręgu znajomych i miała wrażenie, że tak naprawdę jej tam nie chce. Byli to ludzie, którzy myśleli tylko o muzyce, rozmawiali tylko o muzyce. Ile można rozmawiać o muzyce? Miała wrażenie, że oni też jej tam nie chcą, więc przestała chodzić do barów.

Note wracał do domu późno i cuchnęło od niego piwem. Była to kwaśna woń, podobna do zapachu zwarzonego mleka, i Precious odwracała głowę, kiedy on rzucał ją na łóżko i zdzierał z niej ubranie.

— Wypiłeś dużo piwa. Miałeś przyjemny wieczór.

Patrzył na nią nieco zamglonym wzrokiem.

— Nikt mi nie zabroni pić, kiedy mi się zachce. Należysz do tych kobiet, które siedzą w domu i narzekają? Taka jesteś?

— Nie. Chciałam tylko powiedzieć, że miałeś przyjemny wieczór.

Nie ugłaskało to jednak Note.

— Zmuszasz mnie do tego, żebym cię ukarał, kobieto. Sama jesteś sobie winna.

Krzyknęła i próbowała się bronić, ale był dla niej za silny.

— Zrobisz krzywdę dziecku!

— Dziecku? Co ty mi tu opowiadasz o jakimś dziecku? Nie jest moje. Nie jestem ojcem żadnego bachora.

Znowu męskie dłonie, tym razem w cienkich gumowych rękawiczkach, przez co przypominały blade i niedokończone dłonie białych.

— Boli tutaj? Nie? A tutaj? — Pokręciła głową. — Myślę, że z dzieckiem jest wszystko w porządku. A tutaj, gdzie są ślady? Boli tylko z wierzchu czy głębiej w środku?

— Tylko z wierzchu.

— Rozumiem. Muszę założyć tutaj szwy. Na całej długości, bo skóra bardzo brzydko się rozeszła. Spryskam czymś, żeby mniej bolało, ale może byłoby lepiej, jakby pani nie patrzyła, kiedy będę szył! Złośliwi mówią, że mężczyźni nie umieją szyć, ale my, lekarze, nie jesteśmy w tym tacy źli!

Zamknęła oczy i usłyszała syczący dźwięk. Poczuła na skórze zimny spray, a potem odrętwienie, kiedy doktor pracował nad raną.

— Mąż to pani zrobił, tak?

Otworzyła oczy. Lekarz założył już szwy i podał coś pielęgniarce. Patrzył na nią teraz, zdejmując rękawiczki.

— Ile razy to się już zdarzyło? Ma pani kogoś, kto mógłby się panią zaopiekować?

— Nie wiem. Nie wiem.

— Przypuszczam, że wraca pani do niego? — Otworzyła usta, żeby coś powiedzieć, ale nie dopuścił jej do głosu. — Jasne, że pani wraca. Zawsze jest tak samo. Kobieta wraca po kolejne cięgi. — Westchnął. — Pewnie nieostatni raz tu panią widzę. Obym się mylił. Niech pani uważa na siebie!

Wróciła następnego dnia z twarzą obwiązaną chustą, żeby ukryć sińce i pęknięcia skóry. Czuła ból w ramionach i w brzuchu, a zaszyta rana paliła ją jak ogień. W szpitalu dali jej jakieś pigułki i zażyła jedną, zanim wsiadła do autobusu. Wyraźnie złagodziły ból, więc podczas jazdy wzięła jeszcze jedną.

Drzwi domu były otwarte. Weszła z łomoczącym sercem i od razu zobaczyła, co się stało. Pokój był pusty, nie licząc mebli. Note zabrał swoje kasety, nowy metalowy kufer i żółte zasłony. W sypialni pociął materac nożem i wszędzie walał się kapok, przez co wyglądało tam jak w postrzygalni owiec.

Usiadła na łóżku i dalej siedziała wpatrzona w podłogę, kiedy przyszła sąsiadka i powiedziała, że załatwi kogoś, kto odwiezie ją ciężarówką z powrotem do Mochudi, do Obeda, do ojca.

Przez następne czternaście lat opiekowała się ojcem. Zmarł wkrótce po jej trzydziestych czwartych urodzinach. W tym właśnie czasie Precious Ramotswe, teraz pozbawiona obojga rodziców, weteranka koszmarnego małżeństwa i przez pięć krótkich, cudownych dni matka, została pierwszą kobietą prywatnym detektywem w Botswanie.

ROZDZIAŁ PIĄTY

CO POTRZEBA, ŻEBY OTWORZYĆ AGENCJĘ DETEKTYWISTYCZNĄ

Mma Ramotswe sądziła, że założenie agencji detektywistycznej nie będzie łatwym zadaniem. Ludzie często popełniają błąd, myśląc, że otworzenie interesu jest proste, a potem natrafiają na rozmaite ukryte przeszkody i nieprzewidziane wymogi biurokratyczne. Słyszała o ludziach, którym po kilku tygodniach działalności kończyły się pieniądze, towar albo jedno i drugie. Zawsze jest trudniej, niż się oczekiwało.

Poszła do prawnika w Pilane, który zatroszczył się o to, żeby dostała pieniądze po ojcu. Zlicytował bydło i uzyskał za nie dobrą cenę.

— Mam dla pani mnóstwo pieniędzy — powiedział. — Stado pani ojca ciągle się powiększało.

Wzięła od niego czek i arkusz papieru. Nawet sobie nie wyobrażała, że może być tego aż tyle. Ale miała to czarno na białym — powyższa suma zostanie wypłacona Precious Ramotswe po przedłożeniu czeku w botswańskim oddziale Barclays Bank.

— Może pani za to kupić dom — powiedział prawnik. — I jakiś biznes.

— Zamierzam kupić jedno i drugie.

Prawnik wyraźnie się zainteresował.

— Jakiego rodzaju biznes? Sklep? Chętnie pani doradzę.

— Agencję detektywistyczną.

Prawnik osłupiał.

— Nie kupi pani. U nas coś takiego nie istnieje.

Mma Ramotswe skinęła głową.

— Wiem o tym. Zacznę od zera.

— Pieniądze łatwo jest utopić — żachnął się prawnik. — Zwłaszcza jeśli ktoś się nie zna na tym, co robi. — Spojrzał na nią surowo. — Zwłaszcza wtedy. Poza tym czy kobiety nadają się na detektywów? Tak pani uważa?

— A czemużby nie?

Słyszała, że ludzie nie lubią prawników, i teraz chyba rozumiała dlaczego. Ten człowiek był taki pewny swego, taki zadufany. Co go obchodzą jej plany? To jej pieniądze, jej przyszłość. I jak śmie mówić takie rzeczy o kobietach, skoro nawet nie wie, że rozporek ma do połowy rozsunięty! Powinna mu to powiedzieć?

— Kobiety lepiej wiedzą, co się dzieje dokoła — odrzekła spokojnie. — To one mają oczy. Nie słyszał pan o Agacie Christie?

Prawnik miał zdeprymowaną minę.

— O Agacie Christie? Oczywiście, że słyszałem. Tak, to prawda: kobieta widzi więcej niż mężczyzna. Znana sprawa.

— Więc kiedy ludzie zobaczą szyld KOBIECA AGENCJA DETEKTYWISTYCZNA NR 1, to co sobie pomyślą? Pomyślą, że te panie wiedzą, co się dzieje dokoła.

Prawnik gładził się w podbródek.

— Może.

— Tak. Może. — Po czym dodała: — Pana rozporek, rra. Chyba pan nie zauważył...

Najpierw znalazła dom, na narożnej działce przy Zebra Drive. Był drogi, więc postanowiła zaciągnąć kredyt hipoteczny na część sumy, żeby zostały jej pieniądze na zakup siedziby biura detektywistycznego. To okazało się trudniejsze, ale w końcu znalazła niewielki dom niedaleko Kgale Hill na skraju miasta. Było to dobre miejsce, ponieważ drogą tą przechodziło codziennie mnóstwo ludzi. Szyld w takim miejscu powinien okazać się niemal równie skuteczny, jak ogłoszenie w „Daily News" albo „Botswana Guardian". Była przekonana, że wkrótce wszyscy się o niej dowiedzą.

W zakupionym budynku pierwotnie mieścił się sklep wielobranżowy, ale potem zrobiono tam pralnię, a jeszcze później sklep z napojami. Przez mniej więcej rok stał pusty, jeśli nie liczyć dzikich lokatorów. Ci ostatni palili w środku ogniska i w każdym z pokojów tynk na jednej ze ścian był zwęglony i osmalony. Właściciel wrócił w końcu z Francistown, przegonił dzikich lokatorów i wystawił zapuszczony budynek na sprzedaż. Interesowało się nim parę osób, ale odstraszył ich stan domu, toteż obniżono cenę. Mma Ramotswe płaciła gotówką, więc sprzedający z pocałowaniem ręki przyjął jej ofertę i po kilku dniach miała w ręku wpis do księgi wieczystej.

Było wiele do zrobienia. Zamówiła budowlańca do wymiany uszkodzonego tynku i naprawy blaszanego dachu, a ponieważ znowu płaciła gotówką, robota została wykonana w tydzień. Potem mma Ramotswe przystąpiła do malowania i wkrótce ściany zewnętrzne były ochrowe, a wewnętrzne białe. Kupiła żółte zasłony do okien i w przypływie nietypowej dla siebie rozrzutności szarpnęła się na nowy zestaw biurowy złożony z dwóch biurek i dwóch krzeseł. Pan J.L.B. Matekoni, znajomy właściciel Tlokweng Road Speedy Motors, przywiózł jej starą, ale zupełnie sprawną maszynę do pisania, której nie potrzebował. Można było zacząć działalność — wystarczyło już tylko znaleźć sekretarkę.

To okazało się najprostsze: telefon do studium sekretarskiego natychmiast przyniósł efekt. Mamy dla pani doskonałą kandydatkę, powiedzieli jej. Mma Makutsi, wdowa po nauczycielu, właśnie zdała egzaminy końcowe, w tym z pisania na maszynie, osiągając średnią dziewięćdziesiąt siedem procent. Byli przekonani, że idealnie nada się do tej pracy.

Mma Ramotswe z miejsca ją polubiła. Mma Makutsi była chudą kobietą o pociągłej twarzy, a obficie natarte henną włosy splatała w warkoczyki. Nosiła owalne okulary w plastikowych oprawkach i nieustannie, ale chyba zupełnie szczerze się uśmiechała.

Otworzyły agencję w poniedziałek. Mma Ramotswe siedziała za swoim biurkiem, a mma Makutsi za swoim, tym z maszyną do pisania. Spojrzała na mmę Ramotswe i uśmiechnęła się jeszcze szerzej.

— Jestem gotowa do pracy — powiedziała. — Mogę zaczynać.

— Mhm. Jest jeszcze za wcześnie, dopiero otworzyłyśmy biuro. Musimy czekać, aż pojawią się klienci.

W głębi duszy wiedziała, że nie będzie klientów. Że cały pomysł jest jedną wielką pomyłką. Nikt nie potrzebuje prywatnego detektywa, a już zwłaszcza jej. W końcu kim ona jest? Jakąś Precious Ramotswe z Mochudi. Nigdy nie była w Londynie czy gdzie tam ludzie jeżdżą, żeby się wyuczyć zawodu prywatnego detektywa. Nie była nawet w Johannesburgu. Co będzie, jeśli ktoś przyjdzie i powie: „Oczywiście zna pani Johannesburg"? Będzie musiała skłamać albo milczeć.

Mma Makutsi spojrzała na nią, a potem na klawisze maszyny do pisania. W tym momencie z podwórza weszła kura i zaczęła dziobać podłogę.

— Wynocha! — krzyknęła na nią mma Makutsi. — Kurom wstęp wzbroniony!

O dziesiątej mma Makutsi wstała zza biurka i poszła na zaplecze zrobić herbaty. Mma Ramotswe poprosiła ją o swoją ulubioną herbatę z czerwonokrzewu, która wkrótce stanęła na obu biurkach. Mma Makutsi wyjęła z torebki puszkę skondensowanego mleka i wlała go trochę do obu filiżanek. Potem piły herbatę i patrzyły na siedzącego przy drodze chłopca, który obrzucał kamieniami chudego jak szkielet psa.

O jedenastej wypiły kolejną herbatę, a o dwunastej mma Ramotswe wstała i oznajmiła, że idzie do sklepu po perfumy. Mma Makutsi miała zostać w biurze, odbierać telefony i przyjmować ewentualnych klientów. Mma Ramotswe powiedziała to z uśmiechem. Wiedziała, że nie będzie żadnych klientów i że za miesiąc przyjdzie jej zamknąć interes. Czy mma Makutsi zdawała sobie sprawę, do jakiej niepewnej pracy się najęła? Kobieta ze średnią dziewięćdziesiąt siedem procent zasługiwała na coś lepszego.

Mma Ramotswe stała w sklepie przy ladzie i oglądała flakonik perfum, kiedy do środka wpadła jak bomba mma Makutsi.

— Mma Ramotswe! — wydyszała. — Klientka. W biurze jest klientka. Duża sprawa. Mąż zaginął. Szybko! Nie ma chwili do stracenia.

Wszystkie żony zaginionych mężczyzn są takie same, pomyślała mma Ramotswe. Z początku się martwią i są przekonane, że stało się coś strasznego. Potem ogarniają je wątpliwości — może odszedł do innej kobiety? (Tak zresztą najczęściej bywa). W końcu wpadają w złość. Na etapie złości większość z nich nie chce, żeby mąż do nich wracał, nawet jeśli się odnajdzie. Chcą tylko mieć okazję porządnie na niego nakrzyczeć.

Uznała, że mma Malatsi znajduje się na drugim etapie. Zaczęła podejrzewać, że mąż ją zostawił, a sam bawi się gdzieś doskonale, co naturalnie zaczęło ją gryźć. Może są długi do spłacenia, chociaż klientka wygląda na wcale zamożną kobietę.

— Chyba powinna mi pani opowiedzieć trochę więcej o swoim mężu — stwierdziła, kiedy mma Malatsi wypiła pierwszy łyk mocnej herbaty z czerwonokrzewu zaparzonej dla niej przez mmę Makutsi.

— Nazywa się Peter Malatsi. Ma czterdzieści lat i handluje — handlował — meblami. Interes szedł dobrze, więc nie była to ucieczka przed wierzycielami.

Mma Ramotswe skinęła głową.

— Musi być jakiś inny powód — powiedziała, a potem ostrożnie dodała: — Wie pani, jacy są mężczyźni, mma. Czy nie wchodzi tu w grę inna kobieta?

Mma Malatsi energicznie pokręciła głową.

— Nie sądzę. Jeszcze rok temu bym tego nie wykluczała, ale potem został chrześcijaninem i wstąpił do jakiegoś Kościoła, w którym ludzie stale śpiewają i chodzą w kółko w białych strojach.

Mma Ramotswe zanotowała to. Kościół. Śpiew. Organizm alergicznie zareagował na religię? Pastorka go uwiodła?

— Co to są za ludzie? — spytała. — Może oni coś wiedzą.

Mma Malatsi wzruszyła ramionami.

— Nie jestem pewna — odparła z lekkim rozdrażnieniem w głosie. — Właściwie to nie wiem. Parę razy mnie prosił, żebym z nim poszła, ale odmówiłam, więc co niedziela chodził sam. Zniknął zresztą też w niedzielę. Myślałam, że jak zwykle poszedł do swojego kościoła.

Mma Ramotswe podniosła oczy na sufit. Sprawa nie wydawała się szczególnie skomplikowana. Peter Malatsi najprawdopodobniej odszedł z jedną z chrześcijanek. Wystarczyło ustalić, do której wspólnoty należał, i natychmiast znalazłaby się na jego tropie. Stara, łatwa do przewidzenia historia — uciekł z młodszą od siebie chrześcijanką. Na sto procent.

Przed wieczorem następnego dnia mma Ramotswe dysponowała listą pięciu wspólnot chrześcijańskich, które pasowały do opisu. W ciągu następnych dwóch dni wytropiła naczelników trzech spośród tych wspólnot i uzyskała informację, że żaden z nich nie słyszał o Peterze Malatsim. Dwóch z nich usiłowało ją nawrócić, a trzeci poprosił o datek i dostał pięć puli.

Po zlokalizowaniu przywódcy czwartej wspólnoty, wielebnego Shadrecka Mapeli, wiedziała, że poszukiwania zakończyły się powodzeniem. Usłyszawszy nazwisko Malatsi, wielebny zadrżał na całym ciele i spojrzał ukradkiem przez ramię.

— Pani jest z policji? Pani jest policjantem?

— Policjantką.

— Ach — zatroskał się. — Aj!

— To znaczy, nie jestem policjantką — uspokoiła go szybko. — Jestem prywatnym detektywem.

— Kto panią przysłał?

— Mma Malatsi.

— O — zdziwił się wielebny. — Powiedział nam, że nie ma żony.

— Ale ma. I ona chciałaby wiedzieć, gdzie on jest.

— Nie żyje — odparł wielebny. — Zasnął w Panu.

Mma Ramotswe czuła, że wielebny mówi prawdę, a zatem śledztwo w gruncie rzeczy dobiegło końca. Pozostawało tylko ustalić, w jaki sposób umarł.

— Musi mi ksiądz powiedzieć. Nie zdradzę nikomu nazwiska księdza, jeśli ksiądz nie chce. Proszę mi tylko powiedzieć, jak to się stało.

Małą białą furgonetką mmy Ramotswe pojechali nad rzekę. Była pora deszczowa i przeszło kilka burz, po których gruntowa droga zrobiła się prawie nieprzejezdna. W końcu jednak dotarli nad rzekę i zaparkowali furgonetkę pod drzewem.

— Tutaj chrzcimy — powiedział wielebny, pokazując na spokojniejsze zakole obok wezbranego nurtu rzeki. — Tutaj stałem ja, a tam grzesznicy weszli do wody.

— Ilu było tych grzeszników?

— Sześciu. Wszyscy naraz weszli do wody, a ja miałem pójść za nimi z moim pastorałem.

— I co się wtedy stało?

— Grzesznicy stali mniej więcej potąd w wodzie. — Wielebny pociągnął dłonią przez klatkę piersiową. — Odwróciłem się, aby powiedzieć mojej owczarni, żeby zaczęła śpiewać, a kiedy znowu spojrzałem przed siebie, zauważyłem, że coś jest nie tak. W wodzie stało tylko pięciu grzeszników.

— Jeden zniknął?

— Tak — odparł wielebny, trzęsąc się z lekka. — Bóg zabrał go na swoje łono.

Mma Ramotswe spojrzała na wodę. Rzeka była niewielka, a przez większość roku zostawało po niej tylko kilka sadzawek stojącej wody. Ale przy obfitych deszczach, tak jak w tym roku, potrafiła być całkiem rwąca. Ktoś, kto nie umie pływać, łatwo może dać się porwać nurtowi, pomyślała. Z drugiej strony, gdyby tak się stało, w dole rzeki z pewnością znaleziono by zwłoki. Nad rzekę w różnych celach chodziło mnóstwo ludzi i któryś z nich z pewnością zauważyłby ciało. Wezwano by policję. W gazecie ukazałaby się wzmianka o niezidentyfikowanym nieboszczyku znalezionym w rzece Notwane. Dziennikarze rozbijali się za takimi tematami i nie przepuściliby takiej okazji.

Zaczęła myśleć. Ciarki ją przeszły, kiedy wpadła na inne wyjaśnienie. Najpierw chciała się jednak dowiedzieć, dlaczego wielebny trzymał sprawę w tajemnicy.

— Czemu nie zawiadomił ksiądz policji? — spytała, starając się nie nadawać swojemu głosowi zbyt oskarżycielskiego tonu.

Wielebny spuścił wzrok na ziemię — z jej doświadczenia wynikało, że robią to ludzie, którym jest szczerze przykro. Zauważyła, że bezwstydni i niepoczuwający się do żadnej winy zawsze patrzą w niebo.

— Wiem, że należało zawiadomić. Bóg mnie za to ukarze. Ale bałem się, że obciążą mnie odpowiedzialnością za ten wypadek i postawią przed sądem. Gdyby kazali mi wypłacić odszkodowanie, Kościół by splajtował i dzieło Boże nie mogłoby być kontynuowane. — Przerwał na chwilę. — Rozumie pani, dlaczego siedziałem cicho i kazałem mojej owczarni nic nie mówić?

Mma Ramotswe skinęła głową i delikatnie pogłaskała wielebnego w ramię.

— Moim zdaniem nie zrobił ksiądz nic złego — powiedziała.

— Jestem pewna, że Bóg chciał, aby ksiądz dalej dla Niego pracował i że nie będzie się gniewał. To nie była księdza wina.

Wielebny podniósł wzrok i uśmiechnął się.

— Dziękuję za dobre słowa, siostro.

Tego popołudnia mma Ramotswe spytała sąsiada, czy mogłaby pożyczyć jednego z jego psów. Miał ich pięć i wszystkich nie znosiła, bo nieustannie szczekały. Szczekały o świcie, jakby były kogutami, i wieczorem, kiedy wschodził księżyc. Obszczekiwały wrony, warugi, przechodniów, a czasem szczekały tylko dlatego, że było im za gorąco.

— Potrzebuję psa do wyjaśnienia jednej z moich spraw. Oddam go całego i zdrowego.

Sąsiadowi pochlebiła ta prośba.

— Dam pani tego. Jest najstarszy i ma bardzo dobry węch. Będzie z niego doskonały pies tropiący.

Mma Ramotswe zbliżyła się do psa z najwyższą ostrożnością. Było to wielkie żółte stworzenie, od którego biła dziwna, nieprzyjemna woń. Jeszcze tego samego dnia mma Ramotswe wsadziła go do furgonetki i przywiązała sznurkiem do klamki. Potem pojechała do drogi gruntowej prowadzącej nad rzekę. Reflektory wyławiały z ciemności kształty akacji i mrowisk. Ucieszyła się, że ma do towarzystwa psa, nawet jeśli niezbyt sympatycznego.

Zaparkowała furgonetkę nad rzeką opodal głębiny, w której zniknął Peter Malatsi, wyjęła z auta grubą tykę i wbiła ją w miękki grunt niedaleko wody. Potem przyprowadziła psa i przywiązała do tyki. Wzięła z torby dużą kość i podstawiła psu pod nos. Zwierzę zawarczało z radości i natychmiast zaczęło szarpać kość zębami.

Mma Ramotswe czekała kilka metrów dalej, owinąwszy nogi kocem, żeby nie pogryzły jej komary. Na kolanach trzymała starą strzelbę myśliwską. Wiedziała, że być może będzie musiała długo czekać. Miała nadzieję, że nie zaśnie, ale nawet jeśli, to pies by ją obudził, gdyby coś się stało.

Minęły dwie godziny. Komary mocno jej dokuczały i skóra ją swędziała, ale mma Ramotswe nigdy się nie uskarżała, kiedy była w pracy. Nagle pies zawarczał groźnie. Mma Ramotswe wytężyła wzrok. Widziała w ciemnościach tylko zarys psa, który stał teraz i patrzył w stronę wody. Znowu zawarczał, szczeknął i umilkł. Mma Ramotswe zrzuciła koc z kolan i podniosła z ziemi latarkę o dużej mocy. Jeszcze chwilę, pomyślała.

Znad brzegu rzeki dobiegł ją jakiś hałas i zapaliła latarkę. W snopie światła zobaczyła dużego krokodyla, który wystawił łeb z wody w stronę skulonego psa.

Krokodyl zupełnie się nie przejął światłem, które wziął pewnie za księżycowe. Ze wzrokiem utkwionym w psie powoli podpełzał do ofiary. Mma Ramotswe podniosła strzelbę do ramienia i kiedy zobaczyła w celowniku bok łba krokodyla, nacisnęła spust.

Trafiony krokodyl wykonał wielki skok, wręcz salto, i wylądował na plecach, do połowy zanurzony w wodzie. Drgał przez chwilę, po czym znieruchomiał. Kula trafiła idealnie.

Odkładając strzelbę, mma Ramotswe zauważyła, że dygocze. Strzelać uczył ją tata, który był dobrym nauczycielem, ale nie lubiła zabijać zwierząt, zwłaszcza krokodyli. Zabicie tego stworzenia przynosi pecha, ale obowiązek to obowiązek. Poza tym co on tutaj robił? W Notwane nie żyją krokodyle. Musiał przewędrować wiele mil lądem albo przypłynąć z powodzią z samej Limpopo. Biedny krokodyl — tak skończyła się jego przygoda.

Mma Ramotswe wyjęła nóż i rozpruła gadowi brzuch. Skóra była miękka i wkrótce pokazał się żołądek z całą zawartością. Były tam rzeczne kamienie, których krokodyl używał do trawienia pokarmu, i kilka kawałków cuchnących ryb. Nie to ją jednak interesowało. Bardziej zaciekawiły ją niestrawione bransolety, zegarek i pierścienie, które znalazła. Były skorodowane i oblepione gęstą mazią, ale wyróżniały się spośród innych treści pokarmowych. Każda pozycja stanowiła dowód na złowieszcze apetyty krokodyla.

— Czy to jest własność pani męża? — spytała mmę Malatsi, wręczając jej zegarek odzyskany z brzucha krokodyla.

Mma Malatsi obejrzała zegarek. Mma Ramotswe skrzywiła się. Nie znosiła roli posłańca przynoszącego złą nowinę.

Mma Malatsi wykazała się jednak niezwykłym spokojem.

— Przynajmniej wiem, że jest u Boga — powiedziała. —

To lepsze niż świadomość, że jest w ramionach innej kobiety, prawda?

Mma Ramotswe skinęła głową.

— Myślę, że tak.

— Była pani kiedyś zamężna, mma? — spytała mma Malatsi. — Wie pani, co to znaczy być żoną mężczyzny?

Mma Ramotswe wyjrzała przez okno. Stała za nim akacja, ale widziała też usłane głazami wzgórze.

— Tak, miałam kiedyś męża. Grał na trąbce. Unieszczęśliwił mnie i teraz jestem zadowolona, że już nie mam męża. Przepraszam, nie chciałam być nieuprzejma — dodała po chwili. — Owdowiała pani i na pewno jest pani bardzo smutno.

— Trochę — stwierdziła mma Malatsi. — Ale mam mnóstwo roboty.

ROZDZIAŁ SZÓSTY

CHŁOPIEC

Chłopiec miał jedenaście lat i był niski jak na swój wiek. Imali się wszelkich metod, żeby szybciej rósł, ale on się nie spieszył. Teraz wyglądał bardziej na osiem czy dziewięć niż na jedenaście lat. Zupełnie mu to jednak nie przeszkadzało. Ojciec powiedział mu kiedyś: ja w twoim wieku też byłem niski, a teraz jestem wysoki. Popatrz na mnie. Z tobą będzie tak samo. Czekaj cierpliwie.

W skrytości ducha rodzice obawiali się jednak, że coś jest nie w porządku, na przykład że ich syn ma krzywy kręgosłup i to spowalnia jego wzrost. Jako czterolatek spadł z drzewa — wybierał z gniazda ptasie jaja — i przez kilka minut leżał nieprzytomny. Jego babcia przybiegła z krzykiem przez pole melonów i zaniosła go do domu. W zaciśniętej dłoni wciąż kurczowo trzymał rozgniecione jajko. Nic mu nie było — a w każdym razie tak im się wtedy wydawało — ale mieli wrażenie, że chodzi jakoś inaczej. Zabrali go na pogotowie, gdzie pielęgniarka zajrzała mu w oczy i do ust, po czym zawyrokowała, że jest zdrowy.

— Chłopcy ciągle spadają i rzadko coś sobie łamią.

Pielęgniarka położyła obie dłonie na ramionach dziecka i przekręciła jego tułowiem.

— Widzicie? Nic mu nie jest. Gdyby coś sobie złamał, to by krzyknął.

Wiele lat później, kiedy chłopak nie rósł, matka przypomniała sobie jednak o upadku z drzewa i robiła sobie wyrzuty, że uwierzyła pielęgniarce, która znała się tylko na badaniach w kierunku schistosomatozy i sprawdzaniu, czy dziecko nie ma robaków.

Chłopiec był ciekawszy świata niż inne dzieci. Uwielbiał szukać kamieni w czerwonej glinie, a potem pluć na nie i polerować. Znalazł trochę pięknych okazów — ciemnoniebieskich i miedzianych jak niebo o zmierzchu. Trzymał kamienie w nogach posłania w chacie i uczył się na nich rachować. Inni chłopcy uczyli się liczyć na krowach, ale to dziecko nie lubiło krów — przez co jeszcze bardziej odstawało od reszty.

Ciekawość świata kazała mu wałęsać się po buszu w jakichś sobie tylko znanych celach, toteż rodzice przyzwyczaili się do tego, że całymi godzinami nie mają go na oku. Nic nie mogło mu się stać, chyba że miałby pecha i nastąpił na żmiję sykliwą albo kobrę. Nic takiego mu się jednak nie przydarzyło. Nagle zjawiał się z powrotem przy zagrodzie dla krów albo koło kóz, ściskając w dłoni jakieś dziwne znalezisko — pióro sępa, wyschniętą stonogę *tshongololo*, zbielałą czaszkę węża.

Teraz chłopak znowu krążył po ścieżkach, które bezładnie przecinały zapylony busz. Znalazł coś, co go bardzo zainteresowało: świeże łajno węża, i ruszył jego tropem, licząc na to, że zobaczy samego gada. Skąd wiedział, że to łajno węża? Bo były w nim kłaki futra, a dokładnie futra góralka, co poznał po kolorze, a poza tym wiedział, że góralek to wężowy przysmak. Gdyby znalazł tego węża, mógłby go zabić kamieniem i miałby piękną skórę na pas dla siebie i ojca.

Zmierzchało jednak i musiał zrezygnować z poszukiwań. W bezksiężycową noc nie miał szans znaleźć węża. Postanowił dotrzeć skrótem do krętej gruntowej drogi, która po wyschniętym korycie rzeki prowadziła z powrotem do wioski.

Znalazł drogę bez problemu i na chwilę usiadł na jej skraju, wbijając palce nóg w miękki biały piasek. Był głodny i wiedział, że tego wieczoru stanie na stole duszone mięso z kaszą, bo widział, jak babcia przygotowuje tę potrawę. Zawsze nakładała mu więcej, niż mu się sprawiedliwie należało — prawie tyle, ile ojcu — co złościło jego dwie siostry.

— My też chciałybyśmy mięsa. Dziewczyny lubią mięso.

Babci to jednak nie przekonywało.

Wstał i ruszył drogą w stronę wioski. Zapadły całkowite ciemności. Drzewa i krzewy były czarnymi, bezkształtnymi plamami, które zlewały się ze sobą. Gdzieś w oddali wołał ptak — nocny ptak łowny — i bzyczały owady. Chłopiec poczuł ukłucie na prawym ramieniu i plasnął się dłonią. Komar.

Wtem na listowiu drzewa z przodu pojawił się żółty krążek światła, które wędrowało w górę i w dół. Chłopiec odwrócił się i zobaczył, że drogą jedzie ciężarówka. Na pewno ciężarówka, bo piasek był o wiele za głęboki i za miękki dla samochodu osobowego.

Stanął na skraju drogi i czekał. Snopy światła prawie go już dosięgały. Był to niewielki pikap. Reflektory podskakiwały wraz z całym autem na wybojach. Teraz go oślepiły i zasłonił oczy dłonią.

— Dobry wieczór, młody.

Tradycyjne pozdrowienie z kabiny ciężarówki.

Uśmiechnął się i odwzajemnił pozdrowienie. Zobaczył, że w kabinie jest dwóch ludzi — młody kierowca i starszy mężczyzna na siedzeniu obok. Wiedział, że to obcy ludzie, chociaż nie widział ich twarzy. Kierowca mówił w setswana z jakimś dziwnym akcentem. Żaden miejscowy tak nie mówił: wyżej na końcu każdego słowa.

— Polujesz na dzikie zwierzęta? Chcesz schwytać w tych ciemnościach lamparta?

Chłopiec pokręcił głową.

— Nie. Po prostu wracam do domu.

— Bo lampart mógłby cię złapać, zanim ty byś to zrobił!

Roześmiał się.

— Ma pan rację, rra! Nie chciałbym zobaczyć dziś w nocy lamparta.

— No to zawieziemy cię do domu. Daleko to jest?

— Nie. Kawałek stąd.

Kierowca otworzył drzwi i wysiadł, bez gaszenia silnika, żeby chłopak mógł wejść do kabiny. Potem znowu zajął miejsce za kierownicą, zamknął drzwi i wrzucił bieg. Chłopiec podciągnął stopy — na podłodze było jakieś zwierzę i przypadkiem dotknął jego miękkiego, mokrego nosa. Zapewne pies albo koza.

Spojrzał na człowieka po swojej lewej, starszego mężczyznę. Nie wypadało się gapić, a w ciemnościach niewiele widział. Zauważył jednak, że mężczyzna ma coś nie w porządku z wargą. Zobaczył też jego oczy. Odwrócił wzrok. Chłopak nie powinien się tak wślepiać w starca. Ale co ci ludzie tutaj robią? Po co tutaj przyjechali?

— O, tam jest chata mojego ojca. Tam, gdzie te światła.

— Widzimy.

— Stąd mogę już dojść na piechotę. Wysadźcie mnie i pójdę sobie. Jest ścieżka.

— Nie będziemy się zatrzymywali. Mamy coś do zrobienia. Pomożesz nam.

— Będą się o mnie martwili. Czekają na mnie.

— Zawsze ktoś na kogoś czeka. Zawsze.

Nagle poczuł strach i spojrzał na kierowcę. Ten uśmiechnął się do niego.

— Nie bój się. Siedź spokojnie. Dzisiaj wieczór pojedziesz gdzie indziej.

— Dokąd mnie wieziecie, rra? Czemu mnie zabieracie?

Starszy mężczyzna dotknął go uspokajająco w ramię.

— Nic ci nie grozi. Wrócisz do domu za jakiś czas. Będą wiedzieli, że nic ci się nie stało. Jesteśmy dobrymi ludźmi, wiesz? Jesteśmy dobrymi ludźmi. Posłuchaj, opowiem ci historię, póki nie zajedziemy na miejsce. Zrobi ci się lżej na duszy.

Byli sobie pastuszkowie, którzy pilnowali bydła swojego bogatego wujka. Ależ to był bogacz! W tej części Botswany nikt nie miał więcej bydła od niego. Jego krowy były wielgachne, takie jak wszędzie, tylko większe.

Któregoś dnia chłopcy zauważyli koło stada nowe cielę. Było to dziwne zwierzę, kolorowe. Jeszcze nigdy nie widzieli takiego cielęcia. Bardzo się ucieszyli, że to cielę do nich przyszło.

Niezwykłe były nie tylko kolory. Cielę znało piosenkę pasterską, którą zawsze śpiewało, kiedy chłopcy do niego podchodzili. Nie rozumieli wszystkich słów, ale wiedzieli, że chodzi tam o sprawy związane z bydłem.

Chłopcy tak bardzo pokochali cielę, że gorzej pilnowali reszty bydła. Opamiętali się, dopiero jak zauważyli, że dwie sztuki zniknęły na dobre.

Przyszedł wujek. Oto idzie, wielki mężczyzna z kijem. Krzyczy na chłopców i okłada cielę tym kijem. Mówi, że dziwne cielęta zawsze przynoszą pecha.

Cielę zmarło od razów, ale przed śmiercią szepnęło do chłopców coś, co tym razem zrozumieli. Kiedy pastuszkowie powtórzyli wujowi słowa cielęcia, padł na kolana i zaskowyczał.

Cielę to był jego brat, który dawno temu został zjedzony przez lwa i teraz powrócił. Ten człowiek zabił własnego brata i do końca życia był bardzo, bardzo nieszczęśliwy.

Chłopiec obserwował twarz starca. Wiedział, co się zaraz stanie.

— Trzymaj go! Złap go za ramiona! Wyskoczy na drogę, jak go nie chwycisz!

— Próbuję, ale wyrywa się jak diabeł.

— Nie puszczaj go! Zatrzymam auto.

ROZDZIAŁ SIÓDMY

MMA MAKUTSI RADZI SOBIE Z POCZTĄ

Rozwiązanie pierwszej sprawy dodało mmie Ramotswe ducha. Zamówiła podręcznik prywatnego detektywa i przerabiała go rozdział po rozdziale, robiąc obfite notatki. Uznała, że podczas tego pierwszego śledztwa nie popełniła błędów. Wszelkie dostępne informacje zdobyła w ten sposób, że sporządziła listę prawdopodobnych źródeł i odszukała je. Nie wymagało to zbytniego wysiłku. Przy metodycznym podejściu do sprawy trudno jest zbłądzić.

Co się tyczy krokodyla, to miała intuicję i poszła za nią. Również tutaj podręcznik stwierdzał, że jest to najzupełniej dopuszczalna metoda. „Nie lekceważ intuicji", radził. „Intuicje to inna forma wiedzy". Zdanie to spodobało się mmie Ramotswe i powtórzyła je mmie Makutsi. Sekretarka wysłuchała jej uważnie, po czym napisała te słowa na maszynie i podała kartkę swojej chlebodawczyni.

Mma Makutsi była sympatycznym kompanem i całkiem dobrą maszynistką. Napisała podyktowany przez mmę Ramotswe raport na temat sprawy Petera Malatsi, jak również rachunek do wysłania wdowie po nim. Oprócz tego właściwie nie miała jednak nic do roboty i mma Ramotswe zaczęła się zastanawiać, czy obroty agencji uzasadniają zatrudnianie sekretarki.

Ale nie było wyboru — cóż to za agencja detektywistyczna bez sekretarki? Wystawiłaby się na pośmiewisko, gdyby jej nie miała, i mogłoby to odstraszyć następnych klientów — choć nachodziły ją wątpliwości, czy będą jeszcze jacyś następni klienci.

Do zadań mmy Makutsi należało oczywiście otwieranie poczty. Przez pierwsze trzy dni żadna poczta nie przyszła. Czwartego dnia otrzymały katalog i wezwanie do zapłaty podatku od nieruchomości, a piątego dnia list zaadresowany do poprzedniego właściciela domu.

Na początku drugiego tygodnia sekretarka otworzyła białą

kopertę z brudnymi śladami po palcach i odczytała list mmie Ramotswe.

Droga mmo Ramotswe!

Przeczytałem w gazecie, że otworzyła Pani tę dużą nową agencję w mieście. Jestem bardzo dumny z tego, że Botswana ma taką osobę jak Pani.

Jestem nauczycielem w małej szkole w Katsanie, wiosce oddalonej trzydzieści mil od Gaborone, pod którym się urodziłem. Wiele lat temu studiowałem pedagogikę i uzyskałem dyplom z wyróżnieniem. Mamy z żoną dwie córki i jedenastoletniego syna. Chłopiec ten zniknął i od dwóch miesięcy nikt go nie widział.

Poszliśmy na policję. Zrobili wielkie poszukiwania i wszędzie się rozpytywali. Nikt nic nie wiedział na temat losów naszego syna. Wziąłem urlop w szkole i przeszukałem tereny wokół wioski. W okolicy jest trochę wzgórz, skał i jaskiń. Wszedłem do wszystkich jaskiń i zajrzałem w każdą szczelinę, ale nie znalazłem żadnego śladu po swoim synu.

Chłopiec lubił się włóczyć, bo bardzo się interesował przyrodą. Ciągle zbierał kamienie i tym podobne. Dobrze wiedział, co to jest busz, i na pewno z głupoty nie ściągnął na siebie niebezpieczeństwa. W naszych stronach nie ma już lampartów i jesteśmy za daleko od Kalahari, żeby przychodziły lwy.

Chodziłem wszędzie i wołałem, ale syn mi nie odpowiedział. Zajrzałem do wszystkich studni w każdej okolicznej wiosce, ale mojego syna tam nie było.

Jak młody chłopiec może tak po prostu zniknąć z powierzchni ziemi? Gdybym nie był chrześcijaninem, to bym powiedział, że jakiś zły duch go porwał, ale wiem, że takie rzeczy naprawdę się nie zdarzają.

Nie stać mnie na skorzystanie z usług prywatnego detektywa, ale w imię Jezusa Chrystusa proszę Panią, żeby mi Pani pomogła w pewnym bardzo ograniczonym zakresie. Kiedy przy okazji innych śledztw będzie Pani rozmawiała z ludźmi, którzy wiedzą, co w trawie piszczy, niech pani zapyta, czy słyszeli cokolwiek o chłopcu imieniem Thobiso, wiek jedenaście lat i cztery miesiące, synu nauczyciela z Katsana Village. Proszę tylko o to, żeby Pani spytała, i jeśli się Pani czegoś dowie, to proszę o wysłanie krótkiej informacji niżej podpisanemu.

W imię Boże, Ernest Molai Pakotati, nauczyciel dyplomowany

Mma Makutsi skończyła czytać i spojrzała na mmę Ramotswe. Przez chwilę obie milczały. Pierwsza odezwała się mma Ramotswe.

— Wie pani coś o tym? Słyszała coś pani o zaginionym chłopcu?

Mma Makutsi zmarszczyła brwi.

— Chyba tak. Chyba pisali coś w gazecie o poszukiwaniach. Reporterzy zdaje się uważali, że chłopak z jakiegoś powodu uciekł z domu.

Mma Ramotswe wstała i wzięła list od sekretarki. Trzymała go jak dowód rzeczowy w sądzie — delikatnie, żeby nie uszkodzić. Miała wrażenie, że list — zwykły świstek papieru — jest ciężki od bólu.

— Chyba nie za wiele mogę zrobić — powiedziała cicho. — Oczywiście mogę obiecać biednemu ojcu, że będę miała uszy otwarte, ale czy to coś da? On doskonale zna busz wokół Katsany, zna ludzi, a mimo to nie odnalazł syna. Wiele mu nie pomogę.

Mma Makutsi zareagowała na to z wyraźną ulgą.

— Nie, nie możemy pomóc temu biednemu człowiekowi.

Mma podyktowała list, który sekretarka starannie napisała na maszynie. Potem został włożony do koperty, na której naklejono znaczek i umieszczono ją na nowej czerwonej tacy z korespondencją wychodzącą. Był to drugi list wysłany z Kobiecej Agencji Detektywistycznej Nr 1. Rola pierwszego przypadła w udziale rachunkowi dla mmy Malatsi na dwieście pięćdziesiąt puli. W nagłówku mma Makutsi napisała: „Pani nieboszczyk mąż — rozwiązanie zagadki jego śmierci".

Tego wieczoru w domu przy Zebra Drive mma Ramotswe zrobiła sobie na kolację duszoną dynię. Uwielbiała stać w kuchni, mieszać w garnku i myśleć o wydarzeniach minionego dnia, pijąc herbatę z czerwonokrzewu w dużym kubku, który stał na skraju kuchenki. Poza tym, że otrzymała list z Katsany, tego dnia zdarzyło się jeszcze parę rzeczy. Przyszedł mężczyzna, który miał dług do ściągnięcia, i niechętnie zgodziła się mu pomóc w odzyskaniu tych pieniędzy. Nie miała pewności, czy są to sprawy, którymi powinien się zajmować prywatny detektyw — podręcznik nic na ten temat nie mówił — ale mężczyzna nalegał i trudno jej było odmówić. Przyszła też kobieta, która zauważyła podejrzane rzeczy u swojego męża.

— Wraca do domu pachnący perfumami — powiedziała. — I uśmiechnięty. Czemu mężczyzna miałby wracać do domu pachnący perfumami i uśmiechnięty?

— Może spotyka się z inną kobietą — zaryzykowała mma Ramotswe.

Klientka spojrzała na nią przerażona.

— Myśli pani, że zrobiłby coś takiego? Mój mąż?

Omówiły sytuację i uzgodniły, że kobieta podejmie tę kwestię z mężem.

— Być może istnieje inne wyjaśnienie — odrzekła mma Ramotswe uspokajająco.

— Na przykład?

— No...

— Wielu mężczyzn używa dzisiaj perfum — włączyła się mma Makutsi. — Myślą, że ładniej wtedy pachną. Wie pani, jacy z mężczyzn są śmierdziele.

Klientka spojrzała na mmę Makutsi z oburzeniem.

— Mój mąż nie śmierdzi. Jest bardzo higieniczny.

Mma Makutsi rzuciła mmie Makutsi ostrzegawcze spojrzenie. Uznała, że musi zamienić z nią parę słów na temat wtrącania się do rozmów z klientami.

Ale mimo że dzień obfitował w wydarzenia, myśli mmy Ramotswe stale powracały do listu od nauczyciela i losów zaginionego chłopca. Jakże biedak musi się martwić — nie mówiąc już o matce. Nie wspomniał nic o matce, ale na pewno jest matka, a może babcia. Jakie myśli przechodzą im przez głowę, kiedy mijają kolejne godziny i dni, a chłopiec nie daje znaku życia?

Być może chłopiec cały czas jest w niebezpieczeństwie, może wpadł do szybu wyeksploatowanej kopalni i całkiem już ochrypł od wołania o pomoc, toteż ludzie mijają otwór szybu niczego nieświadomi. A może ktoś go ukradł — porwał w środku nocy? Z drugiej strony cóż za okrutnik zrobiłby coś takiego niewinnemu dziecku? W kim nie zmiękłoby serce, gdyby dziecko go błagało, żeby je puścił do domu? Ciarki ją przeszły na myśl, że takie straszne rzeczy mogą się dziać nawet w Botswanie.

Zaczęła się zastanawiać, czy to na pewno jest dla niej odpowiednia praca. To bardzo ładnie chcieć ludziom pomóc w rozwiązaniu ich kłopotów, ale na widok tych kłopotów potrafi pęknąć serce. Sprawa Petera Malatsi była nietypowa. Mma Ramotswe spodziewała się, że mma Malatsi wpadnie w rozpacz, kiedy zobaczy dowody na to, że jej mąż został zjedzony przez krokodyla, ona nie sprawiała jednak wrażenia szczególnie poruszonej. Jak to powiedziała? „Mam mnóstwo roboty". Co za zdumiewający, bezduszny komentarz z ust kobiety, która właśnie się dowiedziała, że straciła męża! Czy był dla niej tylko tyle wart?

Mma Ramotswe znieruchomiała z łyżką do połowy zanurzoną w garnku z dynią. Kiedy ludzie reagowali tak bezdusznie, mma Christie oczekiwała od czytelników, że wzbudzi to w nich podejrzliwość. Co by mma Christie pomyślała na widok zimnej, właściwie obojętnej reakcji mmy Malatsi? Pomyślałaby: Ta kobieta zabiła swojego męża! Dlatego wiadomość o jego śmierci jej nie poruszyła. Przecież od początku wiedziała, że nie żyje!

Ale co z krokodylem, chrztem i innymi grzesznikami? Nie, na pewno jest niewinna. Może życzyła sobie jego śmierci i krokodyl usłyszał jej modlitwę. Czy ktoś taki jest mordercą w oczach Boga? Bóg by wiedział, że on życzył sobie czyjejś śmierci, bo przed Bogiem nic się nie ukryje. Wszyscy o tym wiedzą.

Przerwała swoje rozmyślania. Nadeszła pora wyjąć dynię z garnka i zjeść. W ostatecznym rozrachunku takie jest rozwiązanie wielkich problemów życiowych. Można myśleć i myśleć i nie dojść do żadnych wniosków, ale dynię zjeść trzeba. To sprowadza człowieka z powrotem na grunt rzeczywistości. Dynia daje motywację do tego, żeby dalej ciągnąć ten wózek.

ROZDZIAŁ ÓSMY

ROZMOWA Z PANEM J.L.B. MATEKONIM

Bilans nie wyglądał dobrze. Na koniec pierwszego miesiąca działalności Kobieca Agencja Detektywistyczna Nr 1 przyniosła znaczące straty. Było troje płacących klientów i dwoje takich, którzy przyszli po poradę, otrzymali ją i odmówili zapłaty. Mma Malatsi uiściła rachunek na dwieście pięćdziesiąt puli, Happy Bapetsi zapłaciła dwieście puli za zdemaskowanie fałszywego ojca, a miejscowy kupiec sto za wytropienie pajęczarza prowadzącego z jego numeru rozmowy międzymiastowe z Francistown. Łącznie dawało to pięćset pięćdziesiąt puli. Tymczasem pensja mmy Makutsi wynosiła pięćset osiemdziesiąt. Oznaczało to stratę w wysokości trzydziestu puli, a przecież były również takie wydatki jak benzyna do maleńkiej białej furgonetki czy elektryczność w biurze.

Mma Ramotswe miała oczywiście świadomość, że rozkręcenie interesu wymaga czasu, ale jak długo można funkcjonować ze stratą? Miała jeszcze trochę pieniędzy po ojcu, ale nie mogła za nie żyć bez końca. Należało posłuchać taty. Chciał, żeby kupiła masarnię, co byłoby znacznie pewniejsze. Jak oni to nazywają? Inwestycja niskiego ryzyka. Ale co jest w tym podniecającego?

Pomyślała o panu J.L.B. Matekonim, właścicielu Tlokweng Road Speedy Motors. Taki interes musi przynosić zyski. Właściciel na pewno nie narzeka na brak klientów, bo każdy wie, ile wart jest dobry mechanik. Taka jest różnica między nami, pomyślała: on zna się na tym, co robi, a ja nie.

Mma Ramotswe znała pana J.L.B. Matekoniego od lat. Pochodził z Mochudi i jego wuj przyjaźnił się z jej ojcem. Pan J.L.B. Matekoni miał czterdzieści pięć lat, a zatem był o dziesięć lat starszy od mmy Ramotswe, ale uważał się za jej rówieśnika i wygłaszając jakiś komentarz na temat świata, często opatrywał go słowami: „Dla ludzi w naszym wieku..."

Był sympatycznym człowiekiem i nierzadko zadawała sobie

pytanie, czemu się powtórnie nie ożenił, odkąd owdowiał dosyć szybko po ślubie. Nie był szczególnie przystojny, ale miał przyjemną, budzącą zaufanie twarz. Był idealnym kandydatem na męża dla każdej kobiety. Umiał wszystko naprawić, nie wychodził wieczorem z domu, przypuszczalnie pomógłby nawet w jego prowadzeniu — co większości mężczyzn w ogóle nie przyszłoby do głowy.

Pozostał jednak wdowcem i mieszkał sam w dużym domu blisko starego lotniska. Przejeżdżając obok, często widziała go, jak siedzi na werandzie — pan J.L.B. Matekoni siedzi samotnie na krześle i spogląda na drzewa rosnące w jego ogrodzie. O czym myśli taki człowiek? Czy siedzi tam i snuje refleksje o tym, jak miło byłoby mieć żonę i gromadkę biegających po ogrodzie dzieci czy też myśli o swoim warsztacie i naprawionych samochodach? Trudno ocenić.

Lubiła odwiedzać go w warsztacie i rozmawiać z nim w lepkim od smaru biurze ze stertami rachunków i zamówień na części zamienne. Lubiła oglądać kalendarze na ścianie, z prostymi obrazkami z gatunku, który lubią mężczyźni. Lubiła pić herbatę z kubków z lepkimi odciskami palców, gdy dwaj mechanicy podnosili samochody na lewarkach i tłukli się pod spodem.

Pan J.L.B. Matekoni również lubił te spotkania. Rozmawiali o Mochudi, o polityce albo o wydarzeniach dnia. On jej mówił, kto ma kłopoty ze swoim samochodem i co się zepsuło, kto kupił tego dnia benzynę i gdzie się wybiera.

Tym razem rozmawiali jednak o finansach i o trudnościach z osiąganiem zysków w biznesie.

— Największa pozycja to koszty osobowe — powiedział pan J.L.B. Matekoni. — Widzi pani tych dwóch młodzieńców pod tym autem? Nie ma pani pojęcia, ile mnie kosztują. Pensje, podatki, ubezpieczenie od nieszczęśliwego wypadku. To wszystko składa się na solidną sumę. W ostatecznym rozrachunku zostaje dla mnie kilka puli.

— Ale przynajmniej nie ponosi pan strat — odparła mma Ramotswe. — Ja jestem trzydzieści puli do tyłu po pierwszym miesiącu działalności. I jestem pewna, że będzie gorzej.

Pan J.L.B. Matekoni westchnął.

71

— Koszty osobowe — powtórzył. — Ta pani sekretarka w wielkich okularach. W nią przede wszystkim będzie pani topiła pieniądze.

Mma Ramotswe skinęła głową.

— Wiem, ale muszę mieć sekretarkę do prowadzenia biura, bo inaczej cały dzień bym tam siedziała. Nie mogłabym przyjechać tutaj i porozmawiać z panem. Nie mogłabym pójść na zakupy.

Pan J.L.B. Matekoni sięgnął po swój kubek.

— W takim razie potrzebuje pani lepszych klientów. Potrzebuje pani paru grubszych spraw. Potrzebuje pani zlecenia od kogoś bogatego.

— Kogoś bogatego?

— Tak. Kogoś w rodzaju... na przykład, pana Patela.

— Po co pan Patel miałby zatrudniać prywatnego detektywa?

— Bogaci ludzie mają swoje problemy — odparł pan J.L.B. Matekoni. — Nigdy nic nie wiadomo.

Oboje umilkli i patrzyli, jak dwaj młodzi mechanicy odkręcają koło naprawianego auta.

— Głupole — zezłościł się pan J.L.B. Matekoni. — Niepotrzebnie zdejmują.

— Dużo się ostatnio zastanawiałam — powiedziała mma Ramotswe. — Dostałam kiedyś list. Bardzo mnie zasmucił i zaczęłam sobie myśleć, że może ja się w ogóle nie nadaję na prywatnego detektywa.

Zrelacjonowała mu list o zaginionym chłopcu i wytłumaczyła, dlaczego nie czuła się na siłach pomóc ojcu.

— Nie mogłam nic dla niego zrobić. Nie jestem cudotwórczynią. Ale było mi go strasznie żal. Pomyślałam, że jego syn złamał sobie w buszu nogę albo porwało go jakieś zwierzę. Jak ojciec ma znieść coś takiego?

Pan J.L.B. Matekoni prychnął.

— Czytałem w gazecie o tych poszukiwaniach. I od razu wiedziałem, że to beznadziejna sprawa.

— Dlaczego?

Pan J.L.B. Matekoni milczał przez chwilę. Mma Ramotswe spoglądała na niego, po czym wyjrzała przez okno na akację. Maleńkie szarozielone listki, podobne do źdźbeł trawy, były stulone dla ochrony przed upałem. Kolor pustego nieba za nimi graniczył z bielą, a powietrze pachniało pyłem.

— Bo chłopiec nie żyje — powiedział pan J.L.B. Matekoni, wykreślając palcem w powietrzu jakiś wzór. — Nie porwało go żadne zwierzę, a w każdym razie nie zwykłe zwierzę. Może zły duch, diabeł — to tak.

Mma Ramotswe umilkła. Ujrzała w wyobraźni ojca martwego chłopca i przypomniała sobie to straszne popołudnie w Mochudi, kiedy podeszła do niej w szpitalu pielęgniarka, poprawiając uniform, i mma Ramotswe zobaczyła, że kobieta płacze. Stracić w ten sposób dziecko — to jest koniec świata. Nie da się już wrócić do tego, co było wcześniej. Gwiazdy zgasły. Księżyca nie ma na niebie. Ptaki milczą.

— Czemu mówi pan, że nie żyje? — spytała. — Mógł się zgubić i...

Pan J.L.B. Matekoni pokręcił głową.

— Nie. Tego chłopaka użyto na amulety. Teraz już nie żyje.

Odstawiła pusty kubek. Na zewnątrz kołpak spadł na ziemię z dźwięcznym hałasem.

Spojrzała przyjacielowi w oczy. Poruszył temat, o którym się nie mówiło. Który budził trwogę w najdzielniejszych sercach. Temat tabu.

— Skąd może pan być pewien?

Pan J.L.B. Matekoni uśmiechnął się.

— Niech się pani nie wygłupia, mma Ramotswe. Wie pani równie dobrze jak ja, co się dzieje. Nie lubimy o tym mówić, prawda? To jest rzecz, której my, Afrykanie, najbardziej się wstydzimy. Przymykamy na to oczy. Doskonale wiemy, co się dzieje z dziećmi, które znikają. Doskonale wiemy.

Podniosła na niego wzrok. Oczywiście mówił prawdę, bo był uczciwym, dobrym człowiekiem. I przypuszczalnie miał rację. Niezależnie od tego, ile by się wymyśliło bardziej optymistycznych wyjaśnień na temat losów zaginionego chłopca, najbardziej prawdopodobna była właśnie hipoteza pana J.L.B. Matekoniego. Chłopca porwał czarownik i zabił w celu pozyskania amuletu z ciała. W dumnej z siebie Botswanie, pod koniec dwudziestego wieku, pośród wszystkiego, co czyni z Botswany nowoczesny kraj, dzieją się takie rzeczy, jądro ciemności grzmi jak bęben. Chłopiec został zabity, ponieważ jakaś można osoba zamówiła u czarownika amulet.

Spuściła wzrok.

— Może pan mieć rację — powiedziała. — Ten biedny chłopak…

— Oczywiście, że mam rację. Jak pani myśli, czemu ten biedny człowiek musiał napisać list do pani? Bo policja nic nie zrobi dla wykrycia sprawcy. Bo się boją. Wszyscy jak jeden. Są tak samo wystraszeni jak ja i ci dwaj chłopcy pod samochodem. Wystraszeni, mma Ramotswe. Boimy się o swoje życie. Wszyscy — może nawet pani.

Mma Ramotswe poszła tego wieczoru do łóżka o dziesiątej, pół godziny później niż zwykle. Lubiła czasem poleżeć w łóżku i poczytać czasopismo przy lampce nocnej. Teraz była zmęczona i czasopismo wyślizgiwało jej się z palców. Uznała się za pokonaną w walce z sennością, zgasiła światło i zmówiła modlitwę — szeptem, mimo że w domu nie było nikogo, kto mógłby ją usłyszeć. Modliła się za to, co zawsze — za duszę ojca, za Botswanę, o deszcz, żeby plony były obfite, a bydło tłuste, i za swoje dzieciątko, teraz bezpieczne w ramionach Jezusa.

Nad ranem zbudziła się przerażona, z nieregularnym tętnem i suchością w ustach. Usiadła i sięgnęła ręką do kontaktu, ale kiedy go nacisnęła, nie przyniosło to żadnego efektu. Zsunęła prześcieradło na bok — przy takim upale koc był niepotrzebny — i wstała z łóżka.

Na korytarzu światło także nie działało, ani też w kuchni, gdzie księżyc kładł na podłodze wzorzyste cienie. Wyglądnęła przez okno. Wszystko zgaszone. Przerwa w dostawie prądu.

Otworzyła tylne drzwi i boso wyszła na podwórze. Miasto było pogrążone w ciemnościach, drzewa tworzyły niewyraźne, rozmyte plamy czerni.

— Mma Ramotswe!

Zamarła z przerażenia. Ktoś był na podwórzu i patrzył na nią. Ktoś wyszeptał jej imię.

Otworzyła usta, ale nie wyszedł z nich żaden dźwięk. Zresztą odezwać się byłoby niebezpiecznie. Powoli, cal po calu, cofała się w stronę drzwi kuchennych. Kiedy była już w środku, zatrzasnęła drzwi i sięgnęła do zamka. Kiedy przekręciła klucz, włączyli prąd i kuchnię zalało światło. Lodówka zaczęła mruczeć. Z kuchenki migały do niej cyfry: 3:04, 3:04.

ROZDZIAŁ DZIEWIĄTY

NARZECZONY

W kraju były trzy zupełnie wyjątkowe domy i mma Ramotswe poczuła niejaką satysfakcję z faktu, że została zaproszona do dwóch z nich. Najbardziej znany był Mokolodi, rozległy, pałacowy budynek pośród buszu na południe od Gaborone. Dom ten, z budynkiem bramnym strzeżonym przez wykute z żelaza dzioborożce, stanowił przypuszczalnie najbardziej okazałe założenie architektoniczne w kraju. Z pewnością robił większe wrażenie od Phakadi House na północy, jak na gust mmy Ramotswe położonego zbyt blisko zbiorników ściekowych. Lokalizacja ta miała jednak swoje zalety, ponieważ zbiorniki ściekowe przyciągały ogromnie wiele gatunków ptactwa i z werandy Phakadi można było obserwować, jak stada flamingów lądują na mętnozielonej wodzie. Lecz jeśli wiatr wiał od zbiorników, co często się zdarzało, obserwacja była niemożliwa.

Trzeci dom tylko hipotetycznie zaliczał się do kategorii dostojnych gmachów, ponieważ bardzo niewielu ludzi zapraszano do środka. Gaborone musiało zadowolić się tym, co było widać od zewnątrz — a widać było niewiele, bo otaczał go biały mur — i opowieściami osób zawezwanych do środka w jakimś szczególnym celu. Z relacji tych przebijał jednomyślny zachwyt nad wystawnością wnętrz.

— Jak pałac Buckingham — powiedziała kobieta poproszona o aranżację kwiatów przed jakąś rodzinną uroczystością. — Tylko jeszcze większy zbytek. Myślę, że królowa żyje skromniej od tych ludzi.

„Ci ludzie" to była rodzina pana Paliwalara Sundigara Patela, właściciela ośmiu domów handlowych (pięciu w Gaborone i trzech we Francistown), hotelu w Orapa i dużego sklepu z odzieżą męską w Lobatse. Bez wątpienia należał do najzamożniejszych ludzi w kraju, a może nawet był najbogatszy, ale na Botswańczykach nie robiło to większego wrażenia, ponieważ ani ułamka tych pieniędzy nie włożył w bydło, a jak powszechnie wiadomo, pieniądze niezainwestowane w bydło to „miedź brzęcząca i cymbał brzmiący".

Pan Paliwar Patel zawitał do Botswany w 1967 roku, jako dwudziestopięciolatek. Przyjechał z prawie pustymi kieszeniami, ale jego ojciec, kupiec z dalekich obszarów Zululandu, pożyczył mu środki potrzebne do otworzenia pierwszego sklepu w centrum handlowym African Mall. Interes funkcjonował znakomicie. Pan Patel kupował towary prawie za darmo od kupców, którym zaglądała w oczy plajta, i sprzedawał z minimalnym zyskiem. Handel kwitnął i powstawały kolejne sklepy, wszystkie funkcjonujące według tej samej kupieckiej zasady. Osiągnąwszy jubileusz pięćdziesięciolecia, przestał rozbudowywać swoje imperium, skupiając się zamiast tego na zapewnieniu wykształcenia i ogłady swoim dzieciom.

Miał ich czworo — syna Wallace'a, bliźniaczki Sandri i Pali i najmłodszą córkę Nandirę. Wallace został wysłany do drogiego internatu w Zimbabwe, pan Patel miał bowiem ambicję wychować syna na dżentelmena. Wallace uczył się tam gry w krykieta i okrucieństwa. Został przyjęty na dentystykę — dzięki hojnej darowiźnie pana Patela na rzecz uczelni — i po skończeniu studiów wyjechał do Durbanu, gdzie założył gabinet dentystyki kosmetycznej. W którymś momencie skrócił nazwisko — „z przyczyn praktycznych" — do Pate i miał napisane na wizytówce „Pan Wallace Pate, lek. dent. (Natal)".

Pan Patel zaprotestował przeciwko tej zmianie.

— Wolno zapytać, czemu jesteś teraz „Pan Wallace Pate, lek. dent. (Natal)"? Wstydzisz się czy co? Ja jestem dla ciebie pan Paliwar Patel bez dyplomu i pochodzący znikąd?

Syn usiłował udobruchać ojca.

— Im krótsze nazwisko, tym łatwiej się nim posługiwać, ojcze. Pate, Patel — to właściwie to samo. Spokojnie można sobie darować jedną literę na końcu. Krótkie jest nowoczesne. Dzisiaj musimy być nowocześni. W naszych czasach wszystko musi być nowoczesne, nawet nazwiska.

Ze strony bliźniaczek nie spotkały go takie afronty. Obie wysłał do Natalu, aby znalazły sobie mężów, i wyszły za mąż zgodnie z oczekiwaniami ojca. Obaj zięciowie zostali wciągnięci w interesy i okazało się, że obaj mają dobrą głowę do liczb i doskonale rozumieją ideę niskiej marży.

Z kolei Nandira, wówczas szesnastoletnia, chodziła do Maru-a-Pula School w Gaborone, najlepszej i najdroższej szkoły w kraju. Była znakomitą uczennicą, miała dobre oceny i spodziewano się, że korzystnie wyjdzie za mąż, kiedy przyjdzie na to czas — czyli w dwudzieste urodziny, pan Patel uważał bowiem, że jest to najlepszy moment na zamążpójście.

Cała rodzina, łącznie z zięciami, dziadkami i kilkoma dalekimi krewnymi, mieszkała w rezydencji Patelów koło starego lotniska wojskowego. Na działce stało kilka budynków, starych domów w stylu kolonialnym z szerokimi werandami i siatkami przeciw owadom, ale pan Patel zrównał je wszystkie z ziemią i od podstaw zbudował nowy dom, a raczej kilka połączonych ze sobą domów, które tworzyły jeden kompleks.

— My, Indusi, lubimy mieszkać w jednym domu — wyjaśnił pan Patel architektowi. — Lubimy wiedzieć, co się dzieje w rodzinie.

Architekt, któremu pozwolono swobodnie puścić wodze wyobraźni, zrealizował wszystkie architektoniczne kaprysy przez lata odrzucane przez bardziej wymagających lub mniej zamożnych klientów. Ku jego zdziwieniu pan Patel na wszystko się zgadzał, a efekt bardzo przypadł mu do gustu. Styl wnętrz należałoby określić mianem delhijskiego rokoko — dużo złota w meblach i zasłonach, a na ścianach drogie obrazy z hinduistycznymi świętymi i górskimi jeleniami, które wodziły za widzem oczami po całej sali.

Kiedy bliźniaczki wyszły za mąż, podczas kosztownej ceremonii ślubnej, na którą zaproszono ponad tysiąc pięciuset gości, każda otrzymała swoje własne lokum, co wymagało znacznej rozbudowy domu. Zięciowie dodatkowo dostali po czerwonym mercedesie, ze swoimi inicjałami na drzwiach od strony kierowcy. To wymagało z kolei powiększenia garażu, w którym musiało się teraz znaleźć miejsce dla czterech mercedesów: pana Patela, pani Patel (kierowanego przez szofera) i zięciów.

Podczas wesela w Durbanie starszy krewny powiedział do pana Patela:

— Słuchaj, stary, my, Indusi, musimy być ostrożni. Nie powinieneś tak się obnosić ze swoimi pieniędzmi. Afrykanie tego nie lubią i jak tylko trafi się okazja, to nam je odbiorą. Popatrz, co się stało w Ugandzie. Posłuchaj, co mówią niektóre gorące głowy w Zimbabwe. Wyobraź sobie, co by nam zrobili Zulusi, gdyby dać im szansę. Musimy być dyskretni.

Pan Patel pokręcił głową.

— Botswany to wszystko nie dotyczy. Mówię ci, tutaj nie ma żadnego niebezpieczeństwa. To spokojny naród. Dzięki diamentom. Diamenty zapewniają krajowi stabilizację, uwierz mi.

Kuzyn nie sprawiał wrażenia przekonanego.

— Widzisz, taka jest Afryka — ciągnął. — Jednego dnia wszystko idzie wspaniale, a następnego budzisz się rano i czujesz, że ktoś poderżnął ci gardło. Uważaj!

Pan Patel wziął sobie tę przestrogę do serca i podwyższył mur okalający posiadłość, żeby ludzie nie mogli już więcej zaglądać przez okna i widzieć luksusu, w jakim żyje rodzina. A co się tyczy jeżdżenia dużymi samochodami, to było ich w mieście mnóstwo i pan Patel nie dostrzegał żadnego powodu, aby oni mieli zostać jakoś szczególnie wyróżnieni.

Mma Ramotswe bardzo się ucieszyła, kiedy zadzwonił do niej pan Patel i zapytał, czy mogłaby w najbliższym czasie odwiedzić go w jego domu. Umówili się od razu na ten sam dzień wieczorem i mma Ramotswe pojechała na Zebra Drive, żeby włożyć na siebie coś bardziej eleganckiego, zanim zaprezentuje się pod bramą rezydencji. Przed wyjściem z domu zatelefonowała do pana J.L.B. Matekoniego.

— Radził mi pan załatwić sobie bogatego klienta. Mam bogatego klienta: pana Patela.

J.L.B. Matekoni sapnął z podziwu.

— To bardzo bogaty człowiek — powiedział. — Ma cztery mercedesy. Trzy spisują się bez zarzutu, ale w jednym są problemy z przeniesieniem napędu. Sprzęgło nawaliło, jeszcze nie widziałem tak zharatanego, i zajęło mi wiele dni, zanim znalazłem do niego obudowę…

Bramy domu Patelów nie dało się po prostu pchnąć i otworzyć. Nie można też było zaparkować pod bramą i zatrąbić, jak człowiek normalnie robi pod innymi domami. Tutaj naciskało się guzik dzwonka w ścianie i z głośnika nad głową wychodził wysoki głos.

— Tak? Rezydencja Patelów. O co chodzi?

— Mma Ramotswe. Prywatny...

W głośniku zatrzeszczało.

— Prywatny? Co prywatny?

Zanim zdążyła odpowiedzieć, znowu zatrzeszczało i brama zaczęła się otwierać. Mma Ramotswe zostawiła maleńką białą furgonetkę trochę dalej, żeby nie budzić w nikim podejrzeń, weszła więc na teren posiadłości na nogach. Znalazła się na dziedzińcu, który z pomocą dających cień siatek przeistoczył się w gaj bujnej zieleni. Na końcu dziedzińca znajdowało się wejście do samego domu, wielki portal z wysokimi białymi filarami i donicami po bokach. Przed otwartymi drzwiami pojawił się pan Patel i pomachał jej swoją laską.

Widziała go oczywiście już wcześniej i wiedziała, że ma protezę, ale jeszcze nigdy nie oglądała go z tak bliska i nie spodziewała się, że jest taki niski. Sama niespecjalnie grzeszyła wzrostem — Pan Bóg pobłogosławił ją raczej dużym obwodem w ramionach i gdzie indziej — ale pan Patel musiał patrzeć w górę, kiedy uścisnął ją za rękę i pokazał, żeby weszła do środka.

— Widziała pani już kiedyś mój dom? — spytał, choć oczywiście znał odpowiedź. — Była pani na którymś z moich przyjęć?

To również było kłamstwo: pan Patel nie wydawał przyjęć. Zadała sobie pytanie, po co udaje.

— Nie — odparła po prostu. — Nigdy wcześniej mnie pan nie zaprosił.

— O rany! — powiedział ze śmiechem. — W takim razie popełniłem wielki błąd.

Poprowadził ją przez wielki hol wejściowy, długą salę z błyszczącą posadzką z czarnego i białego marmuru. Hol błyszczał od mosiądzu — drogiego, połyskującego mosiądzu — co stwarzało ogólny efekt wielkiego przepychu.

— Przejdziemy do mojego gabinetu — oznajmił. — To mój

prywatny pokój, do którego nikt z rodziny nie ma wstępu. Wiedzą, że nie wolno mi tam przeszkadzać, nawet gdyby się waliło i paliło.

Gabinet również okazał się dużym pomieszczeniem, w którym wyróżniało się biurko z trzema telefonami i kunsztownym stojaczkiem na pióra i atrament. Mma Ramotswe z zaciekawieniem obejrzała komplet, który składał się z kilku szklanych półeczek wspartych na miniaturowych kłach słoni wyrzeźbionych z kości słoniowej.

— Proszę usiąść — powiedział pan Patel, pokazując na fotel wybity białą skórą. — Mnie siadanie zajmuje trochę czasu, bo nie mam jednej nogi. O, widzi pani? Ciągle szukam lepszej protezy. Ta jest włoska i kosztowała mnie mnóstwo pieniędzy, ale myślę, że można dostać lepsze. Może w Ameryce.

Mma Ramotswe zapadła się w fotel i spojrzała na gospodarza.

— Przejdę od razu do rzeczy — zaczął pan Patel. — Nie ma sensu kluczyć i owijać w bawełnę, prawda?

Urwał, czekając na potwierdzenie ze strony mmy Ramotswe. Skinęła nieznacznie głową.

— Jestem człowiekiem, dla którego najważniejsza jest rodzina, mma Ramotswe. Mam szczęśliwą rodzinę i wszyscy mieszkają w tym domu, poza synem, który jest znanym dentystą w Durbanie. Może pani o nim słyszała. Ludzie mówią na niego teraz Pate.

— Tak, słyszałam. Nawet tutaj ludzie go chwalą.

Pan Patel promieniał.

— Wielkie nieba, jak miło coś takiego usłyszeć! Ale pozostałe dzieci również są dla mnie bardzo ważne. Żadnego nie wyróżniam. Wszystkie traktuję tak samo. Absolutnie tak samo.

— To najlepsza metoda. Wyróżnianie kogokolwiek rodzi niesnaski.

— Święta prawda. Dzieci zauważają, kiedy rodzice dają jednemu dwa cukierki, a drugiemu tylko jedno. Umieją liczyć tak samo jak my.

Mma Ramotswe ponownie skinęła głową, zastanawiając się, dokąd zmierza ta rozmowa.

— Moje starsze córki, bliźniaczki, wyszły za porządnych

chłopaków i mieszkają pod tym dachem. Tutaj też wszystko jest w porządku. Zostaje jeszcze jedno dziecko, moja mała Nandira. Ma szesnaście lat i chodzi do Maru-a-Pula. Bardzo dobrze się uczy, ale... — Urwał i spojrzał na mmę Ramotswe zmrużonymi oczami. — Wie pani, jak to jest z nastolatkami, prawda? Wie pani, co się porobiło z młodzieżą w dzisiejszych czasach?

Mma Ramotswe wzruszyła ramionami.

— Często przysparzają rodzicom wielkich trosk. Widziałam rodziców, którzy wypłakiwali sobie oczy z powodu swoich nastoletnich dzieci.

Pan Patel uniósł laskę i uderzył nią w sztuczną nogę dla większej emfazy. Rozległ się zaskakująco głuchy i blaszany dźwięk.

— Właśnie to mnie martwi — powiedział z naciskiem. — Właśnie takie rzeczy się dzieją. A ja nie zamierzam tego tolerować. Nie w mojej rodzinie.

— Czego? — spytała mma Ramotswe. — Nastolatków?

— Chłopców — odparł pan Patel z goryczą. — Moja Nandira spotyka się potajemnie z jakimś chłopakiem. Wypiera się tego, ale ja wiem, że ma chłopaka. A na to nie może być zgody, niezależnie od tego, co mówią ci rzecznicy nowoczesności z miasta. W tej rodzinie — w tym domu — nie ma miejsca na takie historie.

Jeszcze zanim skończył mówić, drzwi gabinetu otworzyły się i do środka weszła służąca. Była to autochtonka, która uprzejmie pozdrowiła mmę Ramotswe w języku setswana, po czym podsunęła jej tacę z różnymi sokami owocowymi. Mma Ramotswe wybrała sok z guawy i podziękowała służącej. Pan Patel wziął sok pomarańczowy, ze zniecierpliwieniem pokazał służącej drzwi laską i zaczekał, aż wyjdzie, zanim podjął swoją opowieść.

— Rozmawiałem z nią o tym. Postawiłem sprawę jasno. Powiedziałem jej, że nie obchodzi mnie, co robią jej koleżanki — to problem ich rodziców, nie mój. Powiedziałem jej bardzo wyraźnie, że nie wolno jej się włóczyć z chłopakami po mieście ani widywać z nimi po szkole. Koniec kropka.

Lekko postukał laską w protezę i spojrzał na mmę Ramotswe wyczekująco.

Mma Ramotswe przełknęła ślinę.

— Chce pan, żebym coś w tej sprawie zrobiła? Po to mnie pan zaprosił?

Pan Patel skinął głową.

— Otóż to. Chcę, żeby się pani dowiedziała, kim jest ten chłopak. Potem już sam z nim porozmawiam.

Mma Ramotswe wytrzeszczyła na niego oczy. Czy on ma jakiekolwiek pojęcie o obyczajach dzisiejszej młodzieży, zwłaszcza z takiej szkoły jak Maru-a-Pula, do której chodzi tyle zagranicznych dzieci, nawet z ambasady amerykańskiej i tak dalej? Słyszała o tym, że indyjscy ojcowie usiłują aranżować swoim dzieciom małżeństwa, ale do tej pory nie znała nikogo, kto by rzeczywiście tak robił. Tymczasem pan Patel przyjął za pewnik, że ona się z nim zgodzi, że wyznaje ten sam pogląd na tę sprawę.

— Czy nie lepiej byłoby porozmawiać z nią? — spytała łagodnym tonem. — Jeśli pan ją spyta, kim jest ten młody człowiek, to może panu powie.

Pan Patel sięgnął po laskę i postukał się w blaszaną nogę.

— Nie zrobi tego — odparł ostro, nieco ochrypłym głosem. — Bez szans. Pytam ją już od trzech czy czterech tygodni, a ona nie odpowiada. Milczy. Bezczelna smarkula!

Mma Ramotswe spuściła wzrok na stopy. Czuła na sobie jego wyczekujące spojrzenie. W swoim nowym zawodzie przyjęła zasadę, żeby nie odrzucać żadnego zlecenia, jeśli tylko nie wymaga się od niej popełnienia przestępstwa. Reguła ta na razie się sprawdzała. Mma Ramotswe zdążyła się już zorientować, że jej wyobrażenia o tym, po której stronie leży moralna słuszność, mogą ulec zmianie w miarę poszerzania przez nią obrazu sytuacji. Mogło się okazać, że tak samo będzie z panem Patelem. A nawet jeśli nie, to czy istniały wystarczające powody do odrzucenia jego oferty? Jakie ona miała prawo potępiać zatroskanego indyjskiego ojca, skoro wiedziała tyle co nic na temat obyczajów tych ludzi? Rzecz jasna, odruchowo współczuła dziewczynie. Cóż za straszny los mieć ojca, który chce zamknąć córkę w złotej klatce! Tata mmy Ramotswe nigdy nie stał jej w niczym na przeszkodzie. Ufał jej, a ona odwzajemniała mu się tym, że niczego przed nim nie ukrywała — może poza prawdą na temat Note.

Podniosła wzrok. Pan Patel patrzył na nią ciemnymi oczami, prawie niedostrzegalnie stukając o podłogę końcem laski.

— Dowiem się tego dla pana — rzekła. — Chociaż muszę powiedzieć, że nie robię tego z ochotą. Nie podoba mi się pomysł ze śledzeniem dziecka.

— Kiedy dzieci trzeba pilnować! — zaprotestował pan Patel. — Jeśli rodzice przestaną pilnować swoje dzieci, to jak to się wszystko skończy? Niech mi pani odpowie!

— Przychodzi moment, że muszą mieć własne życie. Musimy je wypuścić spod swoich skrzydeł.

— Bzdury! — krzyknął pan Patel. — Nowoczesne bzdury. Mój ojciec mnie zbił, jak miałem dwadzieścia dwa lata! Tak, zbił mnie, bo pomyliłem się w sklepie. I zasłużyłem sobie na to lanie. Nie chcę słyszeć o tych nowoczesnych bzdurach.

Mma Ramotswe wstała.

— Ja jestem nowoczesną kobietą, więc zapewne różnimy się w poglądach. Ale to nie gra roli. Zgodziłam się spełnić pana prośbę. Teraz muszę tylko zobaczyć zdjęcie dziewczyny, żebym wiedziała, kogo śledzę.

Pan Patel wstał z wysiłkiem, prostując rękami blaszaną nogę.

— Nie trzeba zdjęcia. Mogę pani przedstawić dziewczynę. Będzie pani mogła się jej przyjrzeć.

Mma Ramotswe uniosła dłonie do góry w ramach protestu.

— Ale wtedy będzie mnie znała. Muszę pozostać dla niej obcą osobą.

— Ach! Bardzo dobry pomysł. Wy, detektywi, jesteście cwanymi ludźmi.

— Kobietami — skorygowała go mma Ramotswe.

Pan Patel spojrzał na nią z ukosa, ale nic nie powiedział. Nie miał ochoty zawracać sobie głowy nowoczesnymi koncepcjami.

Po wyjściu z domu pana Patela mma Ramotswe pomyślała: On ma czworo dzieci, ja żadnego. Nie jest dobrym ojcem, bo za bardzo kocha swoje dzieci — traktuje je jak swoją własność. Powinien dać im więcej swobody.

I pomyślała o tej chwili, kiedy bez żadnej pomocy ze strony Note, który czymś się wymówił, złożyła maleńkie ciałko przedwcześnie urodzonego dziecka, tak kruche, tak lekkie, do ziemi, wzniosła oczy ku niebu i chciała powiedzieć coś Bogu, ale nie mogła, bo szloch zasznurował jej gardło.

Mma Ramotswe sądziła, że sprawa będzie dosyć łatwa. Śledzenie kogoś potrafi być uciążliwe, bo trzeba w każdym momencie wiedzieć, gdzie się znajduje obserwowana osoba. Oznacza to długie, bezczynne kręcenie się pod domami i biurami, czasem wiele godzin czekania na to, aż ktoś się pojawi. Nandira większość dnia spędzała jednak w szkole, a to oznaczało, że mma Ramotswe do trzeciej po południu mogła się zajmować innymi rzeczami.

Przyszło jej do głowy, że śledzenie dziecka może się okazać trudniejsze, niż początkowo sądziła. Jeżdżenie maleńką białą furgonetką za czyimś samochodem to zupełnie co innego niż śledzenie osoby jeżdżącej na rowerze — a wiele dzieci wraca ze szkoły na rowerach. Wyglądałoby to dosyć komicznie, gdyby maleńka biała furgonetka wlokła się ulicą jak ślimak. Gdyby dziewczyna wracała do domu pieszo, to mma Ramotswe mogłaby naturalnie iść za nią w odpowiedniej odległości. Mogłaby nawet pożyczyć od sąsiada jednego z tych okropnych żółtych psów i udawać, że wyprowadza go na spacer.

Nazajutrz po rozmowie z panem Patelem mma Ramotswe tuż przed końcowym dzwonkiem zaparkowała maleńką białą furgonetkę na szkolnym parkingu. Dzieci wychodziły pojedynczo albo małymi grupkami i dopiero dwadzieścia parę minut po trzeciej w drzwiach szkoły pojawiła się Nandira, z teczką w jednej i książką w drugiej ręce. Była sama i mma Ramotswe miała możliwość przyjrzeć się jej dokładnie zza kierownicy furgonetki. Nandira była ładnym dzieckiem, a właściwie młodą kobietą. Należała do tych szesnastolatek, które wyglądają na dziewiętnaście, a nawet dwadzieścia lat.

Ruszyła alejką i zatrzymała się na jakiś czas, aby porozmawiać z koleżanką, która czekała pod drzewem na rodziców. Rozmawiały przez kilka minut, po czym Nandira poszła w stronę bramy zewnętrznej.

Mma Ramotswe odczekała chwilę i wysiadła z furgonetki. Kiedy Nandira szła już ulicą, mma Ramotswe powoli ruszyła za nią. Raczej nie wzbudzała podejrzeń, ponieważ nie była jedynym przechodniem. W późne zimowe popołudnie przyjemnie spacerowało się tą drogą. Jeszcze miesiąc wcześniej byłoby na to za gorąco i mma Ramotswe bardziej rzucałaby się w oczy.

Skręciła za dziewczyną w boczną drogę. Już wcześniej sobie uprzytomniła, że Nandira nie wraca prosto do domu, ponieważ do rezydencji pana Patela szło się w przeciwnym kierunku. Nie szła też do centrum, co oznaczało, że idzie na spotkanie z kimś. Mmę Ramotswe ogarnęło poczucie satysfakcji. Teraz przypuszczalnie wystarczyło znaleźć dom schadzki, bo potem ustalenie nazwiska właściciela, a tym samym chłopca, byłoby dziecinnie proste. Możliwe, że już tego samego wieczoru mogłaby udać się z nim do pana Patela. Zrobiłoby to na nim wrażenie, a mma Ramotswe nie napracowałaby się zbytnio na swoje honorarium.

Nandira znowu skręciła za róg. Mma Ramotswe odczekała chwilę, zanim poszła za nią. Śledząc dziecko, łatwo stracić czujność, toteż musiała stale sobie przypominać o obowiązujących regułach. Clovis Andersen, autor podręcznika pt. *Zasady prowadzenia prywatnych dochodzeń*, podkreślał, że nie wolno podchodzić za blisko do obiektu. „Trzymaj go na długiej smyczy, nawet jeśli oznacza to, że czasem stracisz go z oczu. Zawsze możesz później podjąć trop. Kilka chwil braku kontaktu wzrokowego jest lepsze niż gniewna konfrontacja".

Mma Ramotswe oceniła, że już czas skręcić za róg. Spodziewała się zobaczyć Nandirę kilkaset metrów w głąb drogi, ta jednak była pusta — brak kontaktu wzrokowego ze śledzonym, jak to nazwał Clovis Andersen. Odwróciła się i spojrzała w przeciwnym kierunku. Spod domu w oddali wyjeżdżał samochód, ale poza tym nic nie zobaczyła.

Mma Ramotswe mocno się zdziwiła. Była to spokojna ulica z trzema domami po każdej stronie — przynajmniej w kierunku, w którym szła dziewczyna. Ale wszystkie te domy miały bramy i podjazdy, a ponieważ mma Ramotswe spuściła dziewczynę z oczu na nie dłużej niż minutę, Nandira nie zdążyłaby zniknąć w którymś z tych domów. Mma Ramotswe z pewnością zobaczyłaby ją na alejce albo pod drzwiami frontowymi.

Jeśli mimo wszystko weszła do któregoś z domów, pomyślała mma Ramotswe, to do któregoś z dwóch pierwszych, bo do dalszych na pewno nie zdążyłaby dojść. A więc sytuacja nie przedstawiała się aż tak źle: wystarczyło sprawdzić pierwszy dom po prawej, a potem po lewej.

Przez chwilę stała bez ruchu, a potem podjęła decyzję. Pędem wróciła do maleńkiej białej furgonetki i ponownie przemierzyła drogę, na której przed chwilą śledziła Nandirę. Zaparkowała furgonetkę przed domem po prawej, wysiadła i podeszła alejką do drzwi frontowych.

Kiedy zapukała do drzwi, ze środka dobiegło ją głośne szczekanie psa.

— Cicho, Bison! Cicho, wiem, wiem!

Potem drzwi się otworzyły i stanęła w nich pani domu. Mma Ramotswe od razu poznała, że nie należy ona do ludu Motswana. Sądząc po kolorze skóry i ubraniu, pochodziła z zachodniej Afryki, przypuszczalnie z Ghany. Rdzenni mieszkańcy tego kraju byli ulubionym narodem mmy Ramotswe. Mieli wspaniałe poczucie humoru i prawie zawsze byli w dobrym nastroju.

— Dzień dobry, mma — powiedziała mma Ramotswe. — Przepraszam za najście, ale szukam Sipho.

Kobieta zmarszczył brwi.

— Sipho? Tutaj nie ma żadnego Sipho.

Mma Ramotswe pokręciła głową.

— Byłam pewna, że to ten dom. Widzi pani, jestem nauczycielką ze szkoły średniej i mam do przekazania wiadomość dla chłopca z czwartej klasy. Myślałam, że mieszka tutaj.

Kobieta uśmiechnęła się.

— Mam dwie córki, ale syna żadnego. Może znalazłaby mi pani syna?

— Ojejku — odparła mma Ramotswe speszonym tonem. — W takim razie to musi być dom po drugiej stronie drogi.

Kobieta zaprzeczyła ruchem głowy.

— Tam mieszka rodzina z Ugandy. Mają syna, ale sześcio- albo siedmioletniego, o ile mi wiadomo.

Mma Ramotswe przeprosiła i wróciła na ulicę. Już w pierwsze popołudnie zgubiła Nandirę. Czy dziewczyna celowo zmyliła tropy? Ale skąd miałaby wiedzieć, że jest śledzona? Wydawało się to bardzo mało prawdopodobne, a zatem niepowodzenie należało spisać na karb pecha. Jutro będzie uważniejsza. Tym razem zlekceważy zalecenia Clovisa Andersona i podejdzie bliżej obiektu.

O ósmej zadzwonił pan Patel.

— Ma mi pani coś do przekazania? Jakieś informacje?

Mma Ramotswe powiedziała, że niestety nie udało się jej ustalić, dokąd Nandira poszła po szkole, ma jednak nadzieję, że następnego dnia powiedzie jej się lepiej.

— Niedobrze. Niedobrze. Ja natomiast mam coś pani do przekazania. Nandira wróciła do domu trzy godziny po lekcjach — trzy godziny — i powiedziała, że była u koleżanki. Ja na to: u której koleżanki? A ona: nie znasz jej. Potem moja żona znalazła na stole karteczkę, która musiała wypaść Nandirze z kieszeni. I wie pani, co tam było napisane? „Do jutra, Jack". Kto to jest Jack? Czy to jest imię dziewczyny, ja się pani zapytuję?

— Nie, raczej chłopca.

— Właśnie! — odparł pan Patel tonem człowieka, który rozwikłał trudną zagadkę. — Myślę, że to jest ten chłopak, o którego nam chodzi. Ten, którego musimy wytropić. Jack — a dalej? Gdzie mieszka. Chcę, żeby się pani tego wszystkiego dowiedziała.

Mma Ramotswe zaparzyła sobie kubek herbaty z czerwonokrzewu i poszła do łóżka wcześniej niż zwykle. Dzień był nieudany pod więcej niż jednym względem i telefon z pretensjami od pana Patela stanowił tylko jego ukoronowanie. Leżała więc w łóżku, z herbatą na szafce nocnej, i czytała gazetę, aż w końcu powieki zaczęły się jej kleić i zasnęła.

Następnego popołudnia z opóźnieniem przyjechała pod szkołę. Miała obawy, że znowu zgubiła Nandirę, lecz w tym samym momencie zobaczyła ją, jak wychodzi z budynku w towarzystwie innej dziewczyny. Mma Ramotswe patrzyła, jak idą alejką i stają przy bramie. Wydawały się zatopione w rozmowie typowej dla szkolnych koleżanek i mma Ramotswe była pewna, że gdyby usłyszała, o czym mówią, poznałaby odpowiedź na niejedno pytanie. Dziewczyny bez żadnych oporów opowiadają sobie nawzajem o swoich chłopakach, a mma Ramotswe nie miała wątpliwości, że taki jest właśnie temat rozmowy.

Nagle naprzeciwko dziewcząt zatrzymał się niebieski samochód. Mma Ramotswe zesztywniała i patrzyła, jak kierowca pochyla się nad prawym siedzeniem i otwiera drzwi. Nandira wsiadła do przodu, a jej koleżanka do tyłu. Mma Ramotswe zapaliła silnik furgonetki, ruszyła i jechała w bezpiecznej odległości, ale gotowa w każdej chwili zmniejszyć dystans, gdyby powstało ryzyko stracenia niebieskiego samochodu z oczu. Nie zamierzała powtarzać błędu z poprzedniego dnia i pozwolić Nandirze rozpłynąć się w powietrzu.

Niebieskie auto nie spieszyło się zbytnio i mma Ramotswe nie musiała się specjalnie wysilać, żeby za nim nadążyć. Minęli hotel Sun i jechali w stronę ronda przy stadionie. Tam skręcili w stronę centrum i minęli szpital i katedrę anglikańską, zbliżając się do kompleksu handlowego. Sklepy, pomyślała mma Ramotswe. Młodzi po prostu jadą na zakupy. Czy na pewno? Widziała nastolatków, którzy spotykali się po szkole w księgarni Botswana Book Centre. Nazywali to bodajże „pluciem i łapaniem". Stali tam, gadali, wygłupiali się i tak dalej, tylko jednego nie robili: nie kupowali książek. Może Nandira zamierza pluć i łapać z tym całym Jackiem.

Niebieski samochód wjechał na parking w pobliżu hotelu President. Mma Ramotswe zaparkowała kilka miejsc dalej i patrzyła, jak dziewczyny wysiadają z auta w towarzystwie starszej kobiety, przypuszczalnie matki koleżanki Nandiry. Kobieta powiedziała coś do córki, a potem odłączyła się od dziewcząt i poszła w stronę sklepu żelaznego.

Nandira i jej koleżanka minęły schody hotelu President i powoli podeszły do budynku poczty. Mma Ramotswe ruszyła za nimi dyskretnie, zatrzymując się przy stojaku z afrykańskimi drukowanymi bluzkami, którymi jakaś kobieta handlowała na placu.

— Niech pani kupi jedną, mma — namawiała. — To bardzo dobre bluzki. Farba się nie spiera. Niech pani popatrzy: ta, którą mam na sobie, była prana dziesięć, dwadzieścia razy, a druk jest jak nowy. Niech pani popatrzy.

Mma Ramotswe spojrzała na bluzkę — kolory rzeczywiście się nie sprały. Kątem oka zerknęła na dziewczyny. Oglądały witrynę sklepu obuwniczego i nie spieszyło im się z tym.

— Na pewno nie ma pani mojego rozmiaru — powiedziała mma Ramotswe. — Ja potrzebuję bardzo dużej bluzki.

Przekupka przejrzała towar i otaksowała mmę Ramotswe wzrokiem.

— Ma pani rację. Jest pani o wiele za gruba na te bluzki. O wiele za gruba.

Mma Ramotswe uśmiechnęła się.

— Ale to ładne bluzki, mma, i mam nadzieję, że je pani sprzeda jakiejś miłej drobnej osobie.

Poszła dalej. Dziewczyny zaspokoiły już zainteresowanie butami i szły w stronę księgarni. Mma Ramotswe miała słuszność. Zamierzały trochę popluć i połapać.

W Botswana Book Centre było bardzo niewielu klientów. Trzech czy czterech mężczyzn przeglądało czasopisma, a paru innych kartkowało książki. Ekspedienci plotkowali oparci leniwie o lady i nawet muchy sprawiały wrażenie pogrążonych w letargu.

Mma Ramotswe zobaczyła, że dziewczyny stoją na końcu księgarni w dziale z książkami w języku setswana. Co one tam robią? To możliwe, że Nandira uczy się w szkole setswana, ale mało prawdopodobne, żeby kupowała podręczniki albo komentarze biblijne, które przeważały w tym dziale. Nie, na pewno na kogoś czekają.

Mma Ramotswe zdecydowanym krokiem podeszła do działu afrykańskiego i zdjęła z półki książkę pod tytułem *Węże południowej Afryki*, bogato ilustrowaną. Spojrzała na zdjęcie krótkiego brązowego węża i usiłowała sobie przypomnieć, czy kiedykolwiek miała takiego przed oczyma. Podobny wąż ukąsił jej kuzyna, kiedy oboje byli dziećmi, i chłopcu nic się nie stało. Jaki to gatunek? Przeczytała podpis pod zdjęciem. To mógł być ten sam wąż, bo został określony jako niejadowity. Ale przeczytała również, że jest mało agresywny, a przecież napadł jej kuzyna. A może to kuzyn go zaatakował? Chłopcy lubią drażnić się z wężami, rzucają w nie kamieniami i nie mogą się od nich odczepić. Po tylu latach nie umiała sobie jednak przypomnieć, czy Putoke sprowokował węża.

Łypnęła w stronę dziewcząt. Znowu stały i rozmawiały, jedna się śmiała. Jakaś historia o chłopakach, pomyślała mma Ramotswe. Niech się śmieją. Już niedługo do nich dotrze, że cały temat mężczyzn wcale nie jest taki zabawny. Za kilka lat śmiech zastąpią łzy, pomyślała mma Ramotswe ponuro.

Wróciła do *Węży południowej Afryki*. O, ten wygląda groźnie! Rany, jaki łeb! I te diabelskie oczy! Mmę Ramotswe przeszedł dreszcz. Przeczytała:

„Dorosły samiec czarnej mamby, liczący 1,87 metra długości. Jak widać na mapce, gatunek ten występuje w całym regionie, chociaż najchętniej mieszka na otwartych terenach. Należy do najbardziej niebezpiecznych węży w całej Afryce, ustępując pod tym względem tylko żmii gabońskiej, nielicznemu gatunkowi zamieszkującemu lasy wschodniego Zimbabwe.

Relacje o atakach czarnych mamb często są przesadzone, a opowieści o mambach, które ścigają i doganiają ludzi galopujących konno, z pewnością należy włożyć między bajki. Mamba potrafi rozwinąć znaczną prędkość na krótkim dystansie, ale nie może konkurować z koniem. Również historie o natychmiastowej śmierci od ukąszenia niekoniecznie odpowiadają prawdzie, aczkolwiek działanie jadu może ulec przyspieszeniu, jeśli ofiara wpadnie w panikę, co rzecz jasna często się zdarza, kiedy ktoś zauważy, że ukąsiła go mamba.

Dysponujemy wiarygodnie udokumentowaną historią dwudziestosześcioletniego mężczyzny w dobrej kondycji fizycznej, ukąszonego w prawą kostkę przez mambę, na którą niechcący nadepnął. Nie było możliwości szybkiego podania surowicy, lecz ofiara zdołała usunąć trochę jadu, dokonując głębokich nacięć w okolicach rany (dzisiaj metoda ta nie jest oczywiście uważana za skuteczną). Potem mężczyzna ruszył przez busz do oddalonego o cztery mile szpitala, do którego został przyjęty po dwóch godzinach. Otrzymał surowicę i wyszedł z całej przygody bez szwanku. Gdyby chodziło o żmiję sykliwą, po takim czasie przypuszczalnie nastąpiłyby znaczne zmiany martwicze i niewykluczone, że mężczyzna straciłby nogę…"

Mma Ramotswe przerwała lekturę. Straciłby nogę. Potrzebowałby protezy. Pan Patel. Nandira. Szarpnęła głową do góry.

Książka o wężach tak ją zaabsorbowała, że przestała zwracać uwagę na dziewczyny. Gdzie one są? Zniknęły.

Odstawiła *Węże południowej Afryki* z powrotem na półkę i wybiegła na plac. Zrobiło się tam tłoczniej, bo ludzie wolą chodzić na zakupy o późniejszej porze, kiedy nie jest już tak gorąco. Rozejrzała się dokoła. W pewnym oddaleniu stała grupka młodzieży, ale złożona z samych chłopców. Nie, była wśród nich dziewczyna. Nandira? Nie. Mma Ramotswe spojrzała w drugą stronę. Mężczyzna stawiał pod drzewem rower, który miał zamontowaną antenę samochodową. Po co?

Ruszyła w kierunku hotelu President. Może dziewczyny wróciły po prostu do auta, gdzie umówiły się z matką koleżanki Nandiry — wtedy wszystko byłoby w porządku. Kiedy dotarła na parking, zobaczyła jednak, że niebieski samochód już wyjeżdża, ale bez dziewczyn. Czyli muszą wciąż być gdzieś w okolicach placu.

Mma Ramotswe wróciła pod schody hotelu President i omiotła plac spojrzeniem. Zgodnie z zaleceniem Clovisa Andersena robiła to metodycznie — zatrzymywała wzrok na każdej grupce ludzi, lustrowała każde stadko zakupowiczów pod każdą witryną. Dziewcząt ani śladu. Kobieta handlująca bluzkami trzymała w ręku pakunek, z którego wyciągała coś, co wyglądało jak robak mopani.

— Robaki mopani? — spytała mma Ramotswe.

Kobieta odwróciła się.

— Tak.

Podsunęła torbę pod nos mmy Ramotswe, która poczęstowała się jednym z trzech suszonych robaków i włożyła sobie do ust. Był to przysmak, któremu po prostu nie umiała się oprzeć.

— Pani na pewno widzi wszystko, co się dzieje, mma — powiedziała, połknąwszy robaka. — Cały czas tu pani stoi.

Kobieta zaśmiała się.

— Widzę wszystkich. Wszystkich.

— Widziała pani dwie dziewczyny wychodzące z księgarni? Jedna Induska, druga Afrykanka. Induska mniej więcej takiego wzrostu.

Handlarka wzięła z torebki kolejnego robaka i wsadziła sobie do ust.

— Widziałam. Zajrzały do kina, a dalej to już nie wiem.

Mma Ramotswe uśmiechnęła się.

— Powinna pani być detektywem.

— Tak jak pani — odparła kobieta.

Zaskoczyło to mmę Ramotswe. Była osobą dosyć znaną, nie spodziewała się jednak, że handlarka uliczna wie, kim ona jest. Wyjęła z torebki portmonetkę i wcisnęła handlarce do ręki dziesięć puli.

— Dziękuję — powiedziała. — To jest honorarium ode mnie. Liczę na to, że jeszcze mi pani kiedyś pomoże.

Kobieta niezmiernie się ucieszyła.

— Mogę pani powiedzieć wszystko. Jestem oczami tego placu. Chce pani na przykład wiedzieć, kto z kim rozmawiał dziś rano tam? Wie pani? Zdziwiłaby się pani, gdybym pani powiedziała.

— Innym razem. Będziemy w kontakcie.

Nie było sensu próbować ustalić, dokąd poszła Nandira, ale był sens wykorzystać już uzyskane informacje. Mma Ramotswe udała się więc do kina i spytała, o której godzinie rozpoczyna się następny seans, wydedukowała bowiem, że dziewczyny wybierają się na film. Potem wróciła do maleńkiej białej furgonetki i pojechała do domu, aby zjeść wczesną kolację i przygotować się do wyjścia do kina. Tytuł filmu nie nastrajał optymistycznie, ale nie była w kinie od co najmniej roku i zauważyła, że cieszy ją ta perspektywa.

Zanim ruszyła w drogę, zadzwonił pan Patel.

— Moja córka powiedziała, że idzie do koleżanki odrabiać zadanie — stwierdził rozdrażnionym tonem. — Znowu mnie okłamuje.

— Obawiam się, że tak — potwierdziła mma Ramotswe. — Ale wiem, dokąd się wybiera, będę tam i jutro zdam panu sprawozdanie.

— Spotyka się z tym Jackiem? — krzyknął pan Patel. — Spotyka się z tym chłopcem?

— Przypuszczalnie. Ale nie ma sensu, żeby się pan denerwował. Jutro złożę raport.

— Tylko raniutko, jeśli można prosić. Zawsze wstaję o szóstej, co do minuty.

W kinie było bardzo niewielu widzów. Mma Ramotswe wybrała miejsce w przedostatnim rzędzie. Miała stamtąd dobry widok na jedyne drzwi, którymi wchodziło się do sali, i nawet gdyby Nandira i Jack przyszli po zgaszeniu świateł, mma Ramotswe by ich rozpoznała.

Wśród widzów było kilka znanych jej osób. Niedługo po niej zjawił się jej rzeźnik z żoną i pozdrowili ją przyjaźnie. Była jedna z nauczycielek ze szkoły i kobieta prowadząca zajęcia z aerobiku w hotelu President. Na koniec przyszedł biskup katolicki, bez obstawy, usiadł w pierwszym rzędzie i z głośnym mlaskaniem jadł popcorn.

Nandira przyszła pięć minut przed rozpoczęciem seansu. Była sama, zatrzymała się na moment w drzwiach i rozejrzała wokół siebie. Kiedy ich spojrzenia się spotkały, mma Ramotswe spuściła wzrok, jakby szukała czegoś na podłodze. Po chwili podniosła głowę i zobaczyła, że dziewczyna nadal na nią patrzy. Mma Ramotswe znowu spojrzała w dół, zauważyła wyrzucony bilet i schyliła się po niego.

Nandira zdecydowanym krokiem podeszła do jej rzędu i stanęła przy sąsiednim fotelu.

— Dobry wieczór, mma — powiedziała uprzejmie. — Czy to miejsce jest zajęte?

Mma Ramotswe podniosła wzrok i zrobiła zdziwioną minę.

— Nikt tu nie siedzi, czyli jest jeszcze wolne.

Nandira usiadła.

— Cieszę się na ten film — oznajmiła sympatycznym tonem. — Od dawna chciałam go zobaczyć.

— To dobrze — odparła mma Ramotswe. — Miło jest obejrzeć film, który od dawna chciało się zobaczyć.

Zapadła cisza. Dziewczyna badała ją wzrokiem i mma Ramotswe czuła się nieswojo. Co zrobiłby w takich okolicznościach Clovis Andersen? Z pewnością napisał coś o podobnej sytuacji, ale nie mogła sobie przypomnieć co. Tym razem to obiekt za bardzo się przybliżył, a nie na odwrót.

— Widziałam panią dzisiaj po południu — odezwała się Nandira. — Widziałam panią w Maru-a-Pula.

— A, tak. Czekałam na kogoś.

— A potem widziałam panią w księgarni. Przeglądała pani jakąś książkę.

— Racja. Zastanawiałam się, czy ją kupić.

— Potem pytała pani o mnie mmę Bapitse — powiedziała Nandira spokojnym tonem. — To jest ta handlarka. Mówiła mi, że pytała pani o mnie.

Mma Ramotswe odnotowała w pamięci, żeby w przyszłości uważać na mmę Bapitse.

— Więc czemu mnie pani śledzi? — podsumowała Nandira, ustawiwszy się bokiem i spojrzawszy mmie Ramotswe w oczy.

Mma Ramotswe dokonała szybkiej analizy. Nie było sensu się zapierać. Doszła do wniosku, że należy wyciągnąć jak najwięcej korzyści z tej trudnej sytuacji. Opowiedziała zatem Nandirze o zatroskaniu jej ojca i o tym, że zwrócił się do niej o pomoc.

— Chce się dowiedzieć, czy spotykasz się z chłopcami. Martwi go to.

Nandira miała ucieszoną minę.

— Może winić tylko siebie, jeśli myśli, że spotykam się z chłopcami i martwi go to.

— A jak jest naprawdę? Spotykasz się z wieloma chłopcami?

— Nie — odparła cicho Nandira po chwili wahania.

— A co z tym Jackiem? Kto to jest?

W pierwszej chwili wyglądało na to, że Nandira nie odpowie. Oto kolejna dorosła osoba próbuje się mieszać do jej prywatnych spraw. Z drugiej strony mma Ramotswe budziła jej zaufanie. Może się do czegoś przyda, może…

— Jack nie istnieje — odpowiedziała cicho. — Zmyśliłam go.

— Dlaczego?

Nandira wzruszyła ramionami.

— Chcę, żeby moja rodzina myślała, że mam chłopaka. Żeby myśleli, że jest ktoś, kogo ja wybrałam, a nie ktoś, kogo oni uważają za odpowiedniego dla mnie. — Urwała. — Rozumie pani?

Mma Ramotswe zastanowiła się chwilę. Współczuła tej biednej córce nadopiekuńczych rodziców i doskonale umiała sobie wyobrazić, że w takich okolicznościach dziewczyna może chcieć udawać, że ma chłopaka.

— Tak, rozumiem — odparła, kładąc Nandirze dłoń na ramieniu.

Nandira bawiła się paskiem od zegarka.

— Powie mu pani? — spytała.

— A co mi innego pozostaje? Raczej nie mogę mu powiedzieć, że widziałam cię z chłopcem, który ma na imię Jack, skoro on nie istnieje.

Nandira westchnęła.

— W sumie sama się o to prosiłam. To była głupia zabawa. — Urwała. — Ale myśli pani, że kiedy on się dowie, że nie ma żadnego chłopaka, to da mi trochę więcej wolności? Myśli pani, że pozwoli mi trochę pożyć bez zdawania mu sprawy z każdej minuty dnia?

— Mogłabym spróbować go przekonać. Nie wiem, czy mnie posłucha, ale mogłabym spróbować.

— Proszę, niech pani spróbuje.

Oglądnęły razem film, który obu im się spodobał. Potem mma Ramotswe odwiozła Nandirę do domu maleńką białą furgonetką i wysadziła ją pod bramą w wysokim białym murze. Dziewczyna stała i patrzyła, jak furgonetka odjeżdża, po czym odwróciła się i nacisnęła guzik dzwonka.

— Rezydencja Patelów. O co chodzi?

— O trochę wolności — mruknęła pod nosem, a potem dodała głośniej: — To ja, papa. Wróciłam.

Zgodnie z obietnicą mma Ramotswe nazajutrz wczesnym rankiem zadzwoniła do pana Patela. Wyjaśniła mu, że wolałaby porozmawiać z nim twarzą w twarz, zamiast tłumaczyć wszystko przez telefon.

— Ma pani dla mnie złe wiadomości — wystraszył się pan Patel. — Chce mi pani powiedzieć coś złego. O mój Boże! O co chodzi?

Mma Ramotswe zapewniła go, że wiadomości nie są złe, lecz pół godziny później, kiedy została wpuszczona do jego gabinetu, czekał na nią cały spięty.

— Jestem bardzo zmartwiony — powiedział. — Pani nie zrozumie trosk ojca. Z matkami jest inaczej. Ojciec ma szczególne zmartwienia.

Mma Ramotswe uśmiechnęła się uspokajająco.

— Przynoszę dobre wiadomości. Nie ma żadnego chłopaka.

— A co z tą karteczką? A co z tym całym Jackiem? To wszystko fantazje?

— Tak, fantazje — odparła mma Ramotswe.

Pan Patel zrobił zaskoczoną minę. Uniósł laskę i postukał nią kilka razy w protezę. Potem otworzył usta, ale nic nie powiedział.

— Widzi pan — wyjaśniła mma Ramotswe — Nandira wymyśliła sobie krąg towarzyski. Wymyśliła sobie chłopaka, żeby mieć w życiu trochę więcej... wolności. Najlepsze, co pan może zrobić, to nie zwracać uwagi na całą sprawę. Dać jej trochę więcej czasu dla siebie. Przestać zmuszać ją do tego, żeby się rozliczała z każdej minuty. Nie ma chłopaka i być może przez jakiś czas nie będzie.

Pan Patel położył laskę na podłodze. Potem zamknął oczy i wyglądał na pogrążonego w myślach.

— Czemu miałbym to zrobić? — spytał w końcu. — Czemu miałbym ulec nowoczesnym trendom?

Mma Ramotswe miała przygotowaną odpowiedź.

— Bo jeśli pan tego nie zrobi, to wyimaginowany chłopak może zamienić się w prawdziwego.

Mma Ramotswe patrzyła, jak pan Patel bije się z myślami. Potem podniósł się bez ostrzeżenia, trochę się pokiwał, zanim złapał równowagę, po czym stanął twarzą do niej.

— Bardzo mądra z pani kobieta. Zastosuję się do pani rady. Dam Nandirze spokój i jestem pewien, że za dwa, trzy lata zgodzi się z nami i pozwoli mi zaaran... pomóc znaleźć odpowiedniego kandydata na męża dla siebie.

— Całkiem niewykluczone — odparła mma Ramotswe, oddychając z ulgą.

— Tak — powiedział pan Patel przyjaznym tonem. — I będę to zawdzięczał pani!

Mma Ramotswe często myślała o Nandirze, kiedy przejeżdżała obok wysokiego białego muru rezydencji Patelów. Sądziła, że skoro już wie, jak dziewczyna wygląda, to będzie ją od czasu do czasu widywała, ale zdarzyło się to dopiero rok później. Pijąc w sobotę poranną kawę na werandzie hotelu President, poczuła, że ktoś klepie ją w ramię. Obróciła głowę i zobaczyła Nandirę w towarzystwie młodego człowieka. Mężczyzna, którego oceniła na osiemnaście lat, miał sympatyczną, szczerą twarz.

— Mma Ramotswe — powiedziała Nandira życzliwie. — Tak myślałam, że to pani.

Mma Ramotswe uścisnęła jej dłoń. Młodzieniec uśmiechnął się do niej.

— To mój przyjaciel — rzekła Nandira. — Chyba go pani nie zna.

Młodzian podszedł bliżej i wyciągnął do niej rękę.

— Jack — przedstawił się.

ROZDZIAŁ DZIESIĄTY

MMA RAMOTSWE ROZMYŚLA O SWOIM KRAJU, JADĄC MALEŃKĄ BIAŁĄ FURGONETKĄ DO FRANCISTOWN

Trochę przed wschodem słońca mma Ramotswe jechała maleńką białą furgonetką sennymi ulicami Gaborone. Minęła browary Kalahari, minęła rolniczą stację badawczą i wyjechała na drogę prowadzącą na północ. Z przydrożnych krzaków wyskoczył jakiś mężczyzna i próbował ją zatrzymać, ale bała się stawać w ciemnościach, bo nigdy nie wiadomo, kto czeka na podwiezienie o tej porze. Mężczyzna zniknął z powrotem w cieniu i zobaczyła w lusterku wstecznym, że jest ciężko rozczarowany. Kiedy minęła zjazd na Mochudi, za równinami, które ciągną się aż po Limpopo, pojawiło się słońce. Wycinek złocistoczerwonej kuli uśmiechał się do Afryki, powoli pełzł do góry i wreszcie bez wysiłku oderwał się od horyzontu, by rozwiać ostatnie strzępy porannej mgły.

Akacje odcinały się wyraźnie od tła w ostrym porannym świetle. Dudki, *lourie* i maleńkie ptaszki, których nazwy nie znała, siedziały na gałęziach lub latały po niebie. Przy ogrodzeniu, które całymi milami biegło wzdłuż drogi, tu i ówdzie stały krowy. Podnosiły łby i gapiły się albo powoli przechodziły w inne miejsce, by skubać kępki trawy, która kurczowo wpijała się w stwardniałą ziemię.

Były to suche ziemie. Trochę dalej na zachód leżała Kalahari, ochrowa kotlina, która ciągnęła się niewiarygodnie daleko aż po rozśpiewaną pustkę Namibu. Gdyby mma Ramotswe skręciła furgonetką w jedną z dróg gruntowych odchodzących od głównej drogi, przejechałaby trzydzieści do czterdziestu mil, zanim koła ugrzęzłyby w piasku i zaczęły obracać się w miejscu. Roślinność stawała się tam uboższa, bardziej pustynna. Akacje rosły rzadziej, a spod cieniutkiej warstwy gleby wyzierał piasek. Na tych jałowych terenach, usianych szarymi kamieniami, nie uświadczyło się ani śladu ludzkiej działalności. Życie w tym wielkim, suchym interiorze, brązowym i twardym, było przeznaczeniem Botswańczyków, co uczyniło z nich ostrożnych, przezornych gospodarzy.

Jeśli ktoś przebywał w kotlinie Kalahari nocą, mógł usłyszeć lwy. Przeżyły one bowiem na tych rozległych terenach i w ciemnościach dawały znać o swojej obecności chrapliwymi pomrukami i warkotem. W młodości pojechała tam kiedyś ze znajomym, aby odwiedzić odległe pastwisko dla krów. Były to najdalej położone tereny wypasowe w całej Kalahari. Samotność tego bezludnego miejsca spadła na nią z całą siłą. Była to Botswana w pigułce, kwintesencja ojczyzny mmy Ramotswe.

Pojechali na pastwisko w porze deszczowej. Ziemia błyskawicznie się zazieleniła, jak zawsze po obfitym deszczu. Porastała ją teraz soczysta młoda trawa, stokrotki Namaqualand, pędy melonów Tsama i aloes z czerwonymi i żółtymi kwiatami.

Wieczorem koło byle jak skleconych chat dla pastuchów rozpalili ognisko, ale ogień wydawał się znikomy pod wielkim nocnym niebem roziskrzonym odległymi konstelacjami. Skuliła się blisko przyjaciela, który powiedział jej, żeby się nie bała, bo lwy nie podejdą do ognia, podobnie jak istoty nadprzyrodzone, *tokoloshes* i tym podobne.

Zbudziła się niedługo po północy. Ogień dogorywał. Przez gałęzie, z których zrobione były ściany chaty, widziała tlące się węgielki. Gdzieś z oddali dobiegł ją groźny pomruk, ale nie bała się. Wyszła z chaty, aby stanąć pod niebem i wciągnąć do płuc suche, czyste powietrze. I pomyślała: jestem tylko marnym pyłkiem, ale Afryka jest dla mnie, dla wszystkich, każdy może usiąść na tej ziemi, dotknąć jej i nazwać swoją własną. Zaczekała na następną myśl, ale żadna nie przyszła, więc wróciła pod ciepłe koce w chacie.

Teraz, jadąc maleńką białą furgonetką przez te bezkresne faliste tereny, pomyślała, że może któregoś dnia wróci do Kalahari, do tych pustych przestrzeni, do tych ciągnących się aż po horyzont traw, które tak poruszały serce.

ROZDZIAŁ JEDENASTY

KOMPLEKS LIMUZYNY

Od satysfakcjonującego zakończenia sprawy Patelów minęły trzy dni. Mma Ramotswe przesłała rachunek na dwa tysiące puli plus koszty i otrzymała zapłatę odwrotną pocztą. To ją zaskoczyło. Nie mogła uwierzyć, że dostanie taką sumę bez protestów. Gotowość, wręcz radość, z jaką pan Patel uregulował rachunek, wzbudziła w niej poczucie winy, że zażądała tak dużo.

Jakie to osobliwe, pomyślała, że jednych rusza sumienie, a drugich nie. Niektórzy zadręczają się z powodu popełnionych przez siebie drobnych pomyłek czy zaniedbań, podczas gdy inni nie odczuwają najmniejszych wyrzutów, nawet gdy dopuszczą się najpodlejszej zdrady i nieuczciwości. Mma Pekwane należy do tej pierwszej kategorii, a mma Mokoti do tej drugiej, pomyślała mma Ramotswe.

Mma Pekwane sprawiała wrażenie zatroskanej, kiedy przyszła do Kobiecej Agencji Detektywistycznej Nr 1. Mma Ramotswe poczęstowała ją filiżanką mocnej herbaty z czerwonokrzewu (zawsze tak postępowała ze zdenerwowanymi klientami) i czekała, aż mma Pekwane będzie gotowa do mówienia. Ma jakieś problemy z mężczyzną, pomyślała mma Ramotswe. Wszystko na to wskazywało. A konkretnie? Oczywiście jakieś męskie grzechy, ale jakie?

— Martwię się tym, że mój mąż zrobił straszną rzecz — odezwała się w końcu mma Pekwane. — Bardzo się za niego wstydzę.

Mma Ramotswe łagodnie skinęła głową. Męskie grzechy — tak jak przewidziała.

— Mężczyźni robią straszne rzeczy — powiedziała. — Wszystkie żony martwią się o swoich mężów. Nie jest w tym pani odosobniona.

101

Mma Pekwane westchnęła.

— Ale mój mąż zrobił coś strasznego. Coś wyjątkowo potwornego.

Mma Ramotswe zesztywniała. Jeśli rra Pekwane kogoś zamordował, to będzie musiała postawić sprawę jasno: trzeba zawiadomić policję. Nawet nie przyszłoby jej do głowy, żeby pomagać komuś w ukrywaniu mordercy.

— Co takiego zrobił?

Mma Pekwane zniżyła głos.

— Ukradł samochód.

Mmie Ramotswe spadł kamień z serca. Kradzież samochodów była powszechnym zjawiskiem i z pewnością całe mnóstwo żon jeździło po mieście autami ukradzionymi przez swoich mężów. Mma Ramotswe nie wyobrażała sobie oczywiście, że byłaby do tego zdolna, i wyglądało na to, że mma Pekwane też nie czuje się z tym dobrze.

— Powiedział pani, że go ukradł? Jest pani tego pewna?

Mma Pekwane pokręciła głową.

— Powiedział, że podarował mu go człowiek, który miał dwa mercedesy, a potrzebny mu był tylko jeden.

Mma Ramotswe parsknęła śmiechem.

— Czy mężczyznom naprawdę się wydaje, że można nas tak łatwo nabrać? Mają nas za aż takie głupie?

— Widać tak.

Mma Ramotswe wzięła do ręki ołówek i nabazgrała na bibułce kilka kresek. Po fakcie zauważyła, że narysowała auto.

Spojrzała na mmę Pekwane.

— Chce pani, żebym pani powiedziała, co pani ma robić? — spytała. — Tego pani ode mnie oczekuje?

Mma Pekwane zamyśliła się.

— Nie. Podjęłam już decyzję.

— A mianowicie?

— Chcę oddać samochód. Chcę oddać samochód właścicielowi.

Mma Ramotswe usiadła wyprostowana.

— A więc pójdzie pani na policję? Doniesie pani na męża?

— Nie, tego właśnie nie chcę. Chcę tylko, żeby auto wróciło

do właściciela bez wiedzy policji. Chcę, żeby Pan Bóg wiedział, że samochód znowu jest w prawowitych rękach.

Mma Ramotswe wytrzeszczyła oczy na swoją klientkę. Musiała przyznać, że jest to zupełnie rozsądne pragnienie. Gdyby samochód wrócił do właściciela, mma Pekwane miałaby czyste sumienie, a jednocześnie nie straciłaby męża. Po dojrzałym namyśle mma Ramotswe doszła do wniosku, że jest to bardzo dobre rozwiązanie trudnego problemu.

— Ale czemu przyszła z tym pani do mnie? Jak mogę pani pomóc?

Mma Pekwane odparła bez wahania.

— Chcę, żeby się pani dowiedziała, czyj to jest samochód, a potem ukradła mojemu mężowi i oddała prawowitemu właścicielowi. To wszystko.

Wracając wieczorem do domu maleńką białą furgonetką, mma Ramotswe pomyślała, że nie należało przyjmować zlecenia od mmy Pekwane. Ale przyjęła i była zobowiązana je wykonać. Sprawa nie była prosta — no chyba że mma Ramotswe poszłaby na policję, ale tego, rzecz jasna, nie mogła zrobić. Być może rra Pekwane zasługiwał na to, żeby go zadenuncjować, ale klientka sobie tego nie życzyła, a lojalność wobec klientki to rzecz święta. Należało znaleźć inny sposób.

Po kolacji złożonej z kurczaka i dyni mma Ramotswe zadzwoniła do pana J.L.B. Matekoniego.

— Skąd się biorą ukradzione mercedesy? — spytała.

— Zza granicy — odparł J.L.B. Matekoni. — Złodzieje kradną je w RPA, przywożą tutaj, przemalowują, przebijają numer silnika, a potem sprzedają tanio albo wysyłają do Zambii. Nawiasem mówiąc, wiem, kto to robi. Wszyscy wiemy.

— Ja nie potrzebuję tej informacji. Chcę tylko wiedzieć, jak zidentyfikować skradzione auto.

— Trzeba wiedzieć, gdzie szukać. Z reguły jest gdzieś inny numer seryjny, na nadwoziu albo pod maską. Jak ktoś ma rozeznanie, to powinien go znaleźć.

— Pan ma rozeznanie — powiedziała mma Ramotswe. — Pomoże mi pan?

Pan J.L.B. Matekoni westchnął. Nie lubił kradzionych samochodów i wolał nie mieć z nimi nic do czynienia. Tu jednak chodziło o prośbę mmy Ramotswe, więc była tylko jedna odpowiedź.

— Niech mi pani powie, gdzie i kiedy.

Weszli do ogrodu państwa Pekwane następnego wieczoru. Mma Ramotswe uzgodniła z mmą Pekwane, że o umówionej godzinie psy będą w środku, a jej mąż będzie jadł swój ulubiony posiłek, który ona dla niego przygotuje. Pan J.L.B. Matekoni mógł zatem bez przeszkód wczołgać się pod zaparkowanego na podwórzu mercedesa i oświetlić podwozie latarką. Mma Ramotswe zaproponowała, że wejdzie pod spód razem z nim, ale pan J.L.B. Matekoni wątpił, czy jego przyjaciółka się zmieści, i odrzucił ofertę. Dziesięć minut później miał numer seryjny zapisany na kartce papieru. Szybko wymknęli się z podwórza państwa Pekwane i udali do maleńkiej białej furgonetki zaparkowanej trochę dalej.

— Jest pan pewien, że to mi wystarczy? — spytała mma Ramotswe. — Na tej podstawie będą wiedzieli, czyj to samochód?

— Tak, będą wiedzieli.

Wysadziła pana J.L.B. Matekoniego pod jego domem i pomachała mu w ciemnościach na pożegnanie. Wiedziała, że wkrótce będzie mu się mogła zrewanżować.

W weekend mma Ramotswe pojechała maleńką białą furgonetką do Mafikeng i poszła prosto do restauracji dworcowej. Kupiła „Johannesburg Star" i usiadła przy stoliku pod oknem. Same złe wiadomości — uznała, odłożyła gazetę na bok i oddała się obserwowaniu innych klientów.

— Mma Ramotswe!

Podniosła wzrok. Tak, to był on, stary Billy Pilani, oczywiście nieco bardziej posunięty w latach, ale poza tym ten sam. Natychmiast stanął jej przed oczyma obraz Billy'ego, który siedzi przed nią w ławce — w szkole państwowej w Mochudi — pogrążony w marzeniach.

Postawiła mu kawę i dużego pączka, a następnie wyjaśniła, o co jej chodzi.

— Chcę, żebyś się dowiedział, kto jest właścicielem tego samochodu — powiedziała, podsuwając mu pasek papieru z wypisanym dłonią pana J.L.B. Matekoniego numerem seryjnym. — A kiedy już się dowiesz, to chcę, żebyś powiedział właścicielowi albo firmie ubezpieczeniowej, że mogą przyjechać do Gaborone i auto będzie na nich czekało w uzgodnionym miejscu. Wystarczy, że przywiozą ze sobą oryginalne tablice rejestracyjne i mogą po prostu odjechać nim do domu.

Billy Pilani zrobił zaskoczoną minę.

— Tak za nic? Nie trzeba nic płacić?

— Nie trzeba. Chodzi o zwrot auta prawowitemu właścicielowi. To wszystko. Chyba mi wierzysz, Billy?

— Oczywiście — odparł szybko Billy. — Oczywiście.

— I Billy, proszę cię, żebyś do zakończenia tej sprawy zapomniał o tym, że jesteś policjantem. Żadnych aresztowań.

— Nawet jednego tyciego?

— Nawet jednego tyciego.

Billy Pilani zadzwonił następnego dnia.

— Znalazłem wszystkie szczegóły w rejestrze skradzionych samochodów — powiedział. — Rozmawiałem z firmą ubezpieczeniową, która wypłaciła już odszkodowanie, więc bardzo się ucieszyli, że odzyskają auto. Mogą wysłać po nie swojego człowieka.

— Dobrze. Niech czeka pod African Mall w Gaborone o siódmej rano w przyszły wtorek, z tablicami rejestracyjnymi.

Wszystko zostało uzgodnione i o piątej rano we wtorek mma Ramotswe wemknęła się na podwórze domu państwa Pekwane i zgodnie z ustaleniami znalazła kluczyki do mercedesa pod oknem sypialni, gdzie mma Pekwane je wyrzuciła poprzedniego wieczoru. Pani domu zapewniła mmę Ramotswe, że jej mąż ma mocny sen i nigdy nie budzi się przed szóstą, kiedy to Radio Botswana nadaje symfonię krowich dzwonków.

Rzeczywiście nie usłyszał, jak zapaliła silnik i wyjechała na ulicę. Dochodziła ósma, kiedy się zorientował, że mercedes został ukradziony.

— Wezwij policję! — zawołała mma Pekwane. — Szybko, wezwij policję.

Zauważyła, że jej mąż się waha.

— Może później. Na razie chyba sam poszukam.

Spojrzała mu prosto w oczy i widziała, że skulił się w sobie. A więc od początku miałam rację, pomyślała. To oczywiste, że nie może iść na policję i zgłosić, że jego skradziony samochód został skradziony.

Jeszcze tego samego dnia widziała się z mmą Ramotswe i podziękowała jej.

— Bardzo mi pani pomogła — powiedziała. — Teraz będę znowu mogła spać w nocy i nie będzie mnie gryzło sumienie z powodu męża.

— Bardzo się z tego cieszę — odparła mma Ramotswe. — I może on też się przy okazji czegoś nauczył. To była dla niego bardzo interesująca lekcja.

— A mianowicie?

— Że wbrew temu, co mówią niektórzy, piorun czasem trafia dwa razy w to samo miejsce.

ROZDZIAŁ DWUNASTY

DOM MMY RAMOTSWE PRZY ZEBRA DRIVE

Dom został zbudowany w 1968 roku, kiedy miasto zaczęło się powoli rozrastać poza dzielnicę sklepów i budynków rządowych. Stał na rogu ulicy, co miało swoje wady, bo ludzie sterczeli tam czasem pod akacjami i pluli jej do ogrodu albo wrzucali przez płot śmieci. Z początku otwierała w takich sytuacjach okno i krzyczała na nich albo tłukła czymś o klapę kubła na śmieci, ale ludzie ci najwyraźniej nie mieli wstydu i po prostu się śmiali. Dała więc za wygraną i zleciła młodzieńcowi, który co trzy dni zajmował się ogrodem, żeby zbierał i wyrzucał śmieci. Poza tym nie miała z domem żadnych problemów. Była z niego szalenie dumna i codziennie myślała o tym, jakie miała szczęście, że zdążyła go kupić tuż zanim ceny nieruchomości tak poszybowały do góry, że uczciwych ludzi nie było już stać na zakup domu.

Ogród był duży, prawie trzydzieści arów, pełen drzew i krzewów. Drzewa niczym się nie wyróżniały — były to w większości akacje — ale dawały dużo cienia i nie usychały po słabych deszczach. Rosły tam również fioletowe bugenwille, entuzjastycznie posadzone przez poprzednich właścicieli. Zanim mma Ramotswe się tam sprowadziła, zdążyły wziąć prawie cały ogród w swoje władanie. Musiała je trochę poprzycinać, żeby zrobić miejsce dla urodlinów i dyń.

Dom miał z przodu werandę, jej ulubione miejsce — chętnie siedziała tam rano, kiedy wschodziło słońce, i wieczorem, zanim komary robiły się dokuczliwe. Powiększyła ją, rozpinając na grubo ciosanych palach baldachim z siatki ocieniającej. Przepuszczała ona trochę zielonego światła, w którym doskonale miały się rośliny. Mma Ramotswe posadziła pod markizą alokazje i paprocie, które codziennie podlewała i które tworzyły bujną zieloną plamę na tle brązowej ziemi.

Za werandą był salon, największe pomieszczenie w całym

domu. W salonie był kominek, za duży jak na ten pokój, ale stanowił oczko w głowie mmy Ramotswe. Na gzymsie postawiła swoje pamiątki z porcelany: filiżankę z portretem królowej Elżbiety II i talerz ze zdjęciem Sir Seretse Khamy, prezydenta, *kgosi* ludu Bangwato, męża opatrznościowego. Uśmiechał się do niej z talerza, jakby udzielał jej błogosławieństwa, jakby wszystko wiedział. Królowa zresztą też, bo także kochała Botswańczyków i doskonale ich rozumiała.

Najpocześniejsze miejsce zajmowała jednak fotografia taty, zrobiona tuż przed jego sześćdziesiątymi urodzinami. Miał na sobie garnitur kupiony w Bulawajo podczas wizyty u kuzyna i uśmiechał się, mimo że zaczął się już ból. Mma Ramotswe była realistką i żyła chwilą obecną, ale pozwalała sobie na jeden nostalgiczny kaprys: wyobrażała sobie, że tata wchodzi do domu, wita się z nią, obdarza ją uśmiechem i mówi: ,,Moja Precious! Odniosłaś wielki sukces! Jestem z ciebie dumny!" Wyobrażała sobie, że wozi tatę po Gaborone maleńką białą furgonetką i pokazuje mu, jakie zaszły zmiany. Uśmiechała się na myśl, jaki byłby dumny ze swego kraju. Nie mogła jednak zbyt często pozwalać sobie na te marzenia, bo zawsze kończyły się łzami nad wszystkim, co przeminęło, nad całą miłością, którą w sobie miała.

Kuchnia nastrajała optymistycznie. Rose, od pięciu lat służąca mmy Ramotswe, regularnie polerowała pomalowaną czerwoną farbą betonową podłogę na wysoki połysk. Rose miała czworo dzieci (z różnymi ojcami), które mieszkały z jej matką przy Tlokweng Road. Pracowała u mmy Ramotswe i robiła na drutach dla spółdzielni, dzięki czemu miała trochę pieniędzy na utrzymanie dzieci. Najstarszy syn był teraz stolarzem i oddawał matce część dochodów, toteż było jej lżej, ale reszta dzieci stale potrzebowała nowych butów i spodni, a jedno miało kłopoty z oddychaniem i trzeba mu było kupować inhalator. Mimo niełatwego losu Rose ciągle śpiewała i kiedy rano z kuchni dochodziły fragmenty piosenek, mma Ramotswe wiedziała, że Rose już przyszła.

ROZDZIAŁ TRZYNASTY

CZY WYJDZIE PANI ZA MNIE?

Co to jest szczęście? Mma Ramotswe była względnie szczęśliwa. Miała agencję detektywistyczną i dom przy Zebra Drive, czyli więcej niż przeważająca część ludności, i zdawała sobie z tego sprawę. Uświadamiała sobie również, jak wiele się w jej życiu zmieniło. Kiedy była żoną Note Mokotiego, doznawała głębokiego, przytłaczającego poczucia nieszczęścia, które chodziło za nią jak czarny pies. Po uczuciu tym nie zostało ani śladu.

Gdyby posłuchała ojca, gdyby posłuchała męża kuzynki, nie wyszłyby za Note i lata cierpień by ją ominęły. Była jednak uparta, jak każda dwudziestoletnia istota. Wszyscy mamy wtedy klapki na oczach, chociaż nam się wydaje, że wszystko widzimy. Na świecie roi się od ślepych dwudziestolatków, pomyślała.

Obed Ramotswe od razu nabrał niechęci do Note, o czym powiedział jej bez ogródek. Ona jednak zareagowała płaczem i odrzekła, że nigdy nie znajdzie innego mężczyzny i że będzie z nim szczęśliwa.

— Nie będziesz z nim szczęśliwa — odparł Obed. — Ten człowiek będzie cię bił. I wykorzystywał na różne sposoby. Myśli tylko o sobie i swoich pragnieniach. Widzę to, bo pracowałem na kopalni i poznałem tam najprzeróżniejszych ludzi. Spotkałem już takich mężczyzn jak on.

Pokręciła głową i wybiegła z pokoju, a on posłał za nią nikły, zbolały okrzyk. Słyszała go po dziś dzień i wrzynał jej się głęboko w serce. Zraniła tego dobrego, ufnego człowieka, który kochał ją nad życie i chciał ją tylko ochronić. Gdyby tak można było anulować przeszłość, wrócić i uniknąć błędów, dokonać innych wyborów…

— Gdybyśmy mogli wrócić… — powiedział pan J.L.B. Matekoni, nalewając mmie Ramotswe herbaty do kubka. — Często się nad tym zastanawiałem. Gdybyśmy mogli wrócić do dawnych czasów, wiedząc to, co wiemy dzisiaj… — Pokręcił głową z zadziwieniem. — Wielkie nieba! Inaczej pokierowałbym swoim życiem!

Mma Ramotswe popijała herbatę. Siedziała w biurze Tlokweng Road Speedy Motors, pod kalendarzem wydanym przez producentów części zapasowych, i gawędziła z przyjacielem, co jej się zdarzało, kiedy w swoim biurze nie miała klientów. To było nie do uniknięcia. Czasem ludzie po prostu nie chcieli niczego się dowiedzieć. Nikt nie zaginął, nikt nie zdradzał żony, nikt nie defraudował pieniędzy. W takich okresach prywatny detektyw mógłby równie dobrze wywiesić tabliczkę z napisem „Nieczynne" i pójść sadzić melony. Mma Ramotswe nie zamierzała sadzić melonów. Filiżanka herbaty z przyjacielem, a potem wyprawa do centrum handlowego African Mall bardziej jej odpowiadała jako sposób na spędzenie popołudnia. Potem mogłaby iść do Botswana Book Centre i sprawdzić, czy przywieźli jakieś interesujące czasopisma. Uwielbiała czasopisma. Uwielbiała ich zapach i kolorowe zdjęcia. Uwielbiała czasopisma o wystroju wnętrz, pokazujące, jak mieszkają ludzie w dalekich krajach. Mieli w domach całe mnóstwo pięknych rzeczy. Obrazy, zasłony, sterty aksamitnych poduszek, na których grubej osobie cudownie by się siedziało, dziwne lampy zamontowane w dziwnych miejscach...

Pan J.L.B. Matekoni zapalił się do swojego tematu.

— Popełniłem w swoim życiu setki błędów — powiedział, marszcząc brwi na to wspomnienie. — Całe setki.

Spojrzała na niego zaskoczona. Sądziła, że w jego życiu wszystko potoczyło się całkiem pomyślnie. Terminował w zawodzie mechanika, zaoszczędził pieniądze i kupił własny warsztat. Zbudował dom, ożenił się (żona niestety zmarła) i został szefem lokalnego oddziału Botswańskiej Partii Demokratycznej. Znał (powierzchownie) kilku ministrów i był zapraszany na jedno z dorocznych garden party do parlamentu. Wszystko wskazywało, że jego życie przedstawia się w różowych barwach.

— Nie widzę, jakie niby popełnił pan błędy — odparła. — W przeciwieństwie do mnie. — Pan J.L.B. Matekoni zrobił zdziwioną minę. — Nie wyobrażam sobie, żeby pan popełniał błędy. Jest pan na to za mądry. Na pewno rozważa pan wszystkie możliwości i wybiera najwłaściwszą. Zawsze. — Pan J.L.B. Matekoni żachnął się. — Wyszłam za Note.

Pan J.L.B. Matekoni zamyślił się.

— Tak, to był wielki błąd — potwierdził.

Przez chwilę siedzieli w milczeniu. Potem pan J.L.B. Matekoni wstał. Był wysokim mężczyzną i w swoim biurze musiał uważać, żeby nie łupnąć głową o sufit. Teraz, mając za plecami kalendarz, a obok głowy wiszący z sufitu lep na muchy, przełknął ślinę i przemówił uroczystym tonem.

— Chciałbym, żeby pani za mnie wyszła. To nie byłby błąd.

Mma Ramotswe ukryła zaskoczenie. Nie wytrzeszczyła oczu, nie upuściła kubka, nie rozdziawiła ust, nie wydała z siebie żadnego dźwięku. Uśmiechnęła się tylko i spojrzała przyjacielowi w oczy.

— Jest pan dobrym, życzliwym ludziom człowiekiem. Przypomina pan mojego ojca... trochę. Ale ja nie mogę wyjść za mąż. Już nigdy. Jestem szczęśliwa tak, jak jest. Mam agencję i dom. W moim życiu nie ma miejsca na nic więcej.

Pan J.L.B. Matekoni usiadł ze zdruzgotaną miną. Wyciągnęła rękę, żeby go dotknąć, a on odruchowo szarpnął się do tyłu, jakby się sparzył.

— Bardzo mi przykro — powiedziała. — Chciałabym, żeby pan wiedział, że gdybym zamierzała wyjść za mąż — a nie zamierzam — to wybrałabym takiego człowieka jak pan. Wybrałabym pana — jestem tego pewna.

Pan J.L.B. Matekoni wziął od niej kubek i dolał jej herbaty. Milczał teraz — nie ze złości czy urazy, lecz dlatego, że miłosna deklaracja pozbawiła go całej energii i na razie zabrakło mu słów.

ROZDZIAŁ CZTERNASTY

PRZYSTOJNY MĘŻCZYZNA

Alice Busang była speszona, kiedy przyszła do mmy Ramotswe po radę, ale swojska, korpulentna kobieta za biurkiem szybko wprawiła ją w swobodniejszy nastrój. Czuła się trochę tak, jakby rozmawiała z lekarzem albo księdzem. W takich rozmowach nic, co ma się do powiedzenia, nie może zaszokować.

— Mam podejrzenia co do swojego męża — odezwała się.

— Myślę, że kombinuje z innymi kobietami.

Mma Ramotswe skinęła głową. Z jej doświadczenia wynikało, że wszyscy mężczyźni kombinują z innymi kobietami. Z wyjątkiem duchownych i dyrektorów szkół.

— Złapała go pani na tym?

Alice Busang pokręciła głową.

— Stale go obserwuję, ale nigdy go nie widuję z innymi kobietami. Myślę, że jest sprytniejszy ode mnie.

Mma Ramotswe zapisała to na kartce papieru.

— Chodzi do barów?

— Tak.

— Tam spotyka się z kobietami. Z tymi, które przesiadują w barach i czekają na cudzych mężów. W mieście jest pełno takich kobiet.

Spojrzała na Alice i nawiązała się między nimi nić porozumienia. Wszystkie kobiety w Botswanie są ofiarami męskiej słabości. Prawie nie uświadczysz dziś mężczyzn, którzy ustatkowaliby się po ślubie, żeby wspólnie z żonami wychowywać dzieci. Ten gatunek mężczyzn jest na wymarciu.

— Chce pani, żebym go śledziła? — spytała mma Ramotswe.

— Chce pani, żebym się dowiedziała, gdzie podrywa kobiety?

Alice Busang skinęła głową.

— Tak. Chcę dowodów. Dla siebie samej. Chcę wiedzieć, za jakiego mężczyznę wyszłam.

*

Mma Ramotswe miała tyle roboty, że sprawą państwa Busang mogła się zająć dopiero w przyszłym tygodniu. W następną środę zaparkowała maleńką białą furgonetkę pod biurem sortowni diamentów, w której pracował Kremlin Busang. Alice Busang dała jej zdjęcie swojego męża, które mma Ramotswe położyła sobie na kolanie. Kremlin był przystojnym mężczyzną o szerokich barach i promiennym uśmiechu. Wyglądał na kobieciarza i mma Ramotswe zadała sobie pytanie, dlaczego Alice Busang za niego wyszła, jeśli chciała mieć wiernego męża. Powodowała nią oczywiście naiwna nadzieja, że nie okaże się taki jak inni mężczyźni. A przecież wystarczało jedno spojrzenie, aby wiedzieć, że się pomyliła.

Mma Ramotswe pojechała za jego starym niebieskim samochodem do Go Go Handsome Man's Bar koło dworca autobusowego. Kremlin Busang wszedł do środka, a ona posiedziała jeszcze chwilę w furgonetce. Dołożyła trochę szminki na usta i kremu na policzki. Parę minut później miała wejść do baru i na poważnie zabrać się do pracy.

W Go Go Handsome Man's Bar nie było tłoku. Siedziały tam tylko dwie kobiety, w których natychmiast rozpoznała panie lekkich obyczajów. Świdrowały ją wzrokiem, ale mma Ramotswe zignorowała je i usiadła przy barze, dwa stołki od Kremlina Busanga.

Zamówiła piwo i rozejrzała się dokoła, jakby pierwszy raz zawitała do tego lokalu.

— Nigdy tu wcześniej nie byłaś, siostro? — spytał Kremlin Busang. — To jest dobry bar.

Spotkała się z nim spojrzeniem.

— Chodzę do barów tylko przy szczególnych okazjach. Takich jak dzisiaj.

Kremlin Busang uśmiechnął się.

— Masz urodziny?

— Tak. Uczcijmy to. Postawię ci piwo.

Przesiadł się na stołek obok niej. Zobaczyła, że jest równie urodziwy jak na zdjęciu i zna się na modzie. Pili razem piwo, a kiedy on skończył swoje, zamówiła mu następne. Zaczął jej opowiadać o swojej pracy.

— Sortuję diamenty. Trudna robota. Trzeba mieć dobre oczy.

— Lubię diamenty. Bardzo lubię diamenty.

— Mamy szczęście, że w tym kraju jest tyle diamentów. Rany boskie! Całe fury diamentów!

Poruszyła nieznacznie nogą, dotykając nią jego uda. Zauważył to i spojrzał w dół, ale nie odsunął nogi.

— Jesteś żonaty? — spytała ściszonym głosem.

— Nie — odparł bez wahania. — Nigdy się nie ożeniłem. W dzisiejszych czasach lepiej jest być kawalerem. Wolność, rozumiesz?

Skinęła głową.

— Ja też chcę być wolna. Można wtedy samemu decydować, jak się spędza czas.

— Otóż to. Masz absolutną rację.

Dopiła piwo.

— Muszę lecieć — powiedziała i dodała po krótkiej przerwie: — Może wpadłbyś do mnie czegoś się napić? Mam w lodówce piwo.

Uśmiechnął się.

— Tak, to dobry pomysł. Nie mam w tej chwili nic do roboty.

Pojechał za nią pod jej dom, razem weszli do środka i włączyli muzykę. Nalała mu piwa i wypił połowę jednym haustem. Potem opasał ją ramieniem w talii i powiedział, że lubi puszyste kobiety. Cała ta histeria na punkcie szczupłości to bzdura i Afryka źle na tym wychodzi.

— Mężczyźni tak naprawdę lubią grube kobiety takie jak ty — stwierdził.

Zachichotała. Musiała przyznać, że jest uroczy, ale była w pracy i nie mogła się zachowywać jak amatorka. Potrzebowała dowodów, a to mogło się okazać trudniejsze.

— Chodź i usiądź przy mnie — powiedziała. — Na pewno jesteś zmęczony po całym dniu stania i sortowania diamentów.

Miała przygotowane usprawiedliwienia, które przyjął bez protestów. Następnego dnia wcześnie zaczynała pracę, toteż Kremlin nie mógł dłużej zostać. Szkoda byłoby jednak nie mieć żadnej pamiątki po tak pięknie spędzonym wieczorze.

— Chcę zrobić nam zdjęcie, żebym mogła na nie od czasu do czasu popatrzeć i przypomnieć sobie dzisiejszy wieczór.

Uśmiechnął się do niej i uszczypnął ją delikatnie.

— Dobry pomysł.

Nastawiła samowyzwalacz i usiadła z powrotem na sofie. Znowu ją uszczypnął, objął ramieniem i pocałował namiętnie, gdy błysnął flesz.

— Opublikujemy to w gazetach, jeśli chcesz — powiedział.

— Pan Piękny ze swoją przyjaciółką panią Grubaską.

Zaśmiała się.

— Ale z ciebie kobieciarz, Kremlin. Prawdziwy kobieciarz. Wiedziałam o tym, jak tylko cię zobaczyłam.

— W końcu ktoś musi dbać o kobiety.

Alice Busang przyszła do biura w piątek. Mma Ramotswe już na nią czekała.

— Niestety, muszę pani powiedzieć, że pani mąż jest niewierny. Mam na to dowód.

Alice zamknęła oczy. Spodziewała się tego, ale tego nie chciała. Zabiję go, pomyślała. Nie, dalej go kocham. Nienawidzę go. Nie, kocham go.

Mma Ramotswe wręczyła jej fotografię.

— Oto dowód.

Alice Busang wytrzeszczyła oczy. To chyba niemo... Tak, to ona! Pani detektyw!

— Pa-pani była z moim mężem? — wyjąkała.

— On był ze mną. Chciała pani dowodu, prawda? Lepszego dowodu nie mogłam sobie wymarzyć.

Alice Busang położyła zdjęcie na biurku.

— Ale pani... poszła z moim mężem. Pani...

Mma Ramotswe zmarszczył brwi.

— Przecież poprosiła mnie pani, żebym zastawiła na niego pułapkę, prawda?

Oczy Alice Busang zwęziły się.

— Ty franco! — wrzasnęła. — Ty tłusta franco! Zabrałaś mi Kremlina! Ukradłaś mi męża! Złodziejka!

Mma Ramotswe spojrzała na klientkę z konsternacją. Chyba trzeba będzie zrezygnować z honorarium za to zlecenie...

ROZDZIAŁ PIĘTNASTY

ODKRYCIE PANA J.L.B. MATEKONIEGO

Alice Busang wciąż miotała obelgami, kiedy była wyprowadzana z agencji.

— Ty tłusta zdziro! Masz się za detektywa! Po prostu ciągnie cię do chłopów, tak jak te barowe dziewczyny! Ludzie, nie dajcie sobie mydlić oczu! Ta kobieta nie jest żadnym detektywem! To jest Agencja Kradzieży Mężów Nr 1!

Kiedy awantura ucichła, mma Ramotswe i mma Makutsi spojrzały po sobie. Można się tylko śmiać, prawda? Klientka od początku wiedziała, co wyprawia jej mąż, ale chciała mieć dowody. A kiedy je dostała, zrzuciła winę na doręczycielkę złych wiadomości.

— Proszę przypilnować biura, a ja zajrzę do warsztatu — powiedziała mma Ramotswe. — Muszę o tym opowiedzieć panu J.L.B. Matekoniemu.

Był w swoim biurze ze szklanym frontem i bawił się rozdzielaczem zapłonu.

— Wszędzie teraz włazi piasek — stwierdził. — Niech pani popatrzy.

Z metalowej rurki wyjął krzemowe ziarenko i triumfalnie pokazał swemu gościowi.

— Ten drobiazg, to maleńkie ziarnko piasku unieruchomiło wielką ciężarówkę.

— Z braku gwoździa zgubiła się podkowa — powiedziała mma Ramotswe, przypomniawszy sobie odległe popołudnie w szkole państwowej w Mochudi, kiedy nauczyciel zacytował im to powiedzenie. — Z braku podkowy...

Umilkła. Ciąg dalszy nie chciał przyjść.

— ...upadł koń — dokończył za nią pan J.L.B. Matekoni. — Mnie też tego uczyli.

Odłożył rozdzielacz zapłonu z powrotem na stół i poszedł nalać wody do czajnika. Nie ma jak filiżanka herbaty w gorące popołudnie.

Mma Ramotswe opowiedziała mu o Alice Busang i jej reakcji na dowód niewierności męża.

— Żeby pan go widział. Prawdziwy bawidamek. Ozdóbki we włosach. Ciemne okulary. Eleganckie buty. Nie zdawał sobie sprawy, jak śmiesznie wygląda. Dużo bardziej wolę mężczyzn w zwyczajnych butach i porządnych spodniach.

Pan J.L.B. Matekoni niespokojnie zerknął na swoje buty — zdezelowane stare zamszaki brudne od smaru — i na spodnie. Czy są porządne?

— Po czymś takim nie mogłam od niej żądać honorarium — podjęła mma Ramotswe.

Pan J.L.B. Matekoni skinął głową. Wydawał się zaprzątnięty jakąś myślą. Nie podniósł ponownie rozdzielacza zapłonu i wyglądał przez okno.

— Jest pan czymś zmartwiony?

Czyżby odrzucenie przez nią jego oświadczyn rąbnęło go bardziej, niż sądziła? Nie należał do ludzi, którzy długo chowają urazę, ale czy nie miał do niej pretensji? Nie chciała utracić jego przyjaźni — był jej najlepszym przyjacielem w całym mieście i bez jego dodającej otuchy obecności życie stałoby się uboższe. Czemu miłość — i seks — tak bardzo komplikują życie? O ile prościej byłoby, gdybyśmy nie musieli myśleć o tych sprawach. Seks nie odgrywał teraz w jej życiu żadnej roli i sprawiło jej to wielką ulgę. Nie musiała się przejmować swoim wyglądem. Jakie to musi być okropne: być mężczyzną i mieć tylko seks w głowie, bo tak podobno jest z mężczyznami. W którymś z kolorowych czasopism przeczytała, że przeciętny mężczyzna myśli o seksie ponad sześćdziesiąt razy dziennie! Nie mogła uwierzyć w tę liczbę, ale uzyskano ją ponoć w wyniku badań naukowych. Przeciętni mężczyźni, zajmując się swoimi codziennymi sprawami, cały czas mają w głowie te wszystkie myśli! Myślą o trykaniu i posuwaniu, chociaż są zajęci czymś zupełnie innym! Czy lekarze o tym myślą, kiedy mierzą pacjentce tętno? Czy prawnicy o tym myślą, kiedy siedzą za biurkiem i knują? Czy piloci o tym myślą, sterując samolotem? Po prostu nie chce się w to wierzyć.

A pan J.L.B. Matekoni, z jego niewinną miną i szczerą

twarzą — czy myśli o tym, kiedy rozkręca rozdzielacz zapłonu albo wyjmuje spod maski akumulator? Spojrzała na niego. Po czym to poznać? Czy mężczyzna, który myśli o seksie, robi lubieżną minę, wysuwa różowy język albo... Nie, to niemożliwe.

— O czym pan myśli, panie J.L.B. Matekoni?

Pytanie to wypsnęło jej się i natychmiast pożałowała, że je zadała. Było tak, jakby chciała go zmusić do przyznania się, że myśli o seksie.

Wstał i zamknął drzwi (do tej pory odrobinę uchylone), mimo że nie miał kto ich podsłuchać. Dwaj mechanicy byli na drugim końcu warsztatu, gdzie pili popołudniową herbatę — i zapewne myśleli o seksie.

— Gdyby pani mnie nie odwiedziła, ja przyszedłbym do pani. Dokonałem pewnego odkrycia.

Kamień spadł jej z serca. A więc pan J.L.B. Matekoni nie obraził się na nią za odrzucenie jego oświadczyn. Spojrzała na niego wyczekująco.

— Był wypadek. Niezbyt poważny. Nikomu nic się nie stało. Wszyscy trochę wstrząśnięci, ale nawet nie potłuczeni. To się stało na starym skrzyżowaniu. Ciężarówka jadąca od strony ronda nie zatrzymała się. Uderzyła w samochód jadący od wioski. Samochód został zepchnięty do rowu i karoseria mocno się powgniatała. Ciężarówka miała stłuczony reflektor i lekko uszkodzoną chłodnicę. To wszystko.

— I?

Pan J.L.B. Matekoni usiadł i spuścił wzrok na dłonie.

— Wezwano mnie, żebym wyciągnął samochód z rowu. Pojechałem pomocą drogową. Przywieźliśmy auto tutaj i postawiliśmy z tyłu. Później pani pokażę.

Umilkł ma chwilę. Historia wydawała się nieskomplikowana, ale jej opowiadanie najwyraźniej kosztowało go wiele wysiłku.

— Przyjrzałem się uszkodzeniom. To jest robota blacharska, ale najpierw musiałem zrobić parę innych rzeczy. Na przykład sprawdzić elektrykę. W tych nowych, drogich samochodach jest tyle kabli, że niewielka stłuczka może wystarczyć, żeby wszystko się zepsuło. Jeśli kabelki są przecięte, to nie da się zamknąć drzwi albo immobilizer wszystko paraliżuje. To bardzo skomplikowane, jak zaczynają się orientować ci dwaj chłopcy, którzy piją teraz herbatę w godzinach pracy. W każdym razie musiałem się dostać do bezpieczników pod deską rozdzielczą i przy okazji otworzyłem schowek. Nie mam pojęcia, dlaczego tam zajrzałem, ale zrobiłem to i coś znalazłem. Woreczek.

Mma Ramotswe wybiegła myślami do przodu. Na pewno trafił na nielegalnie wydobyte diamenty.

— Diamenty?

— Nie — odparł pan J.L.B. Matekoni. — Jeszcze gorzej.

Spojrzała na woreczek, który pan J.L.B. Matekoni wyjął z sejfu i położył na stole. Uszyty był ze zwierzęcej skóry i przypominał woreczki, które Basarwa ozdabiali kawałkami skorupy strusiego jaja i przechowywali w nich zioła i specyfiki do smarowania strzał.

— Ja otworzę — powiedział. — Nie chcę, żeby pani dotykała.

Patrzyła, jak pan J.L.B. Matekoni rozwiązuje sznurek ściskający gardziel sakiewki. Na jego twarzy malowało się obrzydzenie, jakby trzymał w rękach coś śmierdzącego.

I rzeczywiście poczuła suchy, stęchły zapaszek, kiedy pan J.L.B. Matekoni wyjął z woreczka trzy małe przedmioty. Wszystko zrozumiała. Nie musiał jej nic więcej tłumaczyć. Zrozumiała, dlaczego był taki nieobecny i zdenerwowany. Pan J.L.B. Matekoni znalazł muti, lek stosowany w czarnej magii.

Milczała, kiedy kładł przedmioty na stole. Co można powiedzieć o tych żałosnych szczątkach, o tej kości, o tym kawałku skóry, o tej zakorkowanej drewnianej buteleczce i jej makabrycznej zawartości?

Nie chcąc bezpośrednio dotykać przedmiotów, pan J.L.B. Matekoni trącił kość ołówkiem.

— Oto co znalazłem.

Mma Ramotswe wstała i zbliżyła się do drzwi. Żołądek podszedł jej do gardła, jak wtedy, gdy człowiek ma do czynienia z mdlącym zapachem — zdechłym osłem w rowie, obezwładniającym smrodem padliny.

Atak minął i odwróciła się.

— Zaniosę tę kość do ekspertyzy — powiedziała. — Może się mylimy. Może to jest kość zwierzęcia. Antylopy. Zająca.

Pan J.L.B. Matekoni pokręcił głową.

— To niemożliwe. Wiem, co powiedzą.

— Wszystko jedno. Proszę włożyć kość do koperty i zabiorę ją.

Pan J.L.B. Matekoni otworzył usta, żeby coś powiedzieć, ale rozmyślił się. Zamierzał ją przestrzec, powiedzieć jej, że niebezpiecznie jest igrać z tymi rzeczami, ale to by oznaczało, że wierzy w ich moc, a nie wierzył. Czy aby na pewno?

Włożyła kopertę do kieszeni i uśmiechnęła się.

— Teraz nic nie może mi się stać. Jestem chroniona.

Pan J.L.B. Matekoni próbował roześmiać się z tego dowcipu, ale mu nie wyszło. Słowa mmy Ramotswe były kuszeniem Opatrzności i miał nadzieję, że jego przyjaciółce nie przyjdzie ich pożałować.

— Jedno chciałabym wiedzieć — rzuciła mma Ramotswe na odchodnym. — Do kogo należy ten samochód?

Pan J.L.B. Matekoni zerknął na dwóch mechaników. Obaj byli poza zasięgiem słuchu, lecz mimo to zniżył głos.

— Do Charliego Gotso. We własnej osobie.

Mma Ramotswe wytrzeszczyła oczy.

— Do Gotso? Tego znanego?

Pan J.L.B. Matekoni skinął głową. Wszyscy znali Charliego Gotso, jednego z najbardziej wpływowych ludzi w kraju. Miał dostęp do... no, miał dostęp do prawie wszystkich ważnych ludzi. W całym kraju nie było zamkniętych przed nim drzwi, nikt nie odmówiłby jego prośbie o przysługę. Prośba Charliego Gotso dla każdego była rozkazem. Gdybyś jej nie spełnił, mógłbyś mieć później utrudnione życie. Kara przybierała subtelną postać. Rozpatrywanie twojego wniosku o pozwolenie na działalność gospodarczą nieoczekiwanie się przedłużało. Przy twojej drodze do pracy zawsze stała policja z radarem. Twoi pracownicy robili się niespokojni i zmieniali pracodawcę. Żadnych jawnych szykan — w Botswanie tak to nie funkcjonuje — ale skutki były równie dotkliwe.

— O rany — powiedziała mma Ramotswe.

— Właśnie — odparł pan J.L.B. Matekoni. — O rany.

ROZDZIAŁ SZESNASTY

OBCIĘTE PALCE I WĘŻE

Na początku, czyli w przypadku Gaborone trzydzieści lat temu, było tam bardzo niewiele fabryk. A ściślej rzecz biorąc, w ten wietrzny dzień, kiedy księżna Marina patrzyła, jak na stadionie opuszczana jest flaga brytyjska i protektorat Beczuanu przestał istnieć, nie było ani jednej. Mma Ramotswe była wtedy ośmioletnią dziewczynką, chodziła do szkoły państwowej w Mochudi i tylko mgliście sobie uświadamiała, że dzieje się coś szczególnego, że nadeszło to coś, co ludzie nazywali wolnością. Następnego dnia nie zauważyła jednak żadnej różnicy i zadała sobie pytanie, co to właściwie znaczy wolność. Teraz oczywiście wiedziała i jej serce wzbierało dumą, kiedy sobie pomyślała, ile osiągnęli w ciągu trzydziestu krótkich lat. Wielkie terytorium, z którym Brytyjczycy właściwie nie wiedzieli, co zrobić, stało się zdecydowanie najlepiej rządzonym państwem w Afryce. Ludzie mieli pełne prawo z dumą wołać: ,,Pula! Pula" — deszcz, deszcz.

Gaborone rozrosło się i zmieniło nie do poznania. Kiedy w dzieciństwie po raz pierwszy tu przyjechała, było tutaj kilka rzędów domów wokół centrum handlowego i nieliczne budynki rządowe — oczywiście znacznie większe i bardziej okazałe niż w Mochudi, z domem Seretse Khamy na czele. Ale jeśli ktoś widział zdjęcia Johannesburga czy nawet Bulawajo, to wiedział, że miasto jest bardzo małe. I żadnych fabryk. Ani jednej.

To się powoli zmieniło. Ktoś zbudował warsztat meblarski, w którym robił solidne fotele do pokojów dziennych. Ktoś inny postanowił założyć fabryczkę materiałów budowlanych. W ich ślady poszli następni przedsiębiorcy i okolice Lobatse Road wkrótce zaczęto nazywać dzielnicą przemysłową. Napawało to wszystkich wielką dumą. A więc takie są owoce wolności, myśleli ludzie. Wolność przyniosła również Zgromadzenie Narodowe i Izbę Wodzów, gdzie ludzie mogli mówić — i mówili — co tylko chcieli, ale teraz doszły do tego fabryki i związane z nimi miejsca pracy. Przy Francistown Road była nawet montownia ciężarówek, w której powstawało dziesięć ciężarówek miesięcznie, eksportowanych aż do Konga. A zaczynali od niczego!

Mma Ramotswe znała paru dyrektorów fabryk i jednego właściciela. Ten ostatni, Motswana, który przyjechał z RPA, aby skorzystać z niedostępnej za południową granicą wolności, założył fabrykę śrubek, choć dysponował tylko niewielkim kapitałem, kilkoma maszynami kupionymi na licytacji w zbankrutowanych zakładach w Bulawajo i siłą roboczą złożoną ze szwagra, siebie samego i upośledzonego umysłowo chłopca, którego znalazł siedzącego pod drzewem i który okazał się najzupełniej zdolny do pakowania śrub. Interes kwitł, przede wszystkim dlatego, że opierał się na prostym pomyśle. Fabryka produkowała jeden rodzaj śrub, potrzebnych do mocowania płacht galwanizowanej blachy do konstrukcji dachu. Technologia była nieskomplikowana, potrzebowali tylko jednego typu maszyn, które jakoś nigdy się nie psuły i nie wymagały kosztownej konserwacji.

Fabryka Hectora Lepodise'a szybko się rozrastała i kiedy mma Ramotswe go poznała, zatrudniał trzydzieści osób, a produkowane przez niego śruby kupowano nawet w Malawi. Z początku pracowali u niego wyłącznie członkowie rodziny, z wyjątkiem upośledzonego umysłowo chłopaka, który z czasem awansował na stanowisko człowieka od robienia herbaty. Skala przedsięwzięcia coraz bardziej się jednak powiększała i zapas krewnych uległ wyczerpaniu, toteż Hector zaczął zatrudniać obcych ludzi. Nie zrezygnował jednak z paternalistycznego stylu prowadzenia zakładu — pracownicy dostawali wiele dni urlopu, jeśli mieli pogrzeb w rodzinie, i sto procent wynagrodzenia, jeśli autentycznie się rozchorowali, toteż większość z nich była wobec niego żarliwie lojalna. Lecz przy trzydziestu pracownikach, w tym zaledwie kilkunastu członkach rodziny, musiał się trafić ktoś, kto nadużyje jego dobroci — i w tym miejscu do akcji wkroczyła mma Ramotswe.

— Nie potrafię powiedzieć dlaczego — zaczął Hector, pijąc z mmą Ramotswe kawę na werandzie hotelu President — ale nigdy nie ufałem temu człowiekowi. Był u mnie zaledwie pół roku i nagle bęc!

— Gdzie wcześniej pracował? Jaką miał opinię?

Hector wzruszył ramionami.

— Przywiózł rekomendację z fabryki w RPA. Napisałem do nich, ale nie pofatygowali się odpowiedzieć. Niektórzy z nich nie biorą nas poważnie. Traktują nas tak jak swoje biedne bantustany. Wiesz, jacy są Południowoafrykańczycy.

Mma Ramotswe skinęła głową. Wiedziała. Oczywiście w RPA nie mieszkali sami źli ludzie, ale wielu było tak okropnych, że kładło się to cieniem na zaletach tych sympatyczniejszych. W sumie bardzo smutna sprawa.

— Przyszedł do mnie ledwo sześć miesięcy temu — podjął Hector. — Znał się na obsłudze maszyn, więc postawiłem go przy nowej maszynie, którą kupiłem od tego Holendra. Był bardzo wydajny, więc podniosłem mu płacę o pięćdziesiąt puli. A potem nagle odszedł.

— Był jakiś konkretny powód? — spytała mma Ramotswe.

Hector zmarszczył brwi.

— Nic nie przychodzi mi do głowy. W któryś piątek pobrał pensję i już nie wrócił. To było mniej więcej dwa miesiące temu. Skontaktował się ze mną dopiero za pośrednictwem adwokata z Mahalapye. Dostałem list z informacją, że jego klient, pan Solomon Moretsi, występuje do sądu o odszkodowanie w wysokości czterech tysięcy puli za utratę palca na skutek wypadku przy pracy w mojej fabryce.

Mma Ramotswe nalała im obojgu kawy, oswajając się z tą informacją.

— Rzeczywiście był wypadek?

— Mamy specjalną książkę, do której trzeba się wpisać, jeśli komuś coś się stanie. Sprawdziłem pod datą wymienioną przez adwokata i rzeczywiście coś było. Moretsi wpisał, że zranił się w palec prawej dłoni, zabandażował go i wszystko wydawało się w porządku. Rozpytałem się i któryś pracownik mi powiedział, że Moretsi mu zgłosił, że odchodzi na chwilę od maszyny, bo przeciął sobie palec i musi go opatrzyć. Ten pracownik sądził, że rana nie jest głęboka i szybko zapomniał o całej sprawie.

— A potem Moretsi odszedł?

— Tak, to było kilka dni przed jego odejściem.

Mma Ramotswe spojrzała na przyjaciela. Wiedziała, że jest uczciwym człowiekiem i dobrym szefem. Była pewna, że gdyby któremuś z pracowników coś się stało, zadbałby o niego.

Hector wypił łyk kawy.

— Nie ufam temu człowiekowi — powiedział. — Od początku mu nie ufałem. Po prostu nie wierzę, że stracił palec u mnie w fabryce. Może gdzie indziej, ale ja nie mam z tym nic wspólnego.

Mma Ramotswe uśmiechnęła się.

— Chcesz, żebym znalazła dla ciebie ten palec? Po to umówiłeś się ze mną w hotelu President?

Hector parsknął śmiechem.

— Tak. Ale umówiłem się z tobą również dlatego, że lubię siedzieć tutaj z tobą i że chciałbym ponownie poprosić cię o rękę. Ale wiem, że usłyszę tę samą odpowiedź co zawsze.

Mma Ramotswe poklepała go w ramię.

— Małżeństwo to fajna rzecz, ale bycie pierwszą kobietą-detektywem w kraju to ciężki kawałek chleba. Nie mogłabym siedzieć w domu i gotować — wiesz o tym.

Hector pokręcił głową.

— Zawsze obiecywałem ci kucharza. Dostaniesz nawet dwóch, jeśli chcesz. Mogłabyś dalej być detektywem.

— Nie. Możesz nadal mnie prosić, Hectorze, ale odpowiedź raczej się nie zmieni. Lubię cię jako przyjaciela, ale nie chcę męża. Skończyłam z mężami na zawsze.

Mma Ramotswe sprawdziła papiery w biurze fabryki Hectora. Pomieszczenie było duszne i nieprzyjemne, niechronione przed fabrycznym hałasem i ciasne — ledwo starczało miejsca na dwie szafki na dokumenty i dwa biurka. Na obu biurkach leżały bezładnie papiery — faktury, rachunki, katalogi techniczne.

— Gdybym miał żonę, w biurze nie byłoby takiego bałaganu — powiedział Hector. — Byłoby gdzie usiąść, a na biurku stałyby kwiaty we flakonie. Kobieca ręka wiele by zmieniła…

Mma Ramotswe uśmiechnęła się na tę uwagę, ale nic nie odrzekła. Wzięła do ręki gruby zeszyt, który Hector przed nią położył, i przekartkowała go. Była to książka wypadków. Istotnie widniał w niej wpis dotyczący uszkodzonego palca Moretsiego. Kulfoniaste drukowane litery postawiła mało wprawna ręka:

MORETSI PRZECIĄŁ SOBIE PALEC. PALEC NR 2, JAK LICZYĆ OD KCIUKA. MASZYNA TO ZROBIŁA. PRAWA RĘKA. ZABANDAŻOWAŁ ON SAM. PODPISANO: SOLOMON MORETSI. ŚWIADEK: JEZUS CHRYSTUS.

Przeczytała wpis powtórnie i spojrzała na list od adwokata. Daty się zgadzały: „Mój klient twierdzi, że wypadek zdarzył się w dniu 10 maja tego roku. Nazajutrz był w Szpitalu im. Księżnej Mariny. Ranę opatrzono, ale wdało się zapalenie szpiku i kości. Tydzień później przeprowadzono operację amputacji uszkodzonego palca w bliższym stawie paliczkowym (załączam wypis ze szpitala). Mój klient twierdzi, że przyczyną wypadku było wyłącznie Pana zaniedbanie, a mianowicie brak odpowiedniego zabezpieczenia ruchomych części maszyn w Pańskiej fabryce, i polecił mi wystąpić w jego imieniu o odszkodowanie. Bez wątpienia byłoby w interesie wszystkich stron, gdyby sprawa została załatwiona szybko, w związku z czym doradziłem klientowi, żeby zgodził się na sumę czterech tysięcy puli w ramach polubownego załatwienia sprawy".

Mma Ramotswe przeczytała pozostałą część listu, w jej ocenie zawierającą pozbawiony sensu żargon, który adwokat przyswoił sobie na studiach prawniczych. Ci ludzie są niemożliwi — po kilku latach słuchania wykładów na Uniwersytecie Botswańskim uważają się za ekspertów od wszystkiego. Co oni wiedzą o życiu? Umieją tylko jak papugi powtarzać stereotypowe prawnicze zwroty i trwać w oślim uporze, dopóki ktoś nie zapłaci. Większość spraw wygrywają dzięki zmęczeniu przeciwnika, lecz sami przypisują te sukcesy swojej wiedzy fachowej. Niewielu z nich poradziłoby sobie w jej zawodzie, wymagającym taktu i przenikliwości.

Spojrzała na kopię wypisu ze szpitala. Był krótki i zawierał dokładnie to, co innymi słowami zawarł w swoim liście adwokat. Data się zgadzała, firmowy papier wyglądał na autentyczny, a u dołu widniał podpis lekarza, którego znała z nazwiska.

Mma Ramotswe podniosła głowę znad papierów i zobaczyła, że Hector patrzy na nią wyczekująco.

— Sprawa wydaje się jednoznaczna — powiedziała. — Przeciął sobie palec i doszło do zakażenia. Co mówi twoja firma ubezpieczeniowa?

Hector westchnął.

— Że powinienem zapłacić. Mówią, że mi to pokryją i że w sumie tak wyjdzie taniej. Jeśli wynajmę prawników, to koszty bardzo szybko mogą przekroczyć sumę odszkodowania. Do dziesięciu tysięcy puli wypłacą bez walki, ale prosili mnie, żebym nikomu o tym nie mówił. Nie chcą, żeby ludzie myśleli, że łatwo wyciągnąć od nich forsę.

— Czy nie byłoby najlepiej, gdybyś zrobił, co ci radzą? — spytała mma Ramotswe.

Nie widziała sensu zaprzeczać, że zdarzył się wypadek. Ten człowiek stracił palec i zasługiwał na jakąś rekompensatę. Czemu Hector robi z tego aferę, skoro to nawet nie idzie z jego kieszeni?

Hector odgadnął jej myśli.

— Nie zrobię tego — powiedział. — Po prostu odmawiam. Odmawiam. Dlaczego miałbym płacić pieniądze komuś, kogo uważam za kanciarza? Jeśli mu zapłacę, to pójdzie naciągnąć kogoś innego. Wolałbym dać te cztery tysiące puli komuś, kto na nie naprawdę zasługuje.

Pokazał na drzwi łączące biuro z halą fabryczną.

— Mam tam kobietę z dziesiątką dzieci. Tak, dziesiątką. Bardzo dobra pracowniczka. Pomyśl, co mogłaby zrobić z czterema tysiącami puli.

— Ale nie straciła palca — przerwała mu mma Ramotswe. — Może on potrzebuje tych pieniędzy, jeśli nie może już pracować tak dobrze jak przedtem.

— Phh! Ten człowiek to oszust. Nie mogłem go zwolnić, bo nic na niego nie miałem. Ale wiedziałem, że to nic dobrego. I paru innych też go nie lubiło. Chłopak, który robi herbatę, ten z dziurą w mózgu, zawsze pozna się na człowieku. Nie chciał mu nosić herbaty. Powiedział, że ten człowiek to pies i nie może pić herbaty. Widzisz, on wiedział, co to za jeden. Niedorozwinięci mają nosa do takich spraw.

— Ale jest wielka różnica między podejrzeniami a dowodami — odparła mma Ramotswe. — Nie możesz stanąć przed sądem okręgowym w Lobatse i powiedzieć, że temu człowiekowi źle z oczu patrzy. Sędzia by cię wyśmiał. Tak robią sędziowie, kiedy słyszą takie zeznania: śmieją się. — Hector milczał. — Idź na ugodę. Zrób, co ci każe firma ubezpieczeniowa. Bo inaczej nabijesz sobie rachunek znacznie przekraczający cztery tysiące puli.

Hector pokręcił głową.

— Nie zapłacę za coś, czego nie zrobiłem — powiedział przez zaciśnięte zęby. — Chcę, żebyś się dowiedziała, co ten człowiek knuje. Ale jeśli powiesz mi za tydzień, że nie miałem racji, to zapłacę bez szemrania. Możemy się tak umówić?

Mma Ramotswe skinęła głową. Potrafiła zrozumieć jego niechęć do wypłacania odszkodowania za coś, do czego się nie poczuwał, a jej honorarium za tydzień pracy szczególnie by go nie obciążyło. Był bogatym człowiekiem i miał prawo wydawać pieniądze po to, żeby być w zgodzie z własnymi zasadami. A jeśli Moretsi kłamał, to przy okazji doszłoby do zdemaskowania oszusta. Zgodziła się zatem przystąpić do działania i odjechała maleńką białą furgonetką, zastanawiając się, jak mogłaby udowodnić, że utrata palca nie miała nic wspólnego z fabryką Hectora. Kiedy zaparkowała furgonetkę pod biurem i weszła do chłodnej poczekalni, zdała sobie sprawę, że nie ma zielonego pojęcia, jak zabrać się do rzeczy. Wszystko wskazywało na to, że wzięła na siebie sprawę, która ją przerastała.

Wieczorem mma Ramotswe leżała w sypialni swego domu przy Zebra Drive i nie mogła zasnąć. W końcu wstała, włożyła różowe pantofle, które zawsze nosiła, odkąd podczas nocnych spacerów po domu ukąsił ją skorpion, i poszła do kuchni zaparzyć sobie herbaty z czerwonokrzewu.

W nocy dom wydawał się zupełnie inny. Wszystko stało oczywiście na swoim miejscu, ale meble były jakieś kanciaste, a obrazy na ścianach bardziej jednowymiarowe. Przypomniała sobie czyjeś stwierdzenie, że nocą wszyscy jesteśmy obcymi ludźmi, nawet dla siebie samych — i pomyślała, że to bardzo prawdziwe. Wszystkie znajome przedmioty wyglądały tak, jakby należały do kogoś innego, do niejakiej mmy Ramotswe, nie całkiem tożsamej z osobą, która chodziła w różowych pantoflach. Nawet fotografia jej taty w błyszczącym niebieskim garniturze wydawała się odmieniona. Ukazywała oczywiście tatę Ramotswe, jak go nazywała, ale nie tego samego tatę, którego znała, nie tego samego tatę, który wszystko dla niej poświęcił i którego ostatnie życzenie brzmiało, żeby założyła dobry biznes. Jakiż byłby z niej dumny, gdyby ją teraz zobaczył — właścicielkę Kobiecej Agencji Detektywistycznej Nr 1, znaną wszystkim liczącym się osobom w mieścic, nic wyłączając sekretarzy stanu i ministrów. Jaki poczułby się ważny, gdyby zobaczył, jak tego ranka, wychodząc z hotelu President, o mało nie wpadła na wysokiego komisarza Malawi, który powiedział: „Dzień dobry, mma Ramotswe, o mało mnie pani nie stratowała, ale jeśli już ktoś ma mnie stratować, to tylko pani!" Być znaną wysokiemu komisarzowi! Być pozdrawianą z nazwiska przez takie osobistości! Na niej oczywiście nawet wysocy komisarze nie robili wrażenia, ale na tacie by zrobili i ogarnął ją żal, że ojciec nie doczekał realizacji jej planów.

Zaparzyła sobie herbaty i usiadła na swoim najwygodniejszym fotelu, żeby ją wypić. Noc była gorąca i w całym mieście skowyczały psy, drażniąc się nawzajem w ciemnościach. Jest to hałas, na który przestaje się zwracać uwagę. Te głupie stworzenia nieustannie wyją, broniąc swoich podwórzy przed rozmaitymi upiorami i wiatrami.

Pomyślała o Hectorze. Słynął z upartego charakteru, ale szanowała to w nim. Dlaczego miałby płacić? Jak on to powiedział? „Jeśli mu zapłacę, to pójdzie naciągnąć kogoś innego". Zastanowiła się chwilę, po czym odstawiła kubek. Coś przyszło jej do głowy — nagle, jak wszystkie dobre pomysły. Może Hector już jest „kimś innym"? Może ten człowiek już wyłudził od kogoś odszkodowanie? Może Hector nie jest pierwszy?

Po tym przełomie sen już się tak nie ociągał, a następnego ranka obudziła się z przekonaniem, że kilka rozmów, plus może wyjazd do Mahalapye, wystarczy do rozprawienia się z nieuzasadnionymi roszczeniami Moretsiego. W pośpiechu zjadła śniadanie i pojechała prosto do biura. Zbliżał się koniec zimy, co oznaczało, że temperatura powietrza była optymalna, a niebo jasne — lazurowe — i bezchmurne. W powietrzu unosił się nieznaczny zapach dymu drzewnego, który szarpał mmę Ramotswe za serce, bo przypominał jej poranki spędzane przy ognisku w Mochudi. Wrócę tam po przejściu na emeryturę, pomyślała. Kupię dom, albo zbuduję, i ściągnę do siebie parę osób z rodziny. Będziemy hodowali melony i może nawet kupimy w wiosce sklepik. Co rano będę siadała przed domem, oddychała zapachem dymu drzewnego i cieszyła się na kolejny dzień spędzony z przyjaciółmi.

Jakże jej było żal białych, którzy tego wszystkiego nie robili, tylko wiecznie zagonieni martwili się o rzeczy, którym i tak nie mogli zapobiec. Na co te wszystkie pieniądze, skoro nie można ani chwili posiedzieć spokojnie albo popatrzeć, jak krowy jedzą trawę? Zdaniem mmy Ramotswe na nic, lecz biali o tym nie wiedzą. Co jakiś czas spotyka się białego, który to rozumie, który wie, o co naprawdę w życiu chodzi. Jest ich jednak niewielu, a inni biali traktują ich nieufnie.

Sprzątaczka była już w biurze. Mma Ramotswe spytała o jej rodzinę i kobieta przekazała jej najświeższe informacje. Jeden jej syn był strażnikiem więziennym, a drugi uczył się na kucharza w hotelu Sun. Obu dobrze się powodziło i mma Ramotswe zawsze chętnie słuchała o ich osiągnięciach, ale tego ranka przerwała sprzątaczce — najuprzejmiej jak umiała — i zabrała się do pracy.

Potrzebne informacje znalazła w panoramie firm. W Gaborone działało dziesięć firm ubezpieczeniowych. Cztery z nich były małe i raczej wyspecjalizowane, a o pozostałych sześciu słyszała, w tym z czterema już kiedyś współpracowała. Wypisała numery telefoniczne wszystkich dziesięciu i zaczęła dzwonić.

Na pierwszy ogień poszła Mutual Eagle Company. Byli chętni do pomocy, ale nie mieli dla niej nic ciekawego. Podobnie Mutual Life Company z RPA i Southern Star Insurance Company. Jednak w czwartej firmie, Kalahari Accident and Indemnity, poprosili o godzinę czasu na sprawdzenie archiwów i przekazali jej dane, o które prosiła.

— Mamy jedną szkodę na to nazwisko — powiedziała kobieta na drugim końcu linii. — Dwa lata temu zgłosiła się do nas stacja benzynowa. Jeden z pracowników twierdził, że uszkodził sobie palec, kiedy odkładał pistolet do nalewania benzyny na miejsce. Palec trzeba było amputować i pracodawca zażądał wypłaty odszkodowania z polisy od odpowiedzialności cywilnej.

Serce skoczyło mmie Ramotswe w piersiach.

— W wysokości czterech tysięcy puli?

— Prawie pani trafiła — odparła urzędniczka. — Zgodziliśmy się na trzy tysiące osiemset.

— Prawa ręka? — naciskała mma Ramotswe. — Drugi palec, licząc od kciuka?

Urzędniczka zaszeleściła papierami.

— Tak. Mamy wypis ze szpitala. Jest tu mowa o… już patrzę… zapaleniu…

— …kości i szpiku — dokończyła za nią mma Ramotswe. — Co wymagało amputacji palca w bliższym stawie paliczkowym?

— Właśnie.

Ustaliwszy jeszcze parę szczegółów, mma Ramotswe podziękowała urzędniczce i rozłączyła się. Przez kilka chwil siedziała bez ruchu, rozkoszując się faktem, że tak szybko wykryła oszustwo. Ale pozostało jeszcze kilka niewyjaśnionych spraw i musiała w tym celu udać się do Mahalapye. Chętnie spotkałaby się z Moretsim, gdyby to było możliwe, i z góry cieszyła się na rozmowę z adwokatem. Pomyślała, że taka gratka więcej niż wynagrodzi jej dwugodzinną jazdę tą okropną Francistown Road.

Adwokat bez żadnych oporów zgodził się z nią spotkać jeszcze tego samego popołudnia. Sądził, że Hector zlecił jej doprowadzenie do ugody, i wyobrażał sobie, że z łatwością nakłoni ją do przyjęcia jego warunków. Zastanawiał się nawet, czy nie zażądać wyższego odszkodowania. Mógłby powiedzieć, że do rachunku szkód doszły nowe czynniki i suma 4000 puli jest już nieaktualna. Zamierzał użyć słowa kwantum, pochodzącego bodajże z łaciny, jak również powołać się na niedawną decyzję sądu apelacyjnego czy nawet najwyższego. To każdemu zamknie usta, zwłaszcza kobiecie! Tak, dopilnuje, żeby pan Moretsi się stawił. Naturalnie jest bardzo zajętym człowiekiem…

To znaczy, nie całkiem, bo biedak nie może pracować z powodu swojego kalectwa. W każdym razie na pewno przyjdzie.

Mma Ramotswe śmiała się, kiedy odkładała słuchawkę. Podejrzewała, że adwokat wyciągnie swojego klienta z baru, w którym ten przedwcześnie opija obiecane cztery tysiące puli. Cóż, czeka go niemiła niespodzianka, a ona, mma Ramotswe, wystąpi w roli posłańca Nemezis.

Zostawiła biuro pod opieką sekretarki i wyruszyła maleńką białą furgonetką w drogę do Mahalapye. Było już prawie południe i zrobiło się gorąco. Za kilka miesięcy o tej porze bardzo ciężko by się podróżowało gdziekolwiek dalej. Jechała z otwartym oknem i pęd powietrza trochę chłodził kabinę. Minęła rolniczą stację badawczą i drogę prowadzącą do Mochudi. Minęła wzgórza na wschód od Mochudi i wjechała do szerokiej doliny leżącej za nimi. Dokoła nie było nic — tylko bezkresny busz, który rozciągał się aż po Kalahari z jednej strony i równiny nad Limpopo z drugiej. Pusty busz, nic oprócz tu i ówdzie paru krów i skrzypiącego wiatraka, który pompował strumyczek wody dla spragnionych zwierząt. Nicość, nicość, w to właśnie obfitował jej kraj — w pustkę.

Pół godziny jazdy przed Mahalapye na drogę wypełznął wąż. Kiedy go zauważyła, połowa cielska leżała na drodze — zielona kreska na tle czarnego asfaltu. Po chwili wąż znalazł się pod furgonetką. Mma Ramotswe wstrzymała oddech i zwolniła, patrząc w lusterko wsteczne. Gdzie jest wąż? Czy zdążył przesmyrgnąć na drugą stronę? Nie. Widziała, jak znika pod furgonetką, i była pewna, że usłyszała głuche tąpnięcie.

Zatrzymała się na poboczu i ponownie spojrzała w lusterko wsteczne. Po wężu ani śladu. Zabębniła palcami o kierownicę. Może wąż był tak szybki, że nie zauważyła, jak śmignął na drugą stronę. Te węże potrafią się poruszać ze zdumiewającą prędkością. Ale ona go widziała tuż przed maską, a wąż był za duży, żeby tak po prostu zniknąć. Nie, wąż jest gdzieś w furgonetce, na zawieszeniu albo pod siedzeniem. Słyszała, że to się często zdarza. Ludzie zabierają węże ze sobą w podróż, o czym dowiadują się dopiero wtedy, kiedy wąż ich ukąsi. Słyszała o ludziach, którzy zmarli za kierownicą, ugryzieni przez węża, który zaplątał się w rury i pręty podwozia.

Mma Ramotswe wiedziała, że musi wysiąść z furgonetki. Otworzyła drzwi, najpierw niepewnie, a potem z rozmachem, i wyskoczyła na zewnątrz. Stała zdyszana obok pojazdu. Teraz nie miała już wątpliwości, że pod maleńką białą furgonetką jest wąż. Jak ona go stamtąd wykurzy? I jaki to gatunek węża? O ile sobie przypominała, wąż był zielony — a zatem przynajmniej nie mamba. Ludzie mówili wprawdzie o zielonych mambach, ale mma Ramotswe wiedziała, że występują one tylko na określonych obszarach, z pewnością nie w Botswanie. Mamby żyją głównie na drzewach i nie lubią rzadko porośniętego kolczastego buszu. Najprawdopodobniej chodziło o kobrę, bo mma Ramotswe nie znała innego zielonego węża, który byłby taki długi.

Stała bez ruchu. Być może wąż cały czas ją obserwował, gotów zaatakować, gdyby się zbliżyła. Mógł też wślizgnąć się do kabiny i zwinąć się w spiralę pod jej siedzeniem. Schyliła się, by zajrzeć pod furgonetkę, ale żeby coś zobaczyć, musiałaby paść na czworaki. Bała się, że w takiej pozycji nie zdążyłaby szybko uciec, gdyby wąż wybrał ten moment na atak. Wyprostowała się i pomyślała o Hectorze. Od takich rzeczy są mężowie. Mogła już dawno przyjąć jego oświadczyny i wtedy nie jechałaby sama do Mahalapye. Miałaby ze sobą mężczyznę, który wlazłby pod furgonetkę i wygonił stamtąd węża.

Ruch na drodze był niewielki, ale od czasu do czasu coś nią jechało. Mma Ramotswe usłyszała, że od strony Mahalapye nadjeżdża samochód. Kiedy auto było już blisko, zwolniło, a potem całkiem się zatrzymało. Za kierownicą siedział dorosły mężczyzna, a obok niego młody chłopak.

— Jakieś kłopoty, mma? — zawołał uprzejmie kierowca. — Awaria?

Mma Ramotswe przeszła na drugą stronę drogi i przez otwarte okno powiedziała mu o wężu. Zgasił silnik i wysiadł, poleciwszy chłopcu, żeby został w aucie.

— Włażą pod spód — stwierdził. — To może być niebezpieczne. Dobrze pani zrobiła, że pani stanęła.

Zbliżył się ostrożnie do furgonetki. Przez otwarte drzwi sięgnął do dźwigienki otwierania maski i szarpnął za nią. Powoli podszedł do maski i zaczął ją podnosić. Mma Ramotswe patrzyła mu przez ramię, gotowa rzucić się do ucieczki, gdyby zobaczyła węża.

Mężczyzna nagle zamarł.

— Żadnych gwałtownych ruchów — powiedział cicho. — Jest. Niech pani popatrzy!

Mma Ramotswe zajrzała pod maskę. W pierwszej chwili nie zauważyła niczego szczególnego, ale potem wąż drgnął i zobaczyła go. Miała rację: to była kobra. Pooplatała silnik i ruszała łbem z lewa na prawo, jakby czegoś szukała.

Mężczyzna stał całkiem nieruchomo. Potem dotknął mmy Ramotswe w przedramię.

— Niech pani bardzo ostrożnie podejdzie do drzwi, wsiądzie i zapali silnik. Rozumie pani?

Mma Ramotswe skinęła głową. Potem powolutku wsunęła się na siedzenie i przekręciła kluczyk.

Silnik jak zawsze zapalił od pierwszego razu. Maleńka biała furgonetka jeszcze nigdy jej pod tym względem nie zawiodła.

— Nacisnąć na gaz! — zawołał mężczyzna. — Do dechy!

Mma Ramotswe wykonała polecenie i silnik zaryczał gardłowo. Z przodu dobiegł ją kolejny głuchy dźwięk. Potem mężczyzna zasygnalizował, żeby zgasiła silnik. Mma Ramotswe wykonała polecenie i czekała na znak, że można bezpiecznie wysiąść.

— Może pani wyjść. Kobra kaput.

Mma Ramotswe wysiadła i przeszła do przodu. Zajrzała pod maskę i zobaczyła kobrę w dwóch kawałkach, całkiem nieruchomą.

— Przepełzła przez wentylator — wyjaśnił mężczyzna z pełną obrzydzenia miną. — Paskudna śmierć, nawet dla węża. Ale mogła wleźć do kabiny i panią ukąsić. Zapobiegliśmy temu i wciąż pani żyje.

Mma Ramotswe podziękowała mu i odjechała, zostawiwszy kobrę obok drogi. Nawet gdyby przez następne pół godziny nic się nie wydarzyło, podróż byłaby pełna wrażeń. Mma Ramotswe dojechała do celu bez dalszych przygód.

— No więc — zaczął pan Jameson Mopotswane, adwokat z Mahalapye, który przyjął ją w swojej mało okazałej kancelarii koło masarni — mój biedny klient trochę się spóźni, ponieważ wiadomość dotarła do niego dopiero przed chwilą. Ale możemy przed jego przybyciem uzgodnić szczegóły ugody.

Mma Ramotswe rozkoszowała się tą chwilą.

— Czyli interesy nie idą ostatnio najlepiej? — powiedziała i dorzuciła: — W tych stronach.

Jameson Mopotswane najeżył się.

— Nie jest tak źle. Prawdę powiedziawszy, jestem bardzo zajęty. Przychodzę o siódmej rano i haruję do szóstej wieczór.

— Codziennie? — spytała mma Ramotswe niewinnie.

Jameson Mopotswane spiorunował ją wzrokiem.

— Tak, codziennie, nie wyłączając sobót. Czasem nawet w niedziele.

— Musi pan mieć mnóstwo roboty.

Adwokat uznał to stwierdzenie za pojednawcze i uśmiechnął się, ale mma Ramotswe jeszcze nie skończyła:

— Tak, musi pan mieć mnóstwo roboty z odsiewaniem kłamstw swoich klientów od okazjonalnej prawdy.

Jameson Mopotswane odłożył pióro na biurko i wytrzeszczył na nią oczy. Kim jest ta bezczelna kobieta i kto jej dał prawo tak mówić o jego klientach? Skoro tak chce się bawić, to on chętnie zrezygnuje z ugody pozasądowej. Honorarium zawsze się przyda, nawet jeżeli tą drogą jego klient otrzyma odszkodowanie trochę później.

— Moi klienci nie kłamią — wycedził. — W każdym razie nie więcej niż inni ludzie. I pozwolę sobie powiedzieć, że nie ma pani prawa nazywać ich kłamcami.

Mma Ramotswe uniosła brew.

— Nie mam? To weźmy na przykład pana Moretsiego. Ile on ma palców?

Jameson Mopotswane skarcił ją wzrokiem.

— To nieładnie naśmiewać się z kaleki. Doskonale pani wie, że ma dziewięć palców, albo dziewięć i pół, jeśli chce pani dzielić włos na czworo.

— To bardzo ciekawe. Skoro tak, to jak to możliwe, że mniej więcej trzy lata temu firma ubezpieczeniowa Kalahari Accident and Indemnity wypłaciła mu odszkodowanie za utratę palca przy pracy na stacji benzynowej? Potrafi mi pan to wyjaśnić?

Adwokat zamarł.

— Trzy lata temu? — powiedział słabym głosem. — Za utratę palca?

— Tak. Zażądał czterech tysięcy — interesujący zbieg okoliczności — i stanęło na trzech tysiącach ośmiuset. Firma podała mi numer akt, gdyby chciał pan sprawdzić. Stwierdziłam, że są zawsze bardzo pomocni, jeśli w grę wchodzi wykrycie oszustwa ubezpieczeniowego. Niezwykle pomocni.

Jameson Mopotswane milczał i mmie Ramotswe nagle zrobiło się go żal. Nie lubiła prawników, ale jak wszyscy próbował zarobić na życie i może była wobec niego zbyt surowa. Może ma na utrzymaniu starych rodziców? Nigdy nie wiadomo.

— Proszę mi pokazać wypis ze szpitala — powiedziała niemal życzliwym tonem. — Chętnie bym go zobaczyła.

Adwokat wyjął dokument z teczki, która leżała na biurku.

— Proszę. Wydawał mi się autentyczny.

Mma Ramotswe spojrzała na papier z nagłówkiem szpitala i po chwili skinęła głową.

— Tak jak sądziłam. Niech pan spojrzy na datę. Została pociągnięta korektorem i wpisano nową. Nasz przyjaciel rzeczywiście miał kiedyś usunięty palec, który być może nawet stracił na skutek wypadku. Ale potem kupił buteleczkę korektora, zmienił datę i pstryk — wyczarował nowy wypadek.

Adwokat wziął dokument i spojrzał na niego pod światło, ale niepotrzebnie zadawał sobie trud: korektor był widoczny na pierwszy rzut oka.

— Jestem zaskoczona, że pan tego nie zauważył — powiedziała mma Ramotswe. — Nie potrzeba laboratorium kryminalistycznego, żeby zobaczyć, co facet zrobił.

Tuż po tym, jak mma Ramotswe zawstydziła adwokata, przybył Moretsi. Wszedł do biura i wyciągnął dłoń na powitanie do mmy Ramotswe. Zobaczyła kikut palca. Podanej ręki nie uścisnęła.

— Niech pan siada — powiedział Jameson Mopotswane chłodnym tonem.

Moretsi miał zaskoczoną minę, ale wykonał polecenie.

— Więc to pani jest tą osobą, która przyjechała zapłacić…

— Pani nie przyjechała nic płacić — przerwał mu adwokat. — Pani przejechała szmat drogi aż z Gaborone, żeby pana zapytać, czemu raz po raz żąda pan odszkodowania za amputowane palce.

Mma Ramotswe obserwowała wyraz twarzy Moretsiego. Nawet gdyby nie wiedziała, że zmienił datę na wypisie ze szpitala, jego zdruzgotana mina przekonałaby ją o jego winie. Ludzie zawsze się załamują przed obliczem prawdy. Bardzo, bardzo nieliczni umieją bez zmrużenia oka trwać w swoich kłamstwach.

— Raz po raz...? — spytał wątłym głosem.

— Tak — powiedziała mma Ramotswe. — Z posiadanych przeze mnie informacji wynika, że zażądał pan odszkodowania za trzy utracone palce. Jeśli spojrzeć dzisiaj na pańską dłoń, to widać, że dwa panu w cudowny sposób odrosły! Coś wspaniałego! Może odkrył pan jakiś nowy środek na odrastanie uciętych palców?

— Trzy? — spytał zaskoczony adwokat.

Mma Ramotswe spojrzała na Moretsiego.

— No, mamy Kalahari Accident, a poza tym było... Mógłby pan odświeżyć mi pamięć? Mam to gdzieś zapisane.

Moretsi poszukał wzrokiem wsparcia u swojego adwokata, ale zobaczył tylko gniew.

— Star Insurance — odparł cicho.

— A! Dziękuję panu.

Adwokat wziął do ręki wypis i pomachał nim przed nosem swojego klienta.

— Myślał pan, że dam się wziąć na taką... nieudolną przeróbkę? Myślał pan, że ujdzie to panu na sucho?

Moretsi milczał, podobnie jak mma Ramotswe. Ta nagła zmiana frontu nie zaskoczyła jej. Ci ludzie są śliscy, mimo że mogą się pochwalić dyplomem z prawa.

— W każdym razie koniec z pana kombinacjami — powiedział Jameson Mopotswane. — Stanie pan przed sądem za oszustwo i kto inny będzie pana bronił. Na mnie niech pan nie liczy, przyjacielu.

Moretsi spojrzał na mmę Ramotswe, która nie odwróciła wzroku.

— Czemu pan to zrobił? — spytała. — Jak mógł pan sądzić, że się to panu upiecze?

Moretsi wyjął z kieszeni chusteczkę i wytarł nos.

— Opiekuję się rodzicami. A moja siostra ma tę chorobę, która ostatnio wszystkich zabija. Pani wie, o czym mówię. Ma dzieci. Muszę je utrzymywać.

Mma Ramotswe spojrzała mu głęboko w oczy. Zawsze mogła liczyć na swoją umiejętność oceny, czy ktoś kłamie, i wiedziała, że Moretsi mówi prawdę. Szybko przemyślała sprawę. Nie było sensu posyłać tego człowieka do więzienia. Co by to dało? Przysporzyłoby tylko cierpienia innym — rodzicom i biednej siostrze. Wiedziała, jaką chorobę Moretsi miał na myśli.

— Dobra — powiedziała. — Nie zawiadomię policji. I mój klient też nie. Ale musi mi pan w zamian obiecać, że nie będzie już więcej amputowanych palców. Rozumie pan?

Moretsi gorliwie skinął głową.

— Jest pani dobrą chrześcijanką. Bóg wynagrodzi to pani w niebie.

— Mam nadzieję. Ale czasami potrafię też być wredna. I jeśli jeszcze raz spróbuje pan tych swoich sztuczek z ubezpieczycielami, to się pan przekona, jaka bywam niemiła.

— Rozumiem, rozumiem.

— Widzi pan — powiedziała mma Ramotswe, rzucając okiem na adwokata, który przysłuchiwał się uważnie ich rozmowie — są w tym kraju mężczyźni, którzy uważają, że kobiety mają miękkie serca i można z nimi robić, co się chce. Ja do takich nie należę. Jeśli to pana interesuje, to powiem panu, że kiedy jechałam tutaj dziś po południu, zabiłam dużą kobrę.

— O! — zdziwił się Jameson Mopotswane. — Jak pani to zrobiła?

— Przecięłam ją. Na pół.

ROZDZIAŁ SIEDEMNASTY

TRZECIA KOŚĆ ŚRÓDRĘCZNA

Sprawa Moretsiego była dla niej pierwszorzędną rozrywką. Ucieszyło ją, że rozwikłała ją tak szybko i ku pełnemu zadowoleniu klienta, ale pamiętała też, że w szufladzie leży mała brązowa koperta, której zawartości nie można było zignorować.

Wyjęła ją dyskretnie, bo nie chciała, żeby mma Makutsi ją zobaczyła. Miała zaufanie do swojej sekretarki, ale tutaj chodziło o najbardziej poufną sprawę w całej jej karierze detektywistycznej. I bardzo niebezpieczną.

Powiedziała mmie Makutsi, że idzie do banku, bo przyszło kilka czeków, które trzeba zrealizować. Nie pojechała jednak do banku, a w każdym razie nie od razu. Najpierw udała się do Princess Marina Hospital i poszła za strzałkami z napisem PATOLOGIA.

Zatrzymała ją pielęgniarka.

— Przyszła pani zidentyfikować zwłoki, mma?

— Nie, przyszłam się zobaczyć z doktorem Gulubane. Nie jestem umówiona, ale na pewno mnie przyjmie. Jesteśmy sąsiadami.

Pielęgniarka spojrzała na nią podejrzliwie, ale kazała jej zaczekać i poszła po lekarza. Kilka minut później wróciła i powiedziała, że pan doktor wkrótce się zjawi.

— Nie powinna pani zawracać głowy lekarzom — skarciła ją. — Mają mnóstwo pracy.

Mma Ramotswe przyjrzała się pielęgniarce. Ile miała lat? Dziewiętnaście, dwadzieścia? W czasach jej ojca dziewiętnastoletnia dziewczyna nie odezwałaby się w ten sposób do trzydziestoletniej kobiety — jak do marudnego dziecka, które się czegoś domaga. Ale świat się zmienił. Gówniarze, którym się wydaje, że chwycili Pana Boga za nogi, nie okazują szacunku starszym — i większym — od siebie. Czy powinna powiedzieć pielęgniarce, że jest prywatnym detektywem? Nie, nie ma sensu wchodzić w spory z taką osobą. Najlepiej ją zignorować.

Przybył doktor Gulubane. Miał na sobie zielony fartuch — Bóg jeden wie, jaką straszną rzeczą był zajęty — i sprawiał wrażenie całkiem zadowolonego, że zawraca mu się głowę.

— Proszę do mojego gabinetu — powiedział. — Tam porozmawiamy.

Mma Ramotswe poszła za nim do małego pokoju, w którym był zupełnie pusty stół, telefon i zdezelowana szara szafka na dokumenty. Przypominało to biuro jakiegoś pomniejszego urzędnika, pomijając książki medyczne na regale.

— Jak panu wiadomo — zaczęła — jestem ostatnio prywatnym detektywem.

Doktor Gulubane uśmiechnął się szeroko. Zważywszy na charakter wykonywanej przez niego pracy, był człowiekiem niezwykle pogodnym.

— Na temat moich pacjentów nic pani ode mnie nie wyciągnie — powiedział. — Nawet gdyby wszyscy umarli.

Zaśmiała się z tego żartu.

— Nie po to przyszłam. Chciałabym tylko pana prosić, żeby coś pan dla mnie zidentyfikował. Mam to ze sobą.

Wyjęła kopertę i wysypała jej zawartość na biurko.

Doktor Gulubane natychmiast przestał się uśmiechać i wziął do ręki kość. Poprawił okulary.

— Trzecia śródręczna — orzekł. — Dziecko. Osiem, dziewięć lat, coś koło tego.

Mma Ramotswe słyszała własny oddech.

— Ludzka?

— Naturalnie. Jak powiadam, jest to kość dziecka. Kość dorosłego byłaby większa. To od razu widać. Dziecka ośmio-, dziewięcioletniego. Może trochę starszego.

Lekarz odłożył kość na stół i spojrzał na mmę Ramotswe.

— Skąd pani to wzięła?

Mma Ramotswe wzruszyła ramionami.

— Ktoś mi pokazał. Na temat moich klientów nic pan ode mnie nie wyciągnie.

Doktor Gulubane zrobił zniesmaczoną minę.

— Z ludzkimi szczątkami nie powinno się tak obchodzić. Ludzie nie mają za grosz uważania.

Mma Ramotswe skinęła głową na znak, że się z nim zgadza.

— Może mi pan powiedzieć coś więcej? Może mi pan powiedzieć, kiedy... kiedy dziecko zmarło?

Doktor Gulubane wyjął z szuflady szkło powiększające i dokładniej obejrzał kość, obracając ją w dłoni.

— Nie tak dawno — oszacował. — Zostało trochę tkanki tu na górze. Nie jest jeszcze całkiem wyschnięta. Dwa miesiące temu, może mniej. Trudno to dokładnie ocenić.

Mmę Ramotswe przeszły ciarki. Trzymać w ręku kość to jeszcze nic strasznego, ale ludzką tkankę?

— Jeszcze jedna rzecz — powiedział doktor Gulubane. — Skąd pani wie, że dziecko nie żyje? Myślałem, że jest pani detektywem! Ludzie mogą stracić całą kończynę i dalej żyć! Przyszło to pani do głowy, pani detektyw? Założę się, że nie!

Podczas kolacji w jej domu przekazała uzyskane informacje panu J.L.B. Matekoniemu. Z chęcią przyjął jej zaproszenie i przygotowała duży garnek duszonego mięsa z ryżem i melonem. W połowie posiłku opowiedziała swojemu gościowi o wizycie u doktora Gulubane. Pan J.L.B. Matekoni przestał jeść.

— Dziecko? — spytał wstrząśnięty.

— Tak powiedział doktor Gulubane. Wieku nie potrafił z całą pewnością określić. Szacował, że miało jakieś osiem, dziewięć lat.

Pan J.L.B. Matekoni wzdrygnął się. Żałował, że w ogóle znalazł ten woreczek. Takie rzeczy się zdarzają — wszyscy o tym wiedzą — ale lepiej nie być w nie zamieszanym. Mogą z tego wyniknąć tylko kłopoty — zwłaszcza jeśli macza w tym palce Charlie Gotso.

— Co zrobimy? — spytała mma Ramotswe.

Pan J.L.B. Matekoni zamknął oczy i przełknął ślinę.

— Możemy iść na policję. Jeśli to zrobimy, Charlie Gotso się dowie, że znalazłem woreczek. I praktycznie rzecz biorąc, będę skończony.

Mma Ramotswe zgodziła się z nim. Policja była tylko w ograniczonym stopniu zainteresowana walką z przestępczością, a niektóre rodzaje przestępstw w ogóle jej nie interesowały. Fakt, że najbardziej wpływowe osoby w kraju są zaplątane w czarną magię, z pewnością należał do tej kategorii.

— Uważam, że nie powinniśmy iść na policję — powiedziała mma Ramotswe.

— Czyli zapomnimy o całej sprawie?

Pan J.L.B. Matekoni wbił w gospodynię błagalne spojrzenie.

— Nie, tego zrobić nie możemy. Ludzie od zbyt dawna zamykają oczy na takie sprawy. Tego zrobić nie możemy.

Pan J.L.B. Matekoni spuścił wzrok. Najwyraźniej stracił apetyt i duszone mięso stygło na talerzu.

— Najpierw musimy zadbać o to — powiedziała — żeby w aucie Charliego Gotso rozbiła się przednia szyba. Potem zadzwoni pan do niego i powie mu, że złodzieje włamali się do samochodu, kiedy stał w garażu. Powie mu pan, że chyba nic nie zginęło, a koszty wprawienia nowej przedniej szyby bierze pan na siebie. Potem zaczekamy.

— Na co?

— Czy przyjdzie i powie, że jednak coś zginęło. Jeśli to zrobi, to podejmie się pan odzyskania skradzionego przedmiotu. Powie mu pan, że zna pan prywatnego detektywa, który jest w tym znakomity. Oczywiście to będę ja.

Panu J.L.B. Matekoniemu opadła szczęka. Do Charliego Gotso nie można tak po prostu zadzwonić. Do Charliego Gotso dociera się przez pośredników.

— A potem?

— A potem ja przejmuję całą sprawę. Zaniosę mu woreczek i wydobędę od niego nazwisko czarownika. Wtedy się zastanowimy, co dalej.

Brzmiało to tak prosto, że pan J.L.B. Matekoni uwierzył w powodzenie całej operacji. W optymizmie to jest właśnie najpiękniejsze — że jest zaraźliwy.

Panu J.L.B. Matekoniemu wrócił apetyt. Dokończył to, co miał na talerzu, poprosił o dokładkę i wypił dużą filiżankę herbaty, zanim mma Ramotswe odprowadziła go do samochodu i powiedzieli sobie dobranoc.

Stała na podjeździe i patrzyła, jak tylne światła auta znikają.

U doktora Gulubane paliło się światło. Zasłony w salonie były rozsunięte i lekarz stał w otwartym oknie, zapatrzony w noc. Nie widział jej, bo była w ciemnościach, a on w świetle, ale czuła się tak, jakby ją obserwował.

ROZDZIAŁ OSIEMNASTY

STEK KŁAMSTW

Jeden z mechaników poklepał go w ramię, zostawiając lepki odcisk palca. Ten młody człowiek stale tak robił, co niezmiernie złościło pana J.L.B. Matekoniego.

— Jeśli chcesz czegoś ode mnie — powtarzał mu wielokrotnie — to możesz się odezwać. Mam imię i nazwisko. Jestem pan J.L.B. Matekoni i reaguję, jeśli ktoś tak na mnie zawoła. Nie musisz podchodzić i mnie dotykać brudnymi paluchami.

Młody człowiek przeprosił, ale już następnego dnia znowu postukał go w ramię. Pan J.L.B. Matekoni zdał sobie sprawę, że walczy z wiatrakami.

— Jakiś człowiek do pana, rra — powiedział mechanik. — Czeka w biurze.

Pan J.L.B. Matekoni odłożył klucz do śrub i wytarł dłonie w szmatę. Przeprowadzał delikatną operację — regulował silnik samochodu pani Grace Mapondwe, znanej ze sportowego stylu jazdy. Pan J.L.B. Matekoni przywiązywał wielką wagę do tego, żeby ludzie wiedzieli, iż charakterystyczny odgłos pracy silnika pani Mapondwe jest efektem jego starań. W pewnym sensie była to darmowa reklama. Niestety, pani Mapondwe zajeździła samochód i panu J.L.B. Matekoniemu coraz trudniej przychodziło wydusić jeszcze trochę życia z coraz bardziej apatycznego silnika.

Gość siedział w biurze, na krześle pana J.L.B. Matekoniego. Czytał broszurę o oponach, kiedy pan J.L.B. Matekoni wszedł do biura. Rzucił ją niedbale na biurko i wstał.

Pan J.L.B. Matekoni szybko otaksował go wzrokiem. Mężczyzna ubrany był w khaki, jak żołnierz, i w drogi pas ze skóry węża. Na przegubie świecił frymuśny zegarek z kilkoma tarczami i wielkim sekundnikiem.

— Przysłał mnie pan Gotso — powiedział. — Dzwonił pan do niego dziś rano.

Pan J.L.B. Matekoni skinął głową. Łatwo było rozbić przednią szybę i rozsypać kawałki szkła po całym samochodzie. Łatwo było zadzwonić do domu pana Gotso i zgłosić, że do auta się włamano. Teraz zaczęły się schody — trzeba było kłamać komuś prosto w oczy. Wszystko przez mmę Ramotswe, pomyślał. Jestem tylko prostym mechanikiem. Nie prosiłem się o to, żeby mnie wplątywać w te bezsensowne detektywistyczne zabawy. Jestem po prostu za miękki.

W kontekście mmy Ramotswe była to prawda. Nie potrafił jej niczego odmówić. Pan J.L.B. Matekoni miał nawet skryte marzenie, w którym pomagał mmie Ramotswe. Byli razem w kotlinie Kalahari i mmie Ramotswe zagroził lew. Pan J.L.B. Matekoni zawołał, ściągając uwagę lwa na siebie, po czym król zwierząt odwrócił się i zaryczał. Mma Ramotswe zyskała szansę ucieczki, on zaś rozprawił się z lwem za pomocą noża myśliwskiego. Marzenie byłoby całkiem niewinne, gdyby nie jeden drobiazg: mma Ramotswe nie miała na sobie ubrania.

Z rozkoszą by ją ocalił — nagą czy ubraną — przed lwem, ale to była inna sprawa. Musiał nawet złożyć fałszywe doniesienie na policję, co go naprawdę przeraziło, mimo że funkcjonariusze nie pofatygowali się nawet, by przyjechać na wizję lokalną. Popełnił zatem przestępstwo, a wszystko dlatego, że był miękki. Należało odmówić. Należało powiedzieć mmie Ramotswe, że nie jest jej rolą toczyć krucjaty.

— Pan Gotso bardzo się zdenerwował — powiedział gość.

— Trzyma pan samochód już dziesięć dni, a teraz pan dzwoni i mówi, że się do niego włamano. Gdzie jest pańska ochrona? Pan Gotso chciałby to wiedzieć: gdzie jest pańska ochrona?

— Bardzo przepraszam, rra. Blacharze strasznie się guzdrali. Potem musiałem sprowadzić nową część zamienną. Do tych drogich aut nie można wsadzić byle czego...

Człowiek od pana Gotso spojrzał na zegarek.

— Okej, okej. Wiem, jacy powolni są ci ludzie. Niech mi pan pokaże samochód.

Pan J.L.B. Matekoni wskazywał gościowi drogę. Mężczyzna wydawał się teraz mniej groźny. Czy naprawdę tak łatwo jest kogoś rozbroić?

Stali przy samochodzie. Pan J.L.B. Matekoni zamontował już

nową przednią szybę, a resztki rozbitej oparł o ścianę. Na wszelki wypadek zostawił na siedzeniu kierowcy trochę okruchów szkła.

Gość otworzył przednie drzwi i zaglądnął do środka.

— Szybę wymieniłem na swój koszt — powiedział J.L.B. Matekoni. — Policzę też dużo mniej za naprawę.

Mężczyzna nic na to nie odrzekł. Pochylił się i otworzył schowek. Pan J.L.B. Matekoni obserwował go w milczeniu.

Mężczyzna wysiadł i wytarł dłoń o spodnie. Przeciął sobie skórę na okruchu szkła.

— Coś zniknęło ze schowka. Wie pan coś na ten temat?

Pan J.L.B. Matekoni pokręcił głową — trzy razy.

Mężczyzna przyłożył dłoń do ust i ssał ranę.

— Pan Gotso zapomniał, że coś tam zostawił. Przypomniał sobie o tym, dopiero jak mu pan powiedział, że do samochodu się włamano. Nie będzie zadowolony, jak się dowie, że to zniknęło.

Pan J.L.B. Matekoni dał mu szmatę.

— Przykro mi, że się pan skaleczył. Szkło z rozbitej szyby ląduje wszędzie. Wszędzie.

Mężczyzna prychnął.

— Drobiazg. Ważne jest to, że ktoś ukradł rzecz należącą do pana Gotso.

Pan J.L.B. Matekoni podrapał się w głowę.

— Policja jest do niczego. Nawet nie przyjechali. Ale znam kogoś, kto mógłby się tym zająć.

— Tak? A mianowicie?

— Od jakiegoś czasu mamy w mieście panią detektyw. Jej biuro jest w tamtą stronę, blisko Kgale Hill. Widział pan?

— Może widziałem, może nie.

Pan J.L.B. Matekoni uśmiechnął się.

— Niezwykła kobieta! Zawsze wie, co w trawie piszczy. Jak pan ją poprosi, to się dowie, kto to zrobił. Może nawet odzyska ukradziony przedmiot. A tak przy okazji, co to było?

— Mała rzecz, która należała do pana Charliego Gotso.

— Rozumiem.

Mężczyzna odjął szmatę od skaleczenia i rzucił na ziemię.

— To niech pan poprosi tę panią — powiedział nadąsanym tonem — żeby przyniosła tę rzecz panu Gotso.

— Dobrze. Porozmawiam z nią dziś wieczór i jestem pewien, że się pan na niej nie zawiedzie. A samochód jest gotowy i pan Gotso może go odebrać, kiedy tylko zechce. Uprzątnę tylko resztki szkła.

— Mam nadzieję — odparł gość. — Pan Gotso nie lubi kaleczyć się w rękę.

Pan Gotso nie lubi kaleczyć się w rękę! Jak mały chłopiec, pomyślał pan J.L.B. Matekoni. Jesteś jak marudny mały chłopiec. Dobrze znam takich jak ty! Pamiętam cię — albo kogoś bardzo do ciebie podobnego. Na placu zabaw szkoły w Mochudi terroryzował innych chłopców, wszystko niszczył, grał twardziela. Kiedy brał w skórę od nauczyciela, udawał zbyt dzielnego na to, żeby płakać.

Pan Charlie Gotso, z jego drogim samochodem i groźnymi machinacjami, też jest małym chłopcem. Zwykłym małym chłopcem!

Postanowił, że mmie Ramotswe nie ujdzie to na sucho. Najwyraźniej uważała, że on zrobi wszystko, o co ona go poprosi, i rzadko go pytała, czy ma ochotę brać udział w jej przedsięwzięciach. A on, rzecz jasna, był zanadto ustępliwy. Na tym polegał problem — mma Ramotswe sądziła, że na wszystko może sobie pozwolić, ponieważ on nigdy nie stanął okoniem. Tym razem jej pokaże! Koniec z tymi detektywistycznymi wygłupami!

Nadal naburmuszony, wyszedł z warsztatu. Ćwiczył w głowie, co ma powiedzieć po przyjściu do jej biura.

— Mma Ramotswe, zmusiła mnie pani do tego, żebym kłamał. Wciągnęła mnie pani w idiotyczną i niebezpieczną awanturę, która nas po prostu nie dotyczy. Jestem mechanikiem. Naprawiam ludziom samochody, a nie życie.

To ostatnie zdanie było mocne i bardzo mu się spodobało. Tak, na tym polega różnica między nimi. Ona naprawia ludziom życie — jak wiele kobiet — on zaś naprawia maszyny. Powie jej to, a ona będzie musiała przyjąć tę prawdę do wiadomości. Nie chciał zniszczyć ich przyjaźni, ale nie mógł dalej udawać i oszukiwać. Nigdy nie skłamał — nigdy — nawet w obliczu największych pokus, a teraz był uwikłany w całą oszukańczą intrygę z udziałem policji i jednego z najbardziej wpływowych ludzi w Botswanie!

Spotkała się z nim przed drzwiami Kobiecej Agencji Detektywistycznej Nr 1. Wylewała na podwórze fusy z czajniczka, kiedy zajechał swoim pikapem z warsztatu.

— No i? — spytała. — Wszystko przebiegło zgodnie z planem?

— Mmo Ramotswe, naprawdę uważam...

— Przyszedł osobiście czy wysłał kogoś ze swoich ludzi?

— Wysłał kogoś ze swoich ludzi. Ale niech pani posłucha, pani naprawia ludziom życie, a ja tylko...

— Powiedział mu pan, że mogę to odzyskać? Sprawiał wrażenie zainteresowanego?

— Naprawiam maszyny. Nie mogę... Widzi pani, nigdy nie skłamałem. Do tej pory ani razu nie skłamałem, nawet jak byłem małym chłopcem. Język by mi stanął kołkiem, gdybym próbowałł skłamać.

Mma Ramotswe po raz ostatni odwróciła czajniczek dnem do góry.

— Tym razem poszło panu doskonale. Kłamanie jest najzupełniej dopuszczalne, jeśli robi się to w słusznej sprawie. Czy nie jest słuszną sprawą dowiedzieć się, kto zabił niewinne dziecko? Czy kłamstwo jest gorsze od morderstwa, panie J.L.B. Matekoni? Naprawdę pan tak myśli?

— Morderstwo jest gorsze, ale...

— A widzi pan. Nie przemyślał pan sobie tego dokładnie. Teraz już pan rozumie.

Uśmiechnęła się do niego, a on pomyślał: ale ze mnie szczęściarz! Uśmiecha się do mnie. Nikt mnie nie kocha na tym świecie, ale ta kobieta mnie lubi i uśmiecha się do mnie. I ma rację co do morderstwa. Jest znacznie gorsze od kłamstwa.

— Niech pan wejdzie na herbatę — zaproponowała mma Ramotswe. — Mma Makutsi nastawiła wodę. Napijemy się herbaty i pomyślimy, co dalej zrobić.

ROZDZIAŁ DZIEWIĘTNASTY

MAGISTER CHARLIE GOTSO

Pan Charlie Gotso spojrzał na mmę Ramotswe. Szanował grube kobiety, a pięć lat wcześniej nawet się z jedną ożenił. Okazała się jędzowatą, uciążliwą kobietą, więc w końcu wysłał ją na farmę w pobliżu Lobatse, bez telefonu, a za to z drogą, która w porze deszczowej robiła się nieprzejezdna. Małżonka Charliego Gotso skarżyła się, wytrwale i zgiełkliwie, na to, że jej mąż ma inne kobiety, ale czego się spodziewała? Naprawdę sądziła, że on, pan Charlie Gotso, ograniczy się do jednej kobiety jak jakiś pomniejszy urzędnik? Człowiek z takimi pieniędzmi i wpływami? I dyplomem magistra na dokładkę? Takie są skutki, jak człowiek się ożeni z niewykształconą kobietą, która nie ma pojęcia o panujących w jego środowisku obyczajach. Był w Nairobi i Lusace. Znał mentalność tamtejszych ludzi. Inteligentna kobieta, kobieta z magisterium, byłaby bardziej świadoma. Nie wolno było jednak zapominać, że grubaska mieszkająca teraz pod Lobatse urodziła mu piątkę dzieci. Gdyby tylko tak się go nie czepiała o inne kobiety.

— Pani jest kobietą od Matekoniego?

Mmie Ramotswe nie spodobał się jego głos. Był szorstki jak papier ścierny, a poza tym Charlie Gotso zjadał końcówki słów, jakby nie zależało mu na tym, żeby mówić wyraźnie. Wyczuwała, że bierze się to z poczucia wyższości. Jeśli ktoś ma tyle władzy, to po co się trudzić i mówić zrozumiale dla gorszych od siebie? Byle do nich docierało, czego on sobie życzy — to jest podstawa.

— Pan J.L.B. Matekoni poprosił mnie o pomoc, rra. Jestem prywatnym detektywem.

Pan Gotso lustrował ją wzrokiem, a na jego ustach igrał uśmieszek.

— Widziałem to pani biuro. Widziałem szyld, jak przejeżdżałem obok. Prywatna agencja detektywistyczna dla pań czy coś takiego.

— Nie tylko dla pań, rra — powiedziała mma Ramotswe. —

Pracują u nas same kobiety, ale przyjmujemy zlecenia także od mężczyzn. Na przykład od pana Patela. Konsultował się z nami.

Uśmiech zrobił się szerszy.

— Uważa pani, że ma pani mężczyznom coś do powiedzenia?

— Czasem — odparła mma Ramotswe ze spokojem. — To zależy. Niektórzy mężczyźni są za dumni, żeby słuchać. Takiemu nie da się nic powiedzieć.

Zmrużył oczy. Uwaga była dwuznaczna. Albo uznała jego za dumnego człowieka, albo mówiła o innych. Takich rzeczywiście jest dużo...

— Przejdźmy do rzeczy. Wie pani, że skradziono mi coś z samochodu. Matekoni mówi, że pani potrafi się dowiedzieć, kto to zabrał i odzyskać to dla mnie.

Mma Ramotswe skinęła głową na potwierdzenie.

— Już to zrobiłam. Wiem, kto się włamał do pana samochodu. Dwóch chłopców. Para zwykłych szczeniaków.

Pan Gotso uniósł brew.

— Nazwiska? Niech mi pani powie, kto to był.

— Nie mogę.

— Chcę dać im nauczkę. Niech mi pani powie, kto to był!

Mma Ramotswe spojrzała panu Gotso prosto w oczy. Przez chwilę żadne z nich się nie odzywało. Mma Ramotswe pierwsza przerwała milczenie.

— Dałam im słowo, że nikomu nie zdradzę ich nazwisk, jeśli oddadzą to, co ukradli. Taki jest układ.

Mówiąc to, rozejrzała się po biurze pana Gotso. Mieściło się tuż za centrum handlowym przy niepozornej bocznej uliczce. Na budynku wisiał duży niebieski szyld z napisem: GOTSO HOLDING ENTERPRISES. Biuro było skromnie urządzone i gdyby nie fotografie na ścianach, trudno byłoby się domyślić, że urzęduje tutaj ważny człowiek. Zdjęcia mówiły jednak wszystko: pan Gotso z Moeshoeshoe, królem Basotho; pan Gotso z Hastingsem Bandą; pan Gotso z Sobhuzą II. Wpływy tego człowieka sięgały poza granice kraju.

— Złożyła pani obietnicę w moim imieniu?

— Tak. Tylko w ten sposób mogłam odzyskać skradzione przedmioty.

Pan Gotso zastanawiał się przez chwilę. Mma Ramotswe wykorzystała ten czas na dokładniejsze przyjrzenie się jednej z fotografii. Pan Gotso wręcza komuś czek na jakiś zbożny cel i wszyscy się uśmiechają. „Wielki czek na cele dobroczynne", brzmiał podpis pod wyciętym z gazety zdjęciem.

— W porządku — powiedział w końcu. — Chyba nie miała pani innego wyboru. Gdzie jest rzeczony przedmiot?

Mma Ramotswe wyjęła z torebki skórzany woreczek.

— To wszystko, co mi dali.

Położyła woreczek na stole. Pan Gotso wziął go do ręki.

— Oczywiście to nie jest moje. Należy do jednego z moich ludzi i obiecałem mu, że to dla niego odzyskam. Nie mam pojęcia, co jest w środku.

— Muti, rra. Lek od czarownika.

Spojrzenie pana Gotso zrobiło się lodowate.

— A, tak? Mały amulet dla zabobonnych?

Mma Ramotswe pokręciła głową.

— Nie sądzę. Wydaje mi się, że to bardzo mocny lek. Podejrzewam, że dużo kosztował.

— Bardzo mocny?

Zauważyła, że pan Gotso w ogóle nie rusza głową podczas mówienia. Tylko usta wyrzucały z siebie słowa z połkniętymi końcówkami.

— Tak. To dobry lek. Sama chciałabym coś takiego dostać, ale nie wiem gdzie.

Pan Gotso poruszył się nieznacznie i ześliznął się wzrokiem po figurze mmy Ramotswe.

— Może mógłbym pani pomóc, mma.

Udała, że się zastanawia, i powiedziała:

— Byłabym bardzo wdzięczna. Jakoś bym się panu zrewanżowała.

Wyjął z papierośnicy papierosa i zapalił. Głowa znowu ani drgnęła.

— W jaki sposób by mi się pani zrewanżowała, mma? Myśli pani, że jestem samotny?

— Nie jest pan samotny. Słyszałam, że ma pan wiele przyjaciółek. Nie potrzebuje pan jeszcze jednej.

— Chyba ja sam najlepiej potrafię to ocenić.

— Nie, myślę, że jest pan człowiekiem, który lubi dużo wiedzieć. To pozwala panu zachować wpływy. Pan też potrzebuje muti, prawda?

Wyjął papierosa z ust i położył na dużej szklanej popielniczce.

— Powinna pani uważać z takimi tekstami. — Przestał obcinać końcówki. Umiał czysto artykułować słowa, jeśli chciał. — Ludzie, którzy oskarżają innych o czarownictwo, mogą tego pożałować. Ciężko pożałować.

— Kiedy ja o nic pana nie oskarżam. Sama panu powiedziałam, że używam leków, prawda? Chodziło mi o to, że jest pan człowiekiem, który potrzebuje wiedzieć, co w trawie piszczy. Można wielu rzeczy nie usłyszeć, jeśli ktoś ma uszy zatkane woskowiną.

Wziął papierosa z popielniczki i zaciągnął się.

— Może mi pani dostarczać informacji?

Mma Ramotswe skinęła głową.

— W moim zawodzie słyszy się bardzo interesujące rzeczy. Mogę panu na przykład opowiedzieć o człowieku, który chce założyć sklep koło pana sklepu w centrum handlowym. Zna go pan? Chciałby pan usłyszeć, co robił, zanim przyjechał do Gaborone? On by chyba wolał, żeby ludzie o tym nie wiedzieli.

Pan Gotso otworzył usta i wydłubał z zębów listek tytoniu.

— Bardzo interesująca z pani kobieta, mma Ramotswe. Doskonale panią rozumiem. Ja pani podam nazwisko czarownika, a pani mi udzieli tych pożytecznych informacji. O taki układ pani chodzi?

Mma Ramotswe cmoknęła językiem na potwierdzenie.

— Właśnie. Myślę, że uda mi się wyciągnąć od tego człowieka jeszcze ciekawsze informacje. Jak tylko coś będę wiedziała, z radością panu przekażę.

— Dobra z pani kobieta — powiedział pan Gotso, biorąc do ręki notesik. — Naszkicuję pani plan sytuacyjny. Ten człowiek mieszka w buszu niedaleko Molepolole. Niełatwo znaleźć to miejsce, ale z tą mapką nie powinna pani zabłądzić. Ostrzegam panią, że czarownik nie jest tani. Ale jeśli pani powie, że jest pani znajomą pana Charliego Gotso, to spuści cenę o dwadzieścia procent. Nieźle, co?

ROZDZIAŁ DWUDZIESTY

SPRAWY MEDYCZNE

Uzyskała potrzebną jej informację. Miała mapkę, dzięki której mogła znaleźć mordercę. I znajdę go, pomyślała. Nie mogła jednak zamknąć agencji, zwłaszcza że przyjęła kilka zleceń, w tym jedno związane z innego rodzaju uzdrowicielstwem — leczeniem szpitalnym.

mMma Ramotswe nie lubiła szpitali. Nie lubiła szpitalnego zapachu i ciarki ją przechodziły na widok pacjentów, którzy siedzieli na ławkach w słońcu i cierpieli w milczeniu. Różowe pidżamy, które otrzymywali po przyjęciu do szpitala chorzy na gruźlicę, wpędzały ją w przygnębienie. Szpitale były dla niej swoistym *memento mori* z cegły i zaprawy, makabrycznym przypomnieniem o nieuchronnym końcu, który czeka nas wszystkich, ale o którym jej zdaniem lepiej nie myśleć, kiedy człowiek zajmuje się sprawami życia.

Lekarze to zupełnie inna historia — zawsze robili na mmie Ramotswe wielkie wrażenie. Podziwiała ich na przykład za dyskrecję i czerpała pociechę z faktu, że lekarzowi — tak samo jak księdzu — można powierzyć swoją tajemnicę i on zabierze ją ze sobą do grobu. Nie spotyka się tego wśród prawników, ludzi generalnie chełpliwych i zawsze gotowych błysnąć jakąś anegdotą, nawet gdyby miało to zaszkodzić ich klientowi. A skoro już o tym mowa, to równie niedyskretni są księgowi, którzy opowiadają wszem wobec, kto ile zarabia. Tymczasem od lekarzy nie sposób wydobyć jakichkolwiek informacji.

I tak być powinno, pomyślała mma Ramotswe. Nie chciałabym, żeby ktokolwiek wiedział o moim... Czego miałaby się jednak wstydzić? Zastanawiała się usilnie. Jej waga nie należała do spraw poufnych, a poza tym mma Ramotswe była dumna z faktu, że należy do tradycyjnie zbudowanych afrykańskich kobiet, nie zaś do tych makabrycznych patykowatych stworzeń, które widuje się w reklamach. Może nagniotki? Te jednak publicznie pokazywała, kiedy chodziła w sandałach. Nie przychodziło jej do głowy nic, z czym musiałaby się ukrywać.

Co innego, gdyby cierpiała na zatwardzenie. Byłoby straszne, gdyby cały świat wiedział o tego rodzaju problemach. Szczerze współczuła ludziom dotkniętym tą przypadłością, a wiedziała, że jest ich niemało. Przypuszczalnie starczyłoby ich do założenia partii politycznej — może nawet z szansą na zwycięstwo wyborcze — ale co by taka partia robiła po dojściu do władzy? Zapewne nic. Usiłowałaby wystękać jakieś ustawy, ale bez powodzenia.

Przerwała swoje rozmyślania, żeby zająć się sprawami bieżącymi. Doktor Maketsi, jej stary znajomy, zadzwonił ze szpitala i spytał, czy nie mógłby zajrzeć do jej biura wieczorem po drodze do domu. Oczywiście natychmiast się zgodziła. Doktor Maketsi tak jak ona pochodził z Mochudi i chociaż miał dziesięć lat więcej od niej, była do niego bardzo przywiązana. Odwołała więc wizytę u fryzjera, który miał jej spleść warkocze, i została dłużej w biurze. Postanowiła przy okazji trochę nadgonić nudną robotę papierkową.

O umówionej godzinie znajomy głos zawołał: „Ko! Ko!", i doktor Maketsi wszedł do środka. Przez chwilę wymieniali się najświeższymi nowinami o swoich rodzinach, pili herbatę z czerwonokrzewu i snuli refleksje o tym, jak bardzo się zmieniło Mochudi od czasów ich młodości. Mma Ramotswe spytała o ciotkę doktora Maketsiego, emerytowaną nauczycielkę, do której pół wioski wciąż zwracało się po poradę. Nie uszła z niej para, powiedział, i teraz wszyscy ją namawiają, żeby wystartowała w wyborach do parlamentu — jeszcze nie podjęła w tej sprawie decyzji.

— Potrzebujemy więcej kobiet w życiu publicznym — ocenił doktor Maketsi. — Kobiety są praktycznymi ludźmi. W przeciwieństwie do mężczyzn.

Mma Ramotswe ochoczo przychyliła się do jego opinii.

— Gdyby więcej kobiet było u władzy, to nie wybuchałyby wojny. Kobiety nienawidzą wojen. Wiemy, do czego sprowadza się wojna — do zmasakrowanych ciał i płaczu matek.

Doktor Maketsi zastanowił się chwilę. Myślał o pani Ghandi, za której rządów wybuchła wojna, myślał o pani Goldzie Meir, za której czasów też wybuchła wojna, była też...

— Z reguły tak jest — przyznał. — Kobiety z reguły są łagodne, ale jeśli trzeba, potrafią też być twarde.

Doktor Maketsi chciał szybko zmienić temat, obawiał się bowiem, że mma Ramotswe spyta go o jego umiejętności kulinarne, a wolałby uniknąć powtórki z rozmowy odbytej z pewną młodą kobietą, która przez rok mieszkała w Stanach Zjednoczonych. Nie zważając na różnicę wieku, wygłosiła prowokacyjną uwagę: „Skoro pan je, to musi pan też gotować. Prosta sprawa". Ta amerykańska ideologia być może jest teoretycznie słuszna, ale czy uczyniła z Amerykanów szczęśliwy naród? Muszą chyba być jakieś granice tego postępu, tych rozregulowujących stosunki społeczne zmian? Słyszał nawet niedawno, że niektóre żony zmuszają swoich mężów do zmieniania dzieciom pieluch. Zadrżał na samą myśl o tym. Afryka nie zaszła jeszcze tak daleko. Pewne aspekty starego afrykańskiego porządku były nadzwyczaj słuszne i wygodne — zwłaszcza dla mężczyzn, a doktor Maketsi naturalnie do nich się zaliczał.

— To są ważne tematy — powiedział jowialnie. — Ale dynie nie rosną od gadania o nich.

Jego teściowa lubiła tak mówić i chociaż nie zgadzał się z nią prawie w niczym, stwierdzał, że często powtarza jej słowa.

Mma Ramotswe zaśmiała się.

— Po co pan do mnie przyszedł? Chce pan, żebym panu znalazła nową żonę?

Doktor Maketsi cmoknął z udawaną dezaprobatą.

— Przyszedłem z prawdziwym problemem, a nie w błahej kwestii żon.

Pan doktor określił sprawę jako delikatną i mma Ramotswe zapewniła go, że podobnie jak on przywiązuje wielką wagę do poufności.

— Nawet moja sekretarka nie dowie się o tym, co od pana usłyszę.

— To dobrze. Bo jeżeli jestem w błędzie, a sprawa się roznesie, będzie to oznaczało ciężką kompromitację dla mnie i dla całego szpitala. Nie chcę, żeby minister wezwał mnie na dywanik.

— Rozumiem — odparła mma Ramotswe.

Doktor Maketsi rozbudził jej ciekawość i bardzo chciała usłyszeć, jakaż to pikantna historia niepokoi jej przyjaciela. Ostatnimi

154

czasy powierzono jej kilka dosyć przyziemnych spraw, w tym jedną — bardzo męczącą — związaną z psem pewnego bogatego człowieka. Psem! Jedyna pani detektyw w kraju nie powinna się zniżać do takich rzeczy, i nie zniżyłaby się, gdyby nie fakt, że honorarium było jej pilnie potrzebne. W silniku maleńkiej białej furgonetki zaczęło mało przyjemnie stukotać i pan J.L.B. Matekoni przekazał jej delikatnie, że nie obejdzie się bez drogiej naprawy. A pies okazał się mało sympatyczny i wyjątkowo śmierdzący. Kiedy w końcu znalazła czworonoga wleczonego na sznurku przez bandę urwisów, która go ukradła, pies wynagrodził swoją wybawczynię ugryzieniem w kostkę.

— Martwię się o jednego z naszych młodych lekarzy — powiedział doktor Maketsi. — Nazywa się doktor Komoti. Jest Nigeryjczykiem.

— Rozumiem.

— Wiem, że niektórzy ludzie nie ufają Nigeryjczykom.

— Tak, słyszałam, że są tacy ludzie — powiedziała mma Ramotswe.

Spotkała się z doktorem wzrokiem, po czym z nieczystym sumieniem szybko odwróciła głowę.

Doktor Maketsi dopił herbatę z czerwonokrzewu i odstawił kubek na biurko.

— Pozwoli pani, że jej opowiem o doktorze Komotim. Zacznę od dnia, w którym zjawił się na rozmowę kwalifikacyjną. Ja ją przeprowadzałem i muszę przyznać, że w gruncie rzeczy była to formalność. Mieliśmy wtedy rozpaczliwie mało personelu lekarskiego i pilnie potrzebowaliśmy kogoś, kto by nam pomógł na oddziale urazowym. Nie możemy sobie pozwolić na zbytnią wybredność. Zresztą doktor Komoti miał całkiem przyzwoite CV i kilka referencji. Miał za sobą kilkuletnią pracę w Nairobi, toteż zadzwoniłem do szpitala, gdzie mi powiedzieli, że to bardzo dobry lekarz. Więc go przyjąłem.

Zaczął pracować mniej więcej pół roku temu. Na urazówce miał sporo roboty. Pewnie pani wie, co się tam dzieje. Wypadki drogowe, bójki, wzmożony ruch w piątki wieczorem. Oczywiście znaczna część pracy polega na opatrywaniu ran, tamowaniu krwotoków i tak dalej. Czasem trafi się sztuczne oddychanie.

Z początku wszystko szło dobrze, ale po jakichś trzech tygodniach szef urazówki poprosił mnie o rozmowę. Powiedział, że nowy lekarz sprawia wrażenie, jakby wyszedł z wprawy i zdarzają mu się zaskakujące wpadki. Na przykład źle zaszył kilka ran i trzeba było po nim poprawiać.

Ale czasami spisywał się zupełnie nieźle. Na przykład dwa tygodnie temu przywieźli nam kobietę z odmą opłucną. To dosyć poważna sprawa. Powietrze dostaje się do opłucnej i płuco się zapada. Kiedy do tego dojdzie, trzeba jak najszybciej usunąć powietrze z opłucnej, aby płuco ponownie się napełniło. To delikatne zadanie, dla doświadczonego lekarza. Trzeba wiedzieć, jak założyć drenaż. Wystarczy drobna pomyłka, żeby coś uszkodzić, łącznie z przebiciem serca. Z drugiej strony trzeba się spieszyć, bo inaczej pacjent umrze. Przed kilku laty ja sam o mało nie straciłem pacjenta z odmą opłucną. Najadłem się sporo strachu.

Doktor Komoti zrobił to jednak bardzo dobrze i bez wątpienia uratował życie tej kobiecie. Pod koniec zabiegu zjawił się szef oddziału i dokończył za niego. Był pod wrażeniem i wspomniał mi o tym. Ale dzień wcześniej doktor Komoti nie rozpoznał znacznie powiększonej śledziony.

— Jest nierówny? — spytała mma Ramotswe.

— Otóż to. Jednego dnia spisze się znakomicie, a następnego o mało nie zabije jakiegoś pechowego pacjenta.

Mma usiłowała sobie przypomnieć notkę napotkaną w „The Star".

— Czytałam kiedyś, że w Johannesburgu był człowiek, który udawał chirurga. Praktykował prawie dziesięć lat i nikt nie wiedział, że nie ma kwalifikacji. Potem ktoś przypadkowo zauważył jakiś błąd i oszusta zdemaskowano.

— Niezwykła historia. Takie rzeczy się zdarzają. Tacy ludzie potrafią długo pozostawać bezkarni — czasem latami.

— Zweryfikował pan jego kwalifikacje? — spytała mma Ramotswe. — W dzisiejszych czasach, kiedy mamy kserokopiarki i drukarki laserowe, sfałszowanie dokumentu jest dziecinnie proste. Może on w ogóle nie jest lekarzem. Może pracował w szpitalu jako portier albo ktoś taki.

Doktor Maketsi pokręcił głową.

— Wszystko sprawdziliśmy. Skontaktowaliśmy się z Akademią Medyczną w Nigerii — co nas kosztowało sporo zachodu — i izbą lekarską w Wielkiej Brytanii, gdzie przez dwa lata pracował jako rejestrator. Kazaliśmy sobie nawet przysłać zdjęcie z Nairobi, toteż wiemy, że to ten sam człowiek. Nie mam najmniejszych wątpliwości, że nie podszywa się pod kogoś innego.

— Nie mógłby go pan po prostu przeegzaminować? Nie mógłby pan sprawdzić jego wiedzy medycznej, zadając mu podchwytliwe pytania?

Doktor Maketsi uśmiechnął się.

— Już to zrobiłem. Omówiłem z nim dwa trudne przypadki. Za pierwszym razem poradził sobie bardzo dobrze, udzielił poprawnej odpowiedzi. Widać było, że wie, o czym mówi. Ale za drugim razem powiedział, że musi się zastanowić. To mnie zezłościło, więc wróciłem do tego pierwszego przypadku. Zupełnie go to zbiło z tropu i wybełkotał coś niezrozumiałego. Jakby zapomniał, co do mnie powiedział trzy dni wcześniej.

Mma Ramotswe podniosła wzrok do nieba. Wiedziała coś na ten temat. Jej biedny tata miał pod koniec problemy z pamięcią i czasami nie mógł sobie przypomnieć, kim ona jest. To było jednak zrozumiałe u starca, ale nie u młodego lekarza. Chyba że cierpiał na chorobę upośledzającą pamięć.

— Psychicznie nic mu nie dolega — powiedział doktor Maketsi, jakby przewidział jej pytanie. — To znaczy, o ile potrafię to stwierdzić. To nie jest przypadek przedstarczej demencji czy czegoś takiego. Moje obawy dotyczą narkotyków. Przypuszczam, że nadużywa narkotyków i nie zawsze jest psychicznie obecny, kiedy zajmuje się pacjentami.

Doktor Maketsi urwał. Zdetonował bombę i teraz umilkł, jakby oszołomiony znaczeniem tego, co sam powiedział. Bo jeśli miał słuszność, to było tak, jakby pozwolili wykonywać zawód lekarza osobie bez kwalifikacji. Gdyby minister się dowiedział, że w szpitalu leczy człowiek, który co drugi dzień jest pod wpływem narkotyków, mógłby zakwestionować jakość szpitalnego nadzoru.

Doktor Maketsi wyobraził sobie, jak przebiegałaby rozmowa.

— Doktorze Maketsi, czy pan nie poznał po zachowaniu tego człowieka, że jest na środkach? Wy musicie zauważać takie rzeczy. Ja jestem laikiem, ale idąc ulicą, potrafię poznać, że ktoś palił *dagga*, więc tym bardziej oczywiste powinno to być dla lekarza. A może tylko sobie roję, że przedstawiciele pańskiej profesji są tacy spostrzegawczy…

— Rzeczywiście ma pan powody do zmartwienia — wyrwała go z rozmyślań mma Ramotswe — ale nie jestem pewna, czy mogę panu pomóc. Słabo się orientuję w środowisku narkomanów. To jest raczej sprawa dla policji.

Doktor Maketsi wzdrygnął się.

— Nawet nie chcę słyszeć o policji. Oni nie grzeszą dyskrecją. Gdybym się do nich zgłosił, potraktowaliby to jako zwykłą sprawę narkotykową. Przeszukaliby dom doktora Komotiego i wszystko by się zaraz rozniosło. Już następnego dnia całe miasto by wiedziało, że on jest narkomanem. — Przerwał, żeby do mmy Ramotswe zdążyła dotrzeć cała złożoność jego dylematu. — A jeśli nim nie jest? A jeśli się mylę? To by oznaczało, że bez powodu zniszczyłem mu dobre imię. Zdarzają mu się wpadki, ale to nie powód, żeby rujnować mu karierę.

— A gdyby się okazało, że faktycznie bierze narkotyki, to co by pan zrobił? Nie jestem pewna, jak mielibyśmy to stwierdzić, ale zwolniłby go pan?

Doktor Maketsi energicznie pokręcił głową.

— Nie podchodzimy do narkomanii w ten sposób. Nie traktujemy jej jako wykroczenia, tylko jako problem medyczny. Próbowałbym mu pomóc, próbowałbym uporać się z problemem..

— Czy z tymi ludźmi można się „uporać"? Nie mówię tutaj o paleniu *dagga*, tylko o pigułkach i innych historiach. Niech mi pan pokaże choć jednego zreformowanego narkomana. Nie wykluczam, że takie zwierzę istnieje, ale ja go jeszcze nie spotkałam.

Doktor Maketsi wzruszył ramionami.

— Tak, wiem, że ci ludzie są genialnymi manipulatorami. Ale niektórzy wychodzą z nałogu. Mogę pani pokazać statystykę.

— Wierzę panu na słowo. Pytanie brzmi: co mogę dla pana zrobić?

— Dowiedzieć się, jaka jest prawda. Śledzić go przez kilka

dni. Sprawdzić, czy obraca się w środowisku narkotykowym. A jeśli tak, to czy dostarcza narkotyków innym, bo to oznaczałoby dla nas kolejny problem. W szpitalu mamy leki pod ścisłą kontrolą, ale mimo wszystko może coś ginąć, a ostatnia rzecz, której chcemy, to lekarz zaopatrujący narkomanów w szpitalne leki. Nie możemy tego tolerować.

— Czyli jednak zwolniłby go pan, a nie próbowałby mu pan pomóc? — droczyła się z nim mma Ramotswe.

Doktor Maketsi parsknął śmiechem.

— Wywaliłbym go na zbity pysk!

— Słusznie. A teraz muszę poruszyć kwestię mojego honorarium.

Doktor Maketsi zrobił smutną minę.

— Tego się obawiałem. To takie delikatne śledztwo… raczej nie ma możliwości, żeby szpital za nie zapłacił.

Mma Ramotswe skinęła głową ze zrozumieniem.

— Liczył pan na to, że po starej znajomości…

— Tak — potwierdził doktor Maketsi. — Liczyłem na to, że po starej znajomości przypomni pani sobie, że kiedy pani tata był już ciężko chory…

Mma Ramotswe ani na chwilę o tym nie zapomniała. Doktor Maketsi niezawodnie przychodził każdego wieczoru przez trzy tygodnie, a potem załatwił tacie jednoosobowy pokój w szpitalu — wszystko za darmo.

— Bardzo dobrze pamiętam. W kwestii honorarium chciałam panu powiedzieć, że nie wezmę od pana ani grosza.

Posiadała wszystkie dane niezbędne do rozpoczęcia śledztwa. Miała adres doktora Komotiego przy Kaunda Way, miała zdjęcie dostarczone przez doktora Maketsiego i miała numer rejestracyjny zielonego kombi, którym jeździł lekarz. Znała również jego numer telefonu i numer skrzynki pocztowej, chociaż nie wyobrażała sobie, w jakich okolicznościach mogłyby się jej przydać. Teraz pozostawało już tylko zacząć śledzić doktora Komotiego i w możliwie jak najkrótszym czasie uzyskać o nim jak najwięcej informacji.

Doktor Maketsi wykazał się inteligencją i dostarczył jej kopię grafiku dyżurów na oddziale urazowym na kolejne cztery miesiące. Oznaczało to, że mma Ramotswe dokładnie wiedziała, kiedy doktor Komoti kończy pracę i kiedy ma nocne dyżury. Oznaczało to dużą oszczędność czasu i wysiłku, bo nie musiała czekać godzinami na ulicy w maleńkiej białej furgonetce.

Zabrała się do dzieła dwa dni później. Stała pod szpitalem, kiedy doktor Komoti wyjechał po południu z parkingu dla personelu i pojechała za nim dyskretnie do centrum. Zaparkowała kilka samochodów dalej i odczekała chwilę, zanim wysiadła z furgonetki. Zaglądnął do paru sklepów i kupił gazetę w Botswana Book Centre. Potem wrócił do auta, pojechał prosto do domu i już nie wychodził, a tuż przed dziesiątą zgasły światła. Siedzenie w maleńkiej białej furgonetce nie było zbyt fascynujące, ale mma Ramotswe zdążyła się do tego przyzwyczaić, a poza tym nigdy nie narzekała, kiedy już zdecydowała się przyjąć jakieś zlecenie. Gdyby doktor Maketsi ją o to poprosił, to siedziałaby w furgonetce cały miesiąc albo i dłużej. Był to drobiazg w porównaniu z tym, co on zrobił dla jej taty.

Ani tego wieczoru, ani następnego nic się nie wydarzyło. Mma Ramotswe już się zaczęła zastanawiać, czy życie doktora Komotiego jest aż tak monotonne, kiedy nagle sytuacja uległa zmianie. Był piątek po południu. Mma Ramotswe czekała pod szpitalem. Lekarz pojawił się w drzwiach urazówki trochę później niż zwykle, ze słuchawkami wetkniętymi do kieszeni białego kitla, i wsiadł do samochodu.

Mma Ramotswe wyjechała za nim poza bramę szpitala, przekonana, że on nie zdaje sobie sprawy z tego, iż jest śledzony. Sądziła, że lekarz pojedzie do Botswana Book Centre po gazetę, ale skręcił w przeciwnym kierunku. Mma Ramotswe ucieszyła się, że nareszcie coś się dzieje. Jechała za nim skoncentrowana, żeby go nie zgubić w dużym ruchu. Był to bowiem ostatni piątek miesiąca, dzień wypłaty, a zatem ulicami jeździło więcej samochodów niż zwykle. Należało się też spodziewać większej niż zazwyczaj liczby wypadków, co oznaczało, że zmiennik doktora Komotiego na urazówce będzie miał mnóstwo pracy ze zszywaniem pijaków i wyjmowaniem okruchów stłuczonych przednich szyb z ofiar wypadków.

Mma Ramotswe ze zdziwieniem stwierdziła, że doktor Komoti kieruje się w stronę Lobatse Road. Interesujące. Jeśli handlował narkotykami, to Lobatse stanowiło dobrą bazę. Miasto leżało blisko granicy, więc doskonale nadawało się na ośrodek przerzutowy do albo z RPA. Niezależnie od tego, co kazało doktorowi Komotiemu pojechać do Lobatse, śledzenie go stało się znacznie ciekawsze.

Maleńka biała furgonetka musiała się mocno wytężać, żeby nadążyć za szybszym autem lekarza. Mma Ramotswe nie martwiła się o to, że „obiekt" ją zauważy. Nie było powodu, aby doktor Komoti wyłowił maleńką białą furgonetkę z tłumu aut. Wiedziała jednak, że w mniej ruchliwym Lobatse będzie musiała zachować większą ostrożność.

Kiedy nie zatrzymali się w Lobatse, mmę Ramotswe ogarnęło zaniepokojenie. Czyżby jechał do jakiejś wioski za miastem? To wydawało się wszakże mało prawdopodobne, bo po drugiej stronie Lobatse nie było nic ciekawego, a w każdym razie dla takiego człowieka jak doktor Komoti. Pozostawała tylko granica. Tak! Nie miała wątpliwości, że doktor Komoti zamierza przekroczyć granicę. Jedzie do Mafikeng.

Kiedy to sobie uświadomiła, zezłościła się na własną głupotę. Nie miała przy sobie paszportu! Doktor Komoti przekroczy granicę, a ona będzie musiała zostać w Botswanie. I nic się nie dowie o jego poczynaniach.

Zobaczyła, że doktor Komoti zatrzymuje się na przejściu granicznym, po czym zawróciła jak myśliwy, który w pogoni za zwierzyną dotarł do granicy terenów łowieckich i musi zrezygnować z polowania. Doktor Komoti wyjechał na cały weekend, a ona wciąż nie miała pojęcia, w jaki sposób on spędza wolny czas. W następnym tygodniu trzeba będzie powrócić do nużącego obserwowania domu wieczorami, z frustrującą świadomością, że grzechy zostały popełnione przez weekend. A tymczasem inne sprawy czekały w kolejce — sprawy, za które w odróżnieniu od tej miała otrzymać honorarium, tak potrzebne na remont silnika.

Mma Ramotswe wróciła do Gaborone w fatalnym nastroju. Poszła wcześnie spać, ale przygnębienie jej nie opuszczało, kiedy nazajutrz pojechała do centrum handlowego. Jak miała w zwyczaju w sobotnie przedpołudnia, wypiła kawę na werandzie hotelu President i ucięła sobie pogawędkę ze swoją przyjaciółką Grace Gakatslą. Grace, właścicielka sklepu z sukienkami przy Broadhurst, zawsze zabawiała ją anegdotami o fanaberiach swoich klientek. Jedna z nich, żona ministra, kupiła suknię w piątek i oddała w poniedziałek, mówiąc, że na nią nie pasuje. Tymczasem Grace widziała ją w sobotę na weselu i suknia leżała na niej doskonale.

— Oczywiście nie mogłam jej powiedzieć prosto w twarz, że kłamie i że to nie jest wypożyczalnia sukien. Spytałam, czy dobrze się bawiła na weselu. Odparła z uśmiechem, że tak. Ja na to powiedziałam, że też się znakomicie bawiłam. Najwyraźniej nie zauważyła mnie wśród gości. Przestała się uśmiechać i powiedziała, że przymierzy suknię jeszcze raz.

— Z tej kobiety jest prawdziwy jeżozwierz — oceniła mma Ramotswe.

— Hiena. Albo mrówkojad, z tym jej nochalem.

Kiedy śmiech ucichł i Grace poszła sobie, w duszę mmy Ramotswe znowu wpełzł zły nastrój. Miała obawy, że zostanie z nią przez cały weekend, a nawet do rozwiązania sprawy doktora Komotiego — o ile sprawa zostanie w ogóle rozwiązana.

Mma Ramotswe zapłaciła rachunek i wstała od stołu. Kiedy schodziła po schodach hotelu, zobaczyła doktora Komotiego.

Na moment znieruchomiała. Doktor Komoti przekroczył granicę tuż przed siódmą poprzedniego wieczoru. Przejście było czynne do ósmej, a do Mafikeng jechało się czterdzieści minut, więc nie miał szans wrócić tego samego dnia. Spędził tam zatem noc i wrócił zaraz z rana.

Otrząsnęła się z szoku i postanowiła skorzystać z okazji i pośledzić doktora. Był teraz w sklepie żelaznym. Mma Ramotswe czekała na zewnątrz, oglądając towary na wystawie. Potem doktor Komoti zdecydowanym krokiem poszedł na parking i wsiadł do samochodu.

Resztę dnia spędził w domu. O szóstej pojechał do Sun Hotel na drinka z dwoma Nigeryjczykami, których mama Ramotswe znała. Jeden pracował w biurze doradztwa podatkowego, a drugi uczył w jakiejś szkole podstawowej. W ich spotkaniu nie było nic podejrzanego. W tej samej chwili na terenie całego miasta odbywało się wiele takich spotkań — emigranckie życie wtrącało ludzi w sztuczną zażyłość, która kazała im rozmawiać o porzuconej ojczyźnie.

Wyszedł z hotelu po godzinie i do tego ograniczyło się jego życie towarzyskie w ten weekend. W niedzielę wieczór mma Ramotswe postanowiła zgłosić się do doktora Maketsiego i powiedzieć mu, że niestety nie ma żadnych dowodów na przynależność doktora Komotiego do kręgów narkotykowych. Wręcz przeciwnie — wygląda na to, że jest to wzór przyzwoitości i umiaru. Ani śladu kobiet — no chyba że ukrywały się w domu i nigdy nie wychodziły. W tym czasie, kiedy mma Ramotswe siedziała w furgonetce, nikt nie wchodził ani nie wychodził z domu, poza samym doktorem Komotim. Słowem — wyjątkowo nudny materiał do śledzenia.

Niewyjaśniona pozostawała jednak sprawa piątkowego wyjazdu do Mafikeng. Jeśli doktor Komoti pojechałby tam na zakupy w OK Bazaars — jak wielu to robiło — to z pewnością nie wróciłby w sobotę tak wcześnie. Czym się zatem zajmował w piątek wieczór? Czyżby miał tam kobietę — jedną z tych tandetnych Południowoafrykanek, które z jakichś tajemniczych powodów tak pociągają mężczyzn? Było to najprostsze wytłumaczenie, a zarazem najbardziej prawdopodobne. Ale po co tak się spieszył w sobotę rano? Czemu nie został dłużej i nie zabrał swojej flamy na obiad do hotelu Mmbabatho? Coś tu się nie zgadzało. Mma postanowiła pojechać za nim w następny piątek do Mafikeng, jeśli się tam wybierze. I tak od jakiegoś czasu nosiła się z zamiarem wyjazdu do RPA na zakupy, więc nawet gdyby nie złapała doktora Komotiego na niczym podejrzanym, to nic by nie straciła.

Doktor Komoti wyświadczył mmie Ramotswe uprzejmość i w następny piątek wyszedł ze szpitala punktualnie, aby wyruszyć w kierunku Lobatse. Sytuacja na granicy była bardzo delikatna, bo mma Ramotswe nie mogła za bardzo się zbliżać do auta doktora, a z drugiej strony musiała uważać, żeby go nie zgubić po drugiej stronie. Przeżyła chwile grozy, bo urzędnik służbista wziął pod lupę jej paszport, oglądając pieczątki, z których wynikało, że często wyjeżdżała do Johannesburga i Mafikeng.

— W rubryce „zawód" ma pani wpisane „detektyw" — powiedział opryskliwym tonem. — Jak kobieta może być detektywem?

Mma Ramotswe łypnęła na niego wściekła. Gdyby ta utarczka potrwała dłużej, to doktor Komoti, któremu w tej chwili wbijano pieczątkę do paszportu, uciekłby mmie Ramotswe. Wyglądało na to, że za moment będzie miał kontrolę graniczną za sobą i mma Ramotswe nie dogoni go maleńką białą furgonetką.

— Jest wiele kobiet detektywów — odparła z godnością. — Nie czytał pan Agathy Christie?

Urzędnik podniósł wzrok najeżony.

— Chce pani powiedzieć, że nie jestem wykształconym człowiekiem? — warknął. — To pani sugeruje? Że nie czytałem pana Christie?

— Nic takiego nie sugeruję. Mamy wykształcone i sprawne służby imigracyjne. Nie dalej jak wczoraj odwiedziłam waszego ministra i powiedziałam mu, że jego podwładni są bardzo uprzejmi i kompetentni. Odbyliśmy na ten temat długą rozmowę przy kolacji.

Urzędnika zatkało. Przez chwilę miał niepewną minę, ale potem sięgnął po pieczątkę i ostemplował paszport.

— Dziękuję, mma. Może pani jechać.

Mma Ramotswe nie lubiła kłamać, ale czasem jest to konieczne, zwłaszcza kiedy człowiek ma do czynienia z ludźmi, którzy zaszli w hierarchii wyżej, niż na to zasługują. Tego rodzaju ubarwienie prawdy — mma Ramotswe znała ministra, lecz nie była z nim na stopie towarzyskiej — na niektórych działa mobilizująco. Może ten konkretny urzędnik w przyszłości dwa razy się namyśli, zanim znowu postanowi bez powodu szykanować kobietę.

Wsiadła do furgonetki, zaczekała, aż podniosą jej szlaban, i pojechała. Doktor Komoti zniknął i musiała wycisnąć z furgonetki ostatnie poty, żeby go dogonić. Nie spieszył się jakoś szczególnie. Jadąc w pewnym oddaleniu, minęła pozostałości Mangope, stolicy marionetkowej republiki Bophuthatswana. Na tym stadionie prezydent był przetrzymywany przez zbuntowane wojsko. Z tych budynków administrowano absurdalnie pokawałkowanym krajem w imieniu mocodawców z Pretorii. Co za marnotrawstwo, co za szaleństwo, pomyślała. A potem to iluzoryczne przedsięwzięcie pękło jak bańka. Cała ta awantura wpisywała się w farsę apartheidu i monstrualnego marzenia Hendrika Verwoerda. Tyle bólu, tyle nieszczęścia — historia dopisze to do rejestru cierpienia Afryki.

Doktor Komoti nagle skręcił w prawo. Dotarli na rogatki Mafikeng i jechali przez przedmieście z symetrycznym układem ulic i porządnymi domami z dużymi ogrodami. Lekarz skręcił do bramy jednego z tych domów. Mma Ramotswe musiała pojechać dalej, żeby nie wzbudzać podejrzeń. Policzyła jednak mijane domy — siedem — i zaparkowała pod drzewem.

Za domami wiodła droga gruntowa. Mma wysiadła z furgonetki i ruszyła w tamtą stronę. Dom, do którego wszedł doktor Komoti, znajdował się osiem domów dalej — policzone przez nią siedem plus ten, który musiała minąć, żeby dotrzeć na początek dróżki.

Stanęła przed ósmym domem i zajrzała za ogrodzenie. Kiedyś o ogród ktoś dbał, ale dawno temu. Teraz był dziko pozarastany — morwy, nieprzycinane bugenwille, które osiągnęły gigantyczne rozmiary i strzelały w niebo pękami purpurowych kwiatów, urodliny ciężkie od gnijących owoców. Raj dla węży, pomyślała. Niewykluczone, że w niekoszonej trawie czają się kobry, a gałęzie drzew oplatają bumslangi — jedne i drugie czekają na to, że ktoś tak lekkomyślny jak ona wejdzie do ogrodu.

Ostrożnie pchnęła furtkę. Od dłuższego czasu nikt z niej chyba nie korzystał i zawias głośno zaskrzypiał. Nie miało to jednak znaczenia, bo tego rodzaju dźwięki nie miały szans przedrzeć się przez roślinny gąszcz oddzielający tylne ogrodzenie od domu, położonego jakieś sto metrów od dróżki. Domu prawie nie było widać, toteż mma Ramotswe czuła się bezpieczna — to znaczy miała pewność, że nie zobaczy jej nikt z domu, ale co do węży nie była już taka przekonana.

Ostrożnie stawiała każdy krok i w każdej chwili spodziewała się usłyszeć syk protestującego węża. Nic się jednak nie poruszyło i wkrótce przycupnęła w cieniu morwy. Bliżej nie miała odwagi podejść. Spod morwy miała dobry widok na tylne drzwi i otwarte okno kuchenne, nie mogła jednak zajrzeć do środka, budynek był bowiem utrzymany w starym stylu kolonialnym, z długimi okapami, przez co wewnątrz było chłodno i ciemno. Łatwiej szpieguje się mieszkańców współczesnych domów, ponieważ dzisiejsi architekci zapomnieli o słońcu i wsadzają ludzi do istnych akwariów z wielkimi, niczym niezasłoniętymi oknami, przez które każdy może zajrzeć do środka.

Co teraz? Mogła zostać pod drzewem i liczyć na to, że ktoś wyjdzie tylnymi drzwiami. Ale dlaczego miałby to robić? A poza tym jak ona by zareagowała?

Nagle z tyłu domu otworzyło się okno i wyjrzał przez nie jakiś mężczyzna. Był to doktor Komoti.

— Ej tam! Pani grubaska! Co pani tam robi pod naszą morwą?

W pierwszym odruchu mma Ramotswe chciała spojrzeć przez ramię, aby zasugerować, że pod drzewem siedzi jeszcze ktoś inny. Czuła się jak dziecko przyłapane na kradzieży owoców albo na innym zakazanym postępku. Nie było innej rady, jak tylko się ujawnić.

Wstała i wyszła z cienia.

— Strasznie gorąco! — zawołała. — Dałby mi pan szklankę wody?

Okno się zamknęło, a po chwili otworzyły się drzwi kuchni i doktor Komoti stanął w progu. Zauważyła, że ma na sobie inne ubranie niż to, w którym wyjechał z Gaborone. Trzymał w dłoni kubek wody, który jej podał. Mma Ramotswe z wdzięcznością wzięła kubek i wypiła wodę, bo rzeczywiście była spragniona, chociaż nie uszło jej uwagi, że kubek jest brudny.

— Co pani robi w naszym ogrodzie? — spytał doktor Komoti bez wrogości w głosie. — Jest pani złodziejem?

Mma Ramotswe zrobiła taką minę, jakby ją to mocno dotknęło.

— Nie, nie jestem złodziejem.

Doktor Komoti obrzucił ją chłodnym spojrzeniem.

— Skoro nie jest pani złodziejem, to czego pani tutaj chce? Szuka pani pracy? Mamy już kobietę, która przychodzi nam gotować, nikogo więcej nie potrzebujemy.

Mma Ramotswe miała udzielić odpowiedzi, kiedy za doktorem Komotim stanął jakiś człowiek i spojrzał mu przez ramię. Był to doktor Komoti.

— Co się dzieje? — spytał ten drugi doktor Komoti. — Czego chce ta kobieta?

— Zobaczyłem ją w ogrodzie — wyjaśnił pierwszy doktor Komoti. — Twierdzi, że nie jest złodziejem.

— Bo też nie jestem — powiedziała z oburzeniem. — Oglądałam sobie dom.

Obaj mężczyźni zrobili zaskoczone miny.

— Jak to? — spytał jeden z nich. — Po co oglądała pani dom? Nie odznacza się niczym szczególnym i nie jest na sprzedaż.

Mma Ramotswe odrzuciła głowę do tyłu i parsknęła śmiechem.

— O, nie chcę go kupować. Mieszkałam tutaj, jak byłam mała. Właścicielami byli państwo van der Heever. Moja matka dla nich gotowała. Mieszkaliśmy w domku dla służby na końcu ogrodu. Mój ojciec zajmował się ogrodem. — Urwała i spojrzała na dwóch doktorów Komotich karcącym wzrokiem. — W tamtych czasach ogród był zadbany.

— Wierzę pani — odparł jeden z mężczyzn. — Chcielibyśmy go jakoś okiełznać, ale mamy za dużo pracy. Obaj jesteśmy lekarzami i cały czas spędzamy w szpitalu.

— A! — odparła mma Ramotswe pełnym szacunku tonem. — Jesteście lekarzami w tutejszym szpitalu?

— Nie — powiedział pierwszy doktor Komoti. — Ja mam praktykę koło dworca kolejowego, a mój brat...

— Ja pracuję tam — przerwał mu drugi doktor Komoti, pokazując ogólnie w kierunku północnym. — Niech się pani nie krępuje i obejrzy sobie ogród, mma. Zaparzymy pani herbaty.

— Och, jacy panowie mili! Dziękuję bardzo.

Z ulgą uciekła z zaniedbanego ogrodu, w którego zaroślach mogły się czaić różne groźne stworzenia. Przez kilka chwil udawała, że ogląda drzewa i krzewy — a raczej głównie liście, bo tylko je było widać. Potem podziękowała gospodarzom za proponowaną herbatę i wyszła z powrotem na drogę. Obracała w głowie dziwną informację, którą uzyskała. Było dwóch doktorów Komotich, co samo w sobie nie było jakoś szczególnie niezwykłe. Czuła jednak instynktownie, że tutaj tkwi sedno problemu. Nie było oczywiście powodu, aby obaj bliźniacy nie mieli za sobą studiów medycznych — bliźniacy często żyją podobnie, do tego stopnia, że czasem jeden żeni się z siostrą drugiego. Tu jednak wchodziło w grę coś szczególnego i mma Ramotswe była przekonana, że ma rozwiązanie przed oczyma, lecz na razie go nie dostrzega.

Wsiadła do maleńkiej białej furgonetki. Zawróciła i pojechała do centrum. Jeden z doktorów Komotich powiedział, że ma praktykę w pobliżu dworca kolejowego, i postanowiła się jej przyjrzeć, chociaż miała świadomość, że mosiężna tabliczka — o ile jest tabliczka — zbytnio jej nie oświeci.

Znała dworzec kolejowy w Mafikeng. Lubiła go, bo kojarzył jej się ze starą Afryką, z czasami mało wygodnego bratania się w przepełnionych pociągach, powolnych podróży przez wielkie równiny, jedzenia trzciny cukrowej, żeby jazda tak bardzo się nie dłużyła, i wypluwania słomek przez szerokie okna. Na dworcu w Mafikeng zachowało się trochę tej dawnej atmosfery. Pociągi, które przyjeżdżały z Kraju Przylądkowego, leniwie mijały perony w swej podróży przez Botswanę do Bulawajo, a w induskich sklepach koło budynków dworcowych można było kupić tanie koce i męskie kapelusze z zatkniętym za otok kolorowym piórem.

Mma Ramotswe nie chciała, żeby Afryka się zmieniła. Nie chciała, żeby jej krajanie stali się takimi ludźmi jak wszyscy inni, bezdusznymi, samolubnymi, niepomnymi, co to znaczy być Afrykaninem albo jeszcze gorzej — wstydzącymi się tego, że są Afrykanami. Ona nie mogłaby być nikim innym niż Afrykanką, nawet gdyby ktoś przyszedł do niej i powiedział: „Masz tu pigułkę, najnowsze osiągnięcie nauki. Zażyj ją, a staniesz się Amerykanką". Odmówiłaby. Nigdy w życiu. Dziękuję, postoję.

Zatrzymała się pod dworcem i wysiadła. Wokół panował spory ścisk. Kobiety sprzedawały pieczone kolby kukurydzy i słodkie napoje. Mężczyźni rozmawiali gromko ze znajomymi. Podróżująca rodzina miała dobytek zapakowany do tekturowych walizek i zawinięty w koce. Dziecko pchające domowej roboty zabawkowe auto z giętego drutu wjechało w mmę Ramotswe i ze strachu, że zostanie zbesztane, zwiało bez przeprosin.

Podeszła do jednej z handlarek i odezwała się do niej w setswana.

— Dobrze się dzisiaj pani czuje, mma? — spytała uprzejmie.

— Tak, a pani, mma?

— Czuję się świetnie i dobrze spałam.

— To dobrze.

Mając za sobą tradycyjne powitanie, powiedziała:

— Słyszałam, że gdzieś tutaj w okolicy przyjmuje bardzo dobry lekarz. Nazywa się doktor Komoti. Wie pani może, gdzie on ma praktykę?

Kobieta skinęła głową.

— Dużo ludzi chodzi do tego lekarza. Praktykę ma tam, widzi pani, gdzie ten biały właśnie zaparkował pikapa.

Mma Ramotswe podziękowała swojemu informatorowi i kupiła kolbę pieczonej kukurydzy. Wbiwszy zęby w kolbę, przez zapylony plac przeszła pod zdezelowany budynek z blaszanym dachem, w którym to budynku miała się znajdować praktyka doktora Komotiego.

Ku swemu zaskoczeniu stwierdziła, że drzwi nie są zamknięte na klucz. Kiedy je pchnęła, stanęła twarzą w twarz z jakąś kobietą.

— Przykro mi, ale pana doktora nie ma, mma — powiedziała kobieta nieco rozdrażnionym tonem. — Jestem jego pielęgniarką. Może pani zobaczyć się z panem doktorem w poniedziałek po południu.

— A! — rzuciła mma Ramotswe. — Jakie to smutne musieć sprzątać w piątek wieczór, kiedy wszyscy inni wybierają się na miasto.

Pielęgniarka wzruszyła ramionami.

— Mój chłopak później po mnie przyjedzie. Wolę mieć wszystko przygotowane na poniedziałek, zanim zacznie się weekend. Tak jest lepiej.

— Znacznie lepiej — odparła mma Ramotswe, szybko rozważając w głowie dalsze posunięcia. — Widzi pani, ja nie przyszłam do pana doktora jako pacjentka. Pracowałam dla niego, kiedy był jeszcze w Nairobi. Byłam pielęgniarką na jego oddziale. Chciałam go tylko pozdrowić.

Pielęgniarka przybrała wyraźnie życzliwszą postawę.

— Zrobię pani herbaty, mma — zaproponowała. — Na dworze wciąż jest dosyć gorąco.

Mma Ramotswe usiadła i zaczekała, aż pielęgniarka wróci z czajniczkiem herbaty.

— Zna pani drugiego doktora Komotiego? — spytała. — Jego brata?

— Oczywiście. Często go tu widujemy. Przychodzi pomóc, wie pani. Dwa, trzy razy w tygodniu.

Mma Ramotswe bardzo powoli odstawiła kubek. Serce dudniło jej w piersiach. Zdała sobie sprawę, że jest bliska sedna sprawy, że nieuchwytne rozwiązanie problemu znajduje się w zasięgu ręki.

— O, w Nairobi też tak robili — stwierdziła, machając lekceważąco ręką, jakby to były sprawy błahe. — Jeden pomagał drugiemu. I większość pacjentów nie wiedziała, że przyjmuje ich inny lekarz.

Pielęgniarka zaśmiała się.

— Tutaj robią to samo. Nie jestem pewna, czy jest to do końca uczciwe wobec pacjentów, ale na razie nikt się nie zorientował, że jest ich dwóch, i wszyscy wyglądają na zadowolonych.

Mma Ramotswe wręczyła swój kubek pielęgniarce z prośbą o dolewkę.

— A pani? Potrafi ich pani odróżnić?

Pielęgniarka oddała mmie Ramotswe napełniony kubek.

— Odróżniam ich po jednej rzeczy. Jeden jest całkiem dobry, a drugi beznadziejny. Ten beznadziejny prawie w ogóle nie zna się na medycynie. Moim zdaniem to cud, że skończył akademię medyczną.

Nie skończył, pomyślała mma Ramotswe, ale nie powiedziała tego na głos.

Zatrzymała się na noc w mało komfortowym hotelu dworcowym, w którym panował spory hałas, ale spała dobrze, jak zawsze po zakończonym powodzeniem śledztwie. Nazajutrz poszła na zakupy do OK Bazaars i z zachwytem zobaczyła cały wieszak sukienek rozmiar 22 po promocyjnych cenach. Kupiła trzy, a więc o dwie więcej, niż naprawdę potrzebowała, ale szefowa Kobiecej Agencji Detektywistycznej Nr 1 musi dbać o swój wygląd.

Wróciła do domu o trzeciej po południu, zadzwoniła do doktora Maketsiego i zaprosiła go do biura, chcąc mu przekazać rezultaty swojego dochodzenia. Zjawił się po dziesięciu minutach i usiadł po przeciwnej stronie biurka, szarpiąc się nerwowo za mankiety koszuli.

— Pierwsza rzecz: to nie ma nic wspólnego z narkotykami! — oznajmiła mma Ramotswe.

Doktor Maketsi odetchnął z ulgą.

— Bogu niech będą dzięki. Tego najbardziej się bałem.

— No — powiedziała mma Ramotswe powątpiewającym tonem — nie jestem pewna, czy ucieszy pana to, co mam panu do przekazania.

— Nie ma kwalifikacji, tak? — wysapał doktor Maketsi.

— Jeden z nich ma kwalifikacje.

Doktor Maketsi zbaraniał.

— Jeden z nich?

Mma Ramotswe usiadła wygodniej z miną człowieka, który ma do objawienia jakąś tajemnicę.

— Byli sobie raz dwaj bliźniacy — zaczęła. — Jeden studiował medycynę i został lekarzem, drugi nie. Ten z dyplomem pracował jako lekarz, ale był chciwy i pomyślał, że dwie posady to podwójne pieniądze. Wziął więc sobie drugą pracę i każdą z nich dzielił się po połowie z bratem. Brat bez wykształcenia medycznego uczył się od niego na bieżąco i z pewnością zawsze się go radził. To wszystko. Taka jest historia doktora Komotiego i jego brata bliźniaka w Mafikeng.

Doktor Maketsi siedział oniemiały. Ukrył twarz w dłoniach i mma Ramotswe przez chwilę sądziła, że będzie płakał.

— Czyli mamy ich obu w szpitalu — powiedział w końcu. — Czasem przychodzi ten wykwalifikowany, a czasem jego brat bliźniak.

— Tak. Dwa, trzy razy w tygodniu mieliście wykwalifikowanego, a niewykwalifikowany prowadził w tym czasie praktykę ogólną koło dworca w Mafikeng. Potem się wymieniali i podejrzewam, że ten wykwalifikowany sprzątał po niewykwalifikowanym, że tak powiem.

— Dwie prace za cenę jednego dyplomu medycznego —

rozmyślał głośno doktor Maketsi. — Dawno nie słyszałem o tak sprytnym pomyśle.

— Muszę przyznać, że mnie to zdumiało. Sądziłam, że ludzka nieuczciwość nie ma już dla mnie żadnych tajemnic, ale widzę, że i mnie czasem może coś zaskoczyć.

Doktor Maketsi potarł się w podbródek.

— Będę musiał iść z tym na policję. Oni muszą stanąć przed sądem. Trzeba chronić społeczeństwo przed takimi ludźmi.

— Chyba że...

Doktor Maketsi wyciągnął ręce po brzytwę, którą najwyraźniej zamierzała mu podać mma Ramotswe.

— Widzi pani jakieś inne wyjście? Kiedy sprawa się rozniesie, ludzie wpadną w panikę. Będą mówili innym, żeby nie szli do naszego szpitala. Służba zdrowia opiera się na zaufaniu — wie pani, jak to jest.

— Doskonale wiem. Proponuję, żebyśmy podrzucili tego gorącego ziemniaka komu innemu. W pełni się z panem zgadzam, że społeczeństwo trzeba chronić przed takimi ludźmi i że doktor Komoti musi zostać skreślony z rejestru, czy jak to się tam u was odbywa. Ale czemu by tego nie podrzucić do ogródka sąsiada?

— Ma pani na myśli Mafikeng?

— Tak. W końcu tam też popełniane jest przestępstwo i Południowoafrykańczycy mogą się tym zająć. Gazety w Gaborone przypuszczalnie nawet tego nie zauważą. Ludzie dowiedzą się tylko, że doktor Komoti nagle zrezygnował z pracy, co często się zdarza — z rozmaitych powodów.

— Cóż, wolałbym, żeby minister się o tym nie dowiedział. Nic dobrego by z tego nie wynikło, gdyby... jak to powiedzieć, minister się zdenerwował.

— Oczywiście, że nic dobrego by z tego nie wynikło. Jeśli pan się zgodzi, to zadzwonię do mojego znajomego Billy'ego Pilaniego, który jest tam oficerem policji. Z rozkoszą zdemaskuje fałszywego lekarza. Billy uwielbia widowiskowe, sensacyjne aresztowania.

— Niech pani zadzwoni — odparł doktor Maketsi z uśmiechem.

Było to praktyczne rozwiązanie niezwykłej sprawy i doktor był pod wielkim wrażeniem tego, jak mma Ramotswe się z nią uporała.

— Wie pani, chyba nawet moja ciotka w Mochudi nie poradziłaby sobie z tym lepiej od pani.

Mma Ramotswe uśmiechnęła się do starego przyjaciela. Można iść przez życie i co roku — a nawet co miesiąc — zawierać nowe znajomości, ale nic nie zastąpi tych przyjaźni z młodości, które przetrwały do dorosłych czasów. Skuwają nas one ze sobą stalowymi obręczami.

Delikatnie dotknęła doktora Maketsiego w ramię — jak to czasem robią starzy znajomi — gdy nie ma już nic do powiedzenia.

ROZDZIAŁ DWUDZIESTY PIERWSZY

ŻONA CZAROWNIKA

Pylista dróżka, rzadko używana, tak bardzo dziurawa, że zagrażająca zawieszeniu, pagórek, porozrzucane głazy, zgodnie z mapką naszkicowaną przez pana Charliego Gotso. A ponad wszystkim, od horyzontu po horyzont, puste niebo śpiewa w upale.

Mma Ramotswe ostrożnie prowadziła maleńką białą furgonetkę, omijając kamienie, na których mogłaby sobie urwać miskę olejową, i zastanawiała się, dlaczego nikt tędy nie jeździ. Była to martwa kraina, żadnych krów, żadnych kóz, tylko busz i karłowate akacje. Nie potrafiła zrozumieć, że ktoś chce tu mieszkać, z dala od wiosek, z dala od ludzi. Martwa kraina.

Nagle mma Ramotswe zobaczyła dom, schowany za drzewami, prawie w cieniu wzgórza. Była to lepianka w tradycyjnym stylu: ściany z brązowej gliny, kilka okien bez szyb, sięgający kolan murek wokół podwórza. Poprzedni właściciel dawno temu namalował na ścianach jakieś wzory, ale zaniedbanie i upływ lat je zdrapały i zostały po nich tylko nieczytelne ślady.

Zaparkowała furgonetkę i wzięła głęboki wdech. Doprowadziła oszustów do zguby. Poradziła sobie z zazdrosnymi żonami. Zmierzyła się nawet z panem Gotso. To spotkanie należało jednak do innej kategorii. Tu miała do czynienia ze złem wcielonym, jądrem ciemności, korzeniem hańby. Ten człowiek, z całą jego abrakadąbrą i zaklęciami, był mordercą.

Otworzyła drzwi furgonetki i wysiadła. Słońce stało wysoko i jego promienie dźgały ją w skórę. Martwa kraina znajdowała się za bardzo na zachód, zbyt blisko Kalahari, i niepokój mmy Ramotswe przybrał na sile. To nie były przyjazne człowiekowi okolice, w których dorastała. To była bezlitosna Afryka, ziemia bez wody.

Udała się w stronę domu i po chwili poczuła, że jest obserwowana. Nic się nie poruszyło, ale spoczywał na niej wzrok osoby patrzącej z domu. Przy murku, zgodnie ze zwyczajem, zatrzymała się i zawołała, anonsując swoje przybycie:

— Bardzo mi gorąco! Potrzebuję wody!

Z domu nie padła żadna odpowiedź, ale mma Ramotswe usłyszała szelest po lewej stronie, w zaroślach. Odwróciła się strapiona, jakby popełniła jakiś grzech, i wytężyła wzrok. Był to duży czarny chrząszcz, *setotojane*, z rogatą szyją; popychał jakąś maleńką zdobycz, owada, który przypuszczalnie usechł z pragnienia. Małe klęski, małe zwycięstwa, jak w naszym życiu, pomyślała. Oglądani z góry nie jesteśmy niczym więcej niż chrząszczami.

— Mma?

Obróciła się na pięcie. W drzwiach domu stała kobieta, która wycierała dłonie w szmatę.

Mma Ramotswe przeszła przez przerwę w murku.

— Dumela, mma. Jestem mma Ramotswe.

Kobieta skinęła głową.

— A ja jestem mma Notshi.

Mma Ramotswe przyjrzała się jej dokładnie. Gospodyni miała około sześćdziesięciu lat i ubrana była w długą spódnicę noszoną przez kobiety z ludu Herero. Ale widać było od razu, że ona nie jest Herero.

— Przyszłam do pani męża. Mam do niego prośbę.

Kobieta wyszła z cienia, stanęła tuż przed mmą Ramotswe i w deprymujący sposób spojrzała jej prosto w twarz.

— Chce pani coś od niego? Chce pani coś kupić?

Mma Ramotswe skinęła głową.

— Słyszałam, że jest bardzo dobrym lekarzem. Mam kłopoty z inną kobietą. Zabiera mi męża i potrzebuję czegoś, co ją powstrzyma.

Staruszka uśmiechnęła się.

— On może pani pomóc. Na pewno coś ma. Ale wyjechał. Do soboty jest w Lobatse. Musi pani przyjechać kiedy indziej.

Mma Ramotswe westchnęła.

— To była długa podróż i jestem spragniona. Ma pani wodę, siostro?

— Tak, mam wodę. Może pani wejść i napić się w domu.

Izba była mała, z rozchwierutanym stołem i dwoma krzesłami. W kącie stał tradycyjny pojemnik na zboże i zdezelowany blaszany kufer. Mma Ramotswe usiadła na jednym z krzeseł i po chwili kobieta przyniosła jej biały porcelanowy kubek z wodą. Woda miała kwaśnawy smak, ale mma Ramotswe z wdzięcznością ją wypiła.

Potem odstawiła kubek i spojrzała na staruszkę.

— Przyjechałam coś kupić, jak już mówiłam. Ale chcę też panią przed czymś przestrzec.

Kobieta usiadła na drugim krześle.

— Przestrzec mnie?

— Tak. Jestem maszynistką. Wie pani, kto to jest maszynistka? — Kobieta skinęła głową. — Pracuję dla policji i przepisałam coś na temat pani męża. Wiedzą, że zabił tego chłopca z Katsany. Wiedzą, że to on go porwał i zabił na muti. Aresztują pani męża, a potem go powieszą. Przyjechałam panią ostrzec, że panią też powieszą, bo mówią, że pani też maczała w tym palce. Mówią, że pani przy tym była. Uważam, że nie powinni wieszać kobiet, więc przyjechałam pani powiedzieć, że może pani uniknąć stryczka, jeśli pójdzie pani ze mną na policję i opowie im, co się stało. Uwierzą pani i uratuje pani skórę. Inaczej niedługo czeka panią śmierć. Myślę, że w przyszłym miesiącu.

Umilkła. Kobieta upuściła szmatę, którą miała w rękach, i patrzyła na nią wytrzeszczonymi oczami. Mma Ramotswe znała zapach strachu — tę ostrą, kwaśną woń, którą ludzie wydzielają porami skórnymi, kiedy się boją. Teraz duszne powietrze było gęste od tego zapachu.

— Zrozumiała pani, co powiedziałam?

Żona czarownika zamknęła oczy.

— Nie zabiłam tego chłopca.

— Wiem. Kobiety nigdy tego nie robią. Ale dla policji to nie ma znaczenia. Mają przeciwko pani dowody i rząd też chce panią powiesić. Najpierw pani męża, a potem panią. Widzi pani, oni nie lubią czarnej magii. Wstydzą się tego. Uważają, że to jest nienowoczesne.

— Ale chłopak nie umarł! — wyrzuciła z siebie kobieta. —

Jest na pastwisku, mój mąż go tam zabrał. Pracuje tam. Chłopak żyje.

Mma Ramotswe otworzyła kobiecie drzwi furgonetki, a potem je za nią zamknęła. Przeszła na stronę kierowcy i sama wsiadła. W środku zrobiło się tak gorąco, że sukienka ją paliła, ale takie drobne dolegliwości nie miały teraz znaczenia. Ważna była jazda, która według kobiety miała potrwać cztery godziny. Była teraz pierwsza po południu. Powinny dojechać na miejsce tuż przed zachodem słońca, wtedy od razu wyruszyłyby w podróż powrotną. Gdyby droga okazała się kiepska i musiałyby zostać na noc, to mogłyby spać z tyłu furgonetki. Ważne było, żeby dotrzeć do chłopca.

Podróż przebiegała w milczeniu. Staruszka próbowała zagajać rozmowę, ale mma Ramotswe nie reagowała. Nie miała tej kobiecie nic do powiedzenia. Nie chciała jej nic powiedzieć.

— Niemiły z pani człowiek — stwierdziła w końcu żona czarownika. — Nie chce pani ze mną rozmawiać. Ja panią zagaduję, ale pani mnie lekceważy. Uważa się pani za lepszą ode mnie, prawda?

Mma Ramotswe częściowo obróciła ku niej głowę.

— Zgodziła się pani mi pokazać, gdzie jest ten chłopak tylko dlatego, że się pani boi. Nie dlatego, że chce pani, żeby wrócił do rodziców. Nie zależy pani na tym, prawda? Jest pani złym człowiekiem i ostrzegam panią, że jak policja się dowie, że dalej uprawiacie z mężem czary, to wsadzą was do więzienia. A jeśli nie, to mam znajomych w Gaborone, którzy się wami zajmą. Rozumiemy się?

Mijały godziny. Jazda była trudna, po otwartym veldzie, ledwo widocznymi drogami. W końcu zobaczyły w oddali zagrodę dla krów i kępę drzew otaczających dwie chaty.

— To jest pastwisko — powiedziała kobieta. — Jest tu para z ludu Basarwa i chłopak, który dla nich pracuje.

— Jak go przy sobie zatrzymaliście? Skąd wiedzieliście, że nie ucieknie?

— Niech pani spojrzy wkoło. Widzi pani, jakie tu odludzie. Daleko by nie uciekł, zanim by go złapali.

Mmie Ramotswe przyszła do głowy jeszcze jedna rzecz. Kość — skoro chłopak żyje, to skąd wzięła się kość?

— W Gaborone jest człowiek, który kupił od pani męża kość. Skąd ją wzięliście?

Kobieta skarciła ją wzrokiem.

— Kości można tanio kupić w Johannesburgu. Nie wiedziała pani o tym?

Basarwa siedzieli na dwóch kamieniach przed jedną z chat i jedli kaszę. Byli to drobni, zasuszeni ludzie z czujnymi oczami myśliwych. Wbili wzrok w intruzów. Potem mężczyzna wstał i pozdrowił żonę czarownika.

— Z krowami wszystko dobrze? — spytała ostro.

Mężczyzna dziwnie mlasnął językiem.

— Tak. Nie pomarły. Ta krowa daje dużo mleka.

Chociaż mówił w języku setswana, trzeba było bardzo uważnie słuchać, żeby go zrozumieć. Mężczyzna posługiwał się mlaskami i świstami z Kalahari.

— Gdzie chłopak? — warknęła kobieta.

— Tam. Niech pani patrzy.

Zobaczyły chłopca, który stał koło krzaka i spoglądał na nich wszystkich z niepewną miną. Zakurzony niski chłopczyk w podartych portkach i z kijem w garści.

— Chodź tutaj — poleciła żona czarownika. — Chodź tutaj.

Chłopak podszedł do nich ze wzrokiem wbitym w ziemię. Miał na przedramieniu grubą pręgę. Mma Ramotswe od razu wiedziała, skąd ona się wzięła. Był to ślad po pejczu, sjamboku.

Mma Ramotswe położyła chłopcu dłoń na ramieniu.

— Jak masz na imię? — spytała łagodnie. — Jesteś synem nauczyciela z Katsany?

Chłopak zadygotał, ale zobaczył zatroskanie w jej oczach i uspokoił się.

— Tak. Teraz pracuję tutaj. Ci ludzie każą mi pilnować bydła.

— Czy ten człowiek cię bije? — spytała szeptem mma Ramotswe. — Powiedz mi.

— Cały czas. Powiedział, że jak ucieknę, to znajdzie mnie w buszu i przebije zaostrzonym palikiem.

— Teraz jesteś bezpieczny. Pojedziesz ze mną. Natychmiast. Po prostu idź przede mną. Przy mnie nic ci się nie stanie.

Chłopak łypnął w stronę Basarwa i ruszył w stronę furgonetki.

— Idź dalej — ponaglała mma Ramotswe. — Ja też idę.

Posadziła go na fotelu pasażera i zamknęła drzwi.

— Niech pani chwilę zaczeka! — zawołała żona czarownika. — Chcę ich wypytać o bydło. Potem pojedziemy.

Mma Ramotswe obeszła samochód dokoła i wsiadła.

— Niech pani zaczeka! — zawołała staruszka. — To nie potrwa długo.

Mma Ramotswe pochyliła się i zapaliła silnik. Potem wrzuciła bieg, skręciła kierownicą do oporu i nacisnęła gaz. Kobieta krzyknęła coś i zaczęła biec za furgonetką, ale po chwili wpadła w chmurę pyłu, potknęła się i upadła.

Mma Ramotswe odwróciła się do chłopca, który siedział obok niej z wystraszoną i zagubioną miną.

— Zawiozę cię do domu. Dzisiaj nie dojedziemy, niedługo będziemy musieli zatrzymać się gdzieś na noc. Ale jutro z rana znowu ruszymy i powinniśmy dość szybko być na miejscu.

Zatrzymała się około godziny później nad wyschniętym korytem rzeki. Byli zupełnie sami, nawet ognisko przy dalekim pastwisku nie rozświetlało ciemności nocy. Przyświecały im tylko gwiazdy, zsyłały słabe srebrne światło, które padało na postać śpiącego chłopca, zawiniętą w worek, który mma Ramotswe woziła w bagażniku furgonetki. Chłopak podłożył sobie ramię pod głowę i oddychał regularnie, trzymając dłoń w jej dłoni. Mma Ramotswe patrzyła na nocne niebo, aż w końcu jego bezkresność ululała ją do snu.

Nazajutrz w Katsanie dyrektor szkoły wyglądnął przez okno i zobaczył, że pod jego dom zajeżdża maleńka biała furgonetka. Zobaczył, że wysiada z niego jakaś kobieta i patrzy na jego drzwi. I dziecko — czyżby to była matka dziecka, która z jakiegoś powodu przywiozła je do niego?

Wyszedł przed dom i zastał ją przy murku okalającym podwórze.

— Pan jest nauczycielem, rra?

— Jestem nauczycielem, mma. Co mogę dla pani zrobić?

Odwróciła się w stronę furgonetki i dała znak siedzącemu w środku chłopcu. Drzwi się otworzyły i wysiadł syn nauczyciela. Mężczyzna krzyknął, ruszył biegiem, a potem stanął i spojrzał na mmę Ramotswe, jakby szukał u niej potwierdzenia. Skinęła głową i znowu pobiegł, o mało się nie potknął, kiedy spadł mu niezasznurowany but, chwycił syna w ramiona i wrzeszczał dziko i bezładnie, żeby cała wioska i cały świat wiedział o jego radości.

Mma Ramotswe cofnęła się do furgonetki, nie chcąc wchodzić z butami w intymne chwile powitania. Płakała. Także nad swoim dzieckiem — przypomniała sobie malutką rączkę, która przez tak krótki czas trzymała ją za dłoń, usiłując uchwycić się świata, który tak szybko wymykał mu się z palców. W Afryce jest tyle cierpienia, że człowiek najchętniej wzruszyłby ramionami i poszedł dalej. Ale tak nie można, pomyślała. Tak po prostu nie można.

ROZDZIAŁ DWUDZIESTY DRUGI

PAN J.L.B. MATEKONI

Pył może zmóc nawet tak niezawodny pojazd, jak maleńka biała furgonetka, która bez szemrania pokonywała milę za milą. Maleńka biała furgonetka nie narzekała po drodze na pastwisko, ale teraz, po powrocie do miasta, zaczęła kichać. Mma Ramotswe nie miała wątpliwości, że winowajcą jest kurz.

Zadzwoniła do Tlokweng Road Speedy Motors. Pan J.L.B. Matekoni powiedział, że nie ma powodów do zmartwienia. Umówili się, że pan J.L.B. Matekoni przyjdzie rzucić okiem na maleńką białą furgonetkę następnego dnia, w sobotę, i być może zdoła ją naprawić na miejscu, przy Zebra Drive.

— Wątpię w to — powiedziała mma Ramotswe. — To stary gruchot. Jest jak stara krowa i chyba będę musiała ją sprzedać.

— Nic podobnego — odparł pan J.L.B. Matekoni. — Wszystko da się naprawić. Wszystko.

Nawet złamane serce? — zadał sobie pytanie. To też można naprawić? Czy profesor Barnard w Kapsztadzie wyleczyłby mężczyznę, któremu serce krwawi z samotności?

Mma Ramotswe poszła rano na zakupy. Sobotnie przedpołudnia były dla niej ważne. Żywność kupiła w supermarkecie w centrum handlowym, a warzywa u kobiet handlujących na chodniku pod apteką. Potem wypiła z przyjaciółkami kawę w hotelu President, wróciła do domu, usiadła na werandzie ze szklanką piwa Lion i czytała gazetę. Prywatny detektyw musi przeglądać prasę i notować w pamięci najświeższe wiadomości. Wszystko się przydaje, nawet złożone z samych frazesów przemówienia polityków i ogłoszenia kościelne. Nigdy nie wiadomo, kiedy jakiś strzęp lokalnej informacji może okazać się użyteczny.

Gdyby na przykład spytać mmę Ramotswe o nazwiska skazanych na karę więzienia przemytników diamentów, to by je wymieniła jednym tchem: Archie Mofobe, Piks Ngube, Molso

181

Mobole i George Excellence Tambe. Czytała sprawozdania z procesów ich wszystkich i znała wyroki. Sześć lat, sześć lat, dziesięć lat i osiem miesięcy. Wszystkie te informacje wychwyciła i zarchiwizowała w głowie.

Kto jest właścicielem Wait No More Butchery, sklepu mięsnego w Old Naledi? Oczywiście Godfrey Potowani. Pamiętała zdjęcie z gazety, na którym Godfrey stał przed swoją nową masarnią z ministrem rolnictwa. Skąd się tam wziął minister rolnictwa? Stąd, że jego żona była kuzynką jednej z kobiet od Potowanich, która zrobiła straszną awanturę na weselu Stokesa Lofinale. Mma Ramotswe nie potrafiła zrozumieć ludzi, którzy nie interesują się takimi rzeczami. Jak można mieszkać w takim mieście i nie chcieć się we wszystkim orientować, nawet jeśli komuś nie jest to potrzebne z przyczyn zawodowych?

Pan J.L.B. Matekoni przyjechał parę minut po czwartej niebieską pomocą drogową z warsztatu, z napisem Tlokweng Road Speedy Motors z boku. Miał na sobie fartuch mechanika, nieskazitelnie czysty i wyprasowany. Pokazała mu zaparkowaną obok domu maleńką białą furgonetkę, a on wytoczył ze swojego wozu duży podnośnik.

— Zrobię panu herbaty — powiedziała. — Napije się pan, oglądając furgonetkę.

Obserwowała go z okna. Patrzyła, jak podnosi maskę i stuka w to i owo. Zobaczyła, jak siada za kierownicą i zapala silnik, który pokaszlał, pocharczał i zgasł. Patrzyła, jak wyjmuje spod maski jakąś dużą część obrośniętą kablami i rurkami. Może było to serce furgonetki, wierne serce, które biło tak regularnie i niezawodnie, ale teraz, wyrwane z piersi, wyglądało tak bezbronnie.

Pan J.L.B. Matekoni kursował pomiędzy swoim wozem a furgonetką. Popołudnie było gorące, więc po pierwszej filiżance herbaty przyszła kolej na drugą, a później trzecią. Potem mma Ramotswe poszła do kuchni, włożyła do garnka warzywa i podlała rośliny stojące na tylnym parapecie. Zbliżał się zmierzch i niebo powlekały złote pasemka. Była to jej ulubiona pora dnia: ptaki zaczynają nurkować i pikować w powietrzu, a nocne owady hałasować, bydło wraca do zagrody w tym delikatnym świetle, a na trzaskających i migoczących ogniskach pod chatami warzy się wieczorna strawa.

Mma Ramotswe wyszła na dwór, aby spytać pana J.L.B. Matekoniego, czy potrzebuje, żeby mu czymś przyświecić. Stał obok maleńkiej białej furgonetki i wycierał dłonie w szmatę.

— Powinno być w porządku — powiedział. — Wyregulowałem silnik i chodzi jak złoto. Buczy jak pszczoła.

Klasnęła z radości w dłonie.

— Myślałam, że trzeba ją będzie złomować.

Parsknął śmiechem.

— Mówiłem pani, że wszystko da się naprawić. Nawet starą furgonetkę.

Poszedł za nią do środka. Podała mu piwo i poszli usiąść w jej ulubionym miejscu koło bugenwilli na werandzie. W sąsiednim domu grała muzyka — natarczywe tradycyjne rytmy muzyki z murzyńskich osiedli.

Słońce zaszło i zrobiło się ciemno. Pan J.L.B. Matekoni siedział obok niej w przyjaznych ciemnościach i zadowoleni słuchali, jak dźwięki Afryki szykują się na noc. Gdzieś zaszczekał pies, gdzieś zawył silnik, a potem ucichł. Wiał lekki wiaterek, ciepły i pylisty, przesycony zapachem akacji.

Pan J.L.B. Matekoni spojrzał na nią w ciemnościach, spojrzał na tę kobietę, która oznaczała dla niego tak wiele różnych rzeczy — matka, Afryka, mądrość, współczucie, smaczne jedzenie, dynie, kurczaki, rozkoszny oddech bydła, białe niebo nad bezkresnym buszem i żyrafa, która zapłakała i podarowała swoje łzy kobietom, aby mogły nimi ozdobić swoje kosze. O, Botswano, moja ojczyzno, moja macierzy!

Takie myśli chodziły mu po głowie. Ale czy mógł jej o tym powiedzieć? Za każdym razem, gdy próbował jej powiedzieć, co ma w sercu, słowa, które wychodziły z jego ust, wydawały się nieadekwatne. Mechanik nie może być poetą, pomyślał; nie tak jest świat urządzony. Pan J.L.B. Matekoni rzekł więc po prostu:

— Bardzo się cieszę, że naprawiłem pani furgonetkę. Byłoby mi przykro, gdyby jakiś inny mechanik panią okłamał i powiedział pani, że auta nie opłaca się naprawiać. W naszym zawodzie są tacy ludzie.

— Wiem. Ale pan jest inny.

Milczał. Są chwile, kiedy człowiek po prostu musi coś powiedzieć, bo inaczej do końca życia będzie żałował, że tego nie zrobił. Ale za każdym razem, gdy pan J.L.B. Matekoni próbował mówić o tym, co do niej czuje, słowa odmawiały mu posłuszeństwa. Raz już poprosił mmę Ramotswe o rękę, lecz nie zakończyło się to wielkim sukcesem. Nie był osobą zbyt pewną siebie, a w każdym razie w stosunkach z ludźmi; auta to oczywiście co innego.

— Jestem bardzo szczęśliwy, że mogę tu z panią siedzieć...

Odwróciła się do niego.

— Co pan powiedział?

— Powiedziałem: niech pani za mnie wyjdzie. Jestem tylko panem J.L.B. Matekonim, nikim więcej, ale niech pani za mnie wyjdzie, a uszczęśliwi mnie pani.

— Oczywiście, że za pana wyjdę.

Afryka
Afryka Afryka
Afryka Afryka Afryka
Afryka Afryka
Afryka

SPIS TREŚCI